桃生荆上

半夏浅生 著

江苏凤凰文艺出版社
JIANGSU PHOENIX LITERATURE AND ART PUBLISHING

图书在版编目（CIP）数据

桃生荆上 / 半夏浅生著. -- 南京：江苏凤凰文艺出版社, 2025. 2. -- ISBN 978-7-5594-9144-2
Ⅰ. I247.5
中国国家版本馆CIP数据核字第20248H4J87号

桃生荆上

半夏浅生 著

责任编辑	王昕宁
特约编辑	周　贝
出版发行	江苏凤凰文艺出版社
	南京市中央路165号，邮编：210009
网　　址	http://www.jswenyi.com
印　　刷	长沙鸿发印务实业有限公司
开　　本	880mm×1230mm　1/32
印　　张	9
字　　数	234千字
版　　次	2025年2月第1版
印　　次	2025年2月第1次印刷
书　　号	ISBN 978-7-5594-9144-2
定　　价	42.80元

江苏凤凰文艺版图书凡印刷、装订错误，可向出版社调换，联系电话025-83280257

001	第一章 / 人生初见，山花初开
033	第二章 / 被迫转校
070	第三章 / 漂亮又可爱的小桃桃
103	第四章 / 你想谈恋爱吗
131	第五章 / 万事胜意

目录 CONTENTS

目录 CONTENTS

163　　　第六章 / 有迹可循

202　　　第七章 / 撑场子

230　　　第八章 / 站在我身边吧

274　　　番外 / 山花烂漫

第一章

人生初见，山花初开

  陶音是在高一结束时被母亲魏秋芸接到嘉城的。

  彼时将将7月中旬,正值酷暑时节,窗外的团云如棉花般厚重,枝繁叶茂的香樟树枝叶间,蝉声阵阵响彻云霄。

  魏秋芸刚好有事要出门一趟,只留陶音一个人在家预习课本。

  下午三点,陶音正在演算数学试卷的最后一道大题,楼道忽然响起纷杂的脚步声,夹杂着一片乱哄哄的玩笑打闹声。那阵声音经过门前,然后又沿着楼上远离。

  陶音没在意,继续用笔勾着题目所给的条件,楼上却猛然炸开一道由麦克风无限扩大的欢叫声。

  陶音笔尖一顿,在试卷上划出一个小口。

  热情激昂的摇滚音乐和楼上一群人撕心裂肺的嘶叫喊麦声此起彼伏,剧烈的蹦跳和闹腾重响持续不断,一点一点消磨着陶音的耐心。

  她抬头看了看,觉得连天花板都在猛烈震动,隐约还有点支撑不住的样子。

  她闭眸缓了缓心绪,又睁眼继续做题。

  在思路不知道第几次被打断时,陶音看了下书桌上的时钟。

  半个小时了,噪声没有一点减小的趋势,甚至还有越演越烈的苗头。

为了避免扰民的噪声一直延续，陶音走到玄关处穿好鞋，拿起放在柜子上的钥匙，开门上楼。

陶音每踏一步，噪声便大了一分。等来到四楼时，陶音觉得耳膜都有些遭不住了。

她屈指敲了两下门，没有反应，于是她改为用手拍门，试图引起屋内狂欢人群的注意。

房里一片霓虹交错，整个客厅布置得如同歌厅。巨大的遮光窗帘隔断所有日光，一长排的皮质沙发上，少男少女三三两两情绪高涨地挤挨在一起，喧闹非凡。

在沙发的角落，一个少年双臂交叉在胸前，靠着沙发靠背闭目浅眠。

屋顶彩灯在他脸上交相辉映，模糊地照出他清晰冷硬的脸部线条。他嘴唇很薄，看上去年纪并不大，但样貌相比同龄人成熟不少。

他在这样吵闹的环境里却睡得安稳。一首摇滚曲完毕，彭明放下话筒，走到他旁边大大咧咧地坐下，猛捶了下他的肩膀，笑道："荆盛，你昨晚和他们'嗨'到几点啊？在这地方你也能睡着？你干脆直接回家睡算了！"

少年轻轻扇动乌黑浓密的长睫，抓了把前额的头发，仰靠在沙发靠背上，声音透着浓浓的倦意："没多晚，"他用手臂盖住双眼，"也就凌晨三四点吧。"

彭明无语，别开目光时注意到远处的房门好像在微微震动。

"外面好像有人在敲门哎。"他捅了捅荆盛，"盛，你去开门，正好清醒一下。"

"烦！"

荆盛起身，边走边对坐在沙发上的人毫不留情地道："你不想去就不想去，借口说让我清醒一下！"

陶音还在外面"砰砰砰"地拍门，正思考要不要叫物业时，猝不及防地，门被打开了。

面前是一个发丝凌乱的帅气少年，个子很高，似乎因为刚睡醒而满脸烦躁，不耐烦地垂眼看她："有事？"

陶音仰面看他："请问能小声点吗？"

屋内的各种杂声混在一起，陶音的这点音量很轻易被湮没。

少年没听清，侧耳朝她那边凑了凑，皱了下眉："什么？"

陶音踮脚，嘴唇几乎贴到了少年的耳边，尽可能大声道："我说——你们能不能小声点？"

荆盛闻言，偏头朝屋内看了一眼：群魔乱舞。

的确有点闹腾。

"现在几点了？"少年莫名冒出这么一句话。

陶音打开手机看了眼："三点四十二分了。"

"四点。"少年打了个哈欠，"十八分钟，十八分钟后我们准时走。"

随即他关上门，明显没准备听陶音的回答。

陶音在门前沉默了几秒，又低头看了眼手机。

十八分钟是吧？

行。

荆盛回到客厅重新瘫在沙发上，彭明立马靠过来："小姑娘长得挺好看，谁啊？找我们有什么事？"

"有什么事你自己心里没点数吗？"荆盛连眼皮都懒得抬，"楼下的，叫我们小声点，吵到人家了。"

"楼下？"彭明有点怀疑，"这时候楼下应该没人啊。之前来这个轰趴房的时候，老板不是说和楼上楼下的邻居都商量好了吗？"

"那估计是白天见'鬼'了吧。"荆盛闭上眼，又睡了过去。

彭明对此无话可说。

当荆盛再一次悠悠转醒时，他看着头顶的灯光，大脑有那么几秒放空。忽然想起什么，他偏过头，哑着嗓子问彭明："几点了？"

彭明借着屋顶洒下来的霓虹灯光,勉强辨别手表上的数字:"四点……十三,怎么了?"

荆盛抓了把头发,心里烦得不行:"让他们把音乐关了,赶紧走。"

"走什么啊,不是说一直玩到七点吗?"

"说走就走,哪那么多废话。"荆盛起身拿起沙发上的黑色外套,一边披着一边朝大门走去。

彭明没办法,只好叫停了玩得正高兴的那群人,让他们关了音乐。一群人悻悻地跟在荆盛后边准备离开。

敲门声又"砰砰"地响起,几人兴致无端被打断,本来心情就不好,于是抱怨道:"这不是要走了吗,怎么还来?"

荆盛再次打开房门,一抬眼,两个身穿制服的警察面色严肃地站在门前。

彭明,连着身后乌泱乌泱的一行人,全部愣在原地。

警、警察?

他们顿时思绪凝滞,一时无法理解面前的情景。

他们不学无术沉迷于吃喝玩乐,逃课、打架、混日子,在学校是老师口中所谓的虚度年华的坏学生,但也不至于无恶不作到进局子,面对警察找上门这种场面,心里还是有点发怵的。

彭明连忙解释:"警察叔叔,我们就在这儿唱唱歌聚聚会,什么都没干!真的真的,你看我们都是学生,怎么可能干什么坏事嘛!"

"那就对了。"其中一个警察点点头,"刚刚接到投诉,说你们严重扰民,影响到这里的居民正常生活与休息。

"念在你们年纪小,这次就不追究了,同样的错误下次不要再犯。既然在上学,就要好好读书。"

说着,他瞥了一眼为首那个一直阴沉着脸的男孩:"现在你们不好好读书四处寻乐,随意挥霍父母辛苦赚来的血汗钱——不用这么看着我,我也是从你们这个年纪过来的,少年人年轻气盛可以理解，但也要能听得进劝。"

荆盛盯着远去的两个警察，薄唇紧抿，深邃的双眼里翻涌出浓烈的情绪。

待警察的身影消失在楼道，房间里才爆发出一阵阵激烈的愤恨骂声。

"有病吧？是不是刚刚那人报的警？"

"除了她还有谁啊？我真是服了，不就搞个聚会，至于吗？她怎么不直接把派出所给搬过来？"

"关键这不都要走了吗？估计人家大小姐听不得一点吵吧。"

一旁的彭明注意到荆盛此时阴晦的脸色，知道刚刚那个警官的话戳到了荆盛最不愿触碰的暗疮，他担心道："盛，你没事吧？警察也就那么一说，你别往心里去——"

没等彭明说完，荆盛就已经迈着长腿跨出门，带着一身的低气压，踏着沉沉的脚步向楼下走去。

陶音刚翻出物理课本，便听到门口传来敲门声。敲门声不是很急促，节奏沉稳，敲门的人像是压制着什么情绪。

门半打开，荆盛手肘靠在门框上，碎发隐约遮住晦暗不明的眸光，唇抿得薄如刀锋，脸色十分难看。

他在看到陶音的一瞬间，几乎被气笑，眼底隐藏着浓浓的戾气，沉沉开口："至于吗？"

陶音也不畏惧，面容平静道："你说四点结束，现在四点二十一，你还没走。"

顿了顿，陶音又道："我没有其他办法，只能这样。"

荆盛低声一哂，像是被勾起了兴趣，饶有兴味地打量着眼前这个女孩。

女孩皮肤很白，搭在门把手上的一截手腕莹白细腻，抬眼与他对视的时候，黑色长发顺滑地从肩头披散下来。

嘴唇红润，是脸上唯一能称得上明艳的地方。

总之，她看起来是一个挺温和的姑娘。

根据以往十几年的经验，遇到这样的事一般有两种结局：一种是对方也是个脾气火暴的，然后两个人打一架，最后对方骂骂咧咧地离开；另一种就是对方是和她差不多的乖学生，怯生生的，受了委屈也只会往肚子里憋。

而像她这样，报警后被对方找上门，还能认认真真地解释并且分析自己所作所为合理性的人，荆盛还真是第一次见。

这种如同推窗帘、风拂柳、米糠上钉钉子的感觉，他是第一次感受到。

彭明从楼上赶下来时正好看到这番情景，他走上前拍着荆盛的肩膀劝道："阿盛，人家一小姑娘，你干吗和她计较啊？等会儿别吓哭人家……"

"行。"荆盛淡淡地扯了下嘴角，对着屋内的陶音说，"你说得没错。"

"我到时间没走，是我的错。"

陶音摇头："没事，不用在意。"

"但是——"荆盛话锋猛地一转，在陶音没反应过来时，忽然低头靠近她，盯着她的眼睛笑，"我这个人呢，不怎么讲道理，也不是特别能控制住情绪。

"君子不立危墙之下，下次见到我，躲远点。"

大约一个星期之后，陶音的转学手续办理完成，和她那没见过几次面的妹妹在一个班级。

她在高二（9）班讲台上做完自我介绍后，不经意间从稀稀拉拉的鼓掌声中捕捉到几声低低的哂笑。

陶音转眸往教室后排看去，妹妹魏展颜和她的两个朋友坐在同一处角落，其中冷菲儿极不规矩地趴在桌上，支着下巴，嘴角带着明晃晃的嘲讽，直勾勾地看向陶音。

另外一个男生狄彦，行为则更加明目张胆，一只脚蹬在课桌下的横栏上，翘着椅子大大咧咧地靠着后桌的桌沿，嘴里吊儿郎当地说着"欢迎新同学啊",面上却尽是挖苦的神色,看她就像是在看某个跳梁小丑,好像轻轻一捏就能捏死一样。

反观坐在中间的魏展颜,脸色还算正常,至少表现得不那么明显,可能忌惮于正在课堂上,甚至还稍微制止了一下刚才那个男生有些过分的举动。若不是陶音轻易看出她眼底冷霜一样的敌意,怕真要叹一句大慈大悲,不胜感激了。

陶音刚才的自我介绍太短,老师嫌她没有介绍到重点,一点没提她在城镇中学时在学业上的优异成绩,大小考试都是全校第一,于是又在她的自我介绍结束后续了不短的一段话。

陶音侧头看了眼窗外的蓝天白云,此时阳光正好,和自己生活了十六年的城镇没有什么不同。哪里都一样,一切的繁华腐朽都与她无关。

陶音一向觉得自己运气不太好。

父母因为工作的关系,一直把她丢在外婆家,而且一丢就是十五年。

她十岁的时候从外婆郑桂华口中得知父母离婚,妈妈带着九岁的妹妹魏展颜改嫁给了江鸿朗。

那会儿外婆总是絮絮叨叨地讲,女儿和她一样都是婚姻不幸的命,这辈子都遇不到什么好人家。这是上天注定的事,没法改,能做的就只有把自己那颗不肯服输的脑袋低下去,认命。

外婆说这话时,总会瞟一眼陶音,混浊的眼从镜片后面透出一道锐利的视线:"比如你,和魏展颜一样都是他们生的,但他们就是疼魏展颜,不疼你。"

那时候陶音觉得没什么关系,对待感情她从小就是一个很被动和很迟钝的人。所以在两周前,外婆去世的那个晚上,她一句话都没说,只是默默地跪在外婆的灵柩前,眼神平静地看着前来吊唁的宾客,似乎一眼就能洞穿他们横流满脸的泪水下,那一颗比自己还要冰冷的心脏。

陶音被母亲接了回去。颠簸的回家路途中，在外婆临终时才姗姗来迟的母亲魏秋芸忽然开口喊她："陶音。"

陶音语气平静地应了句："嗯。"

"你真冷血。"魏秋芸微微地调整着方向盘的角度，车内后视镜里映出的目光冷冷的，"我和你爸是享不到你的福的。"

陶音闻言心里没什么太大的感觉，也无法分辨她口中说的"你爸"到底是哪个爸，只是平淡地告诉她："没事，你还有魏展颜。"

"陶音同学虽然来自城镇中学，但是成绩还是很不错的，大家要和她友好相处。"老师在最后做了总结。

城镇中学的第一，放在这儿，其实没什么可讲的。

陶音转入的是一中，也算是个不错的高中，高分段的人虽不多，但总体水平很不错，学生自觉性强，学风好，虽然也有不少加塞进来的差生，但平均成绩还是高出其他中学一大截。

九班是整个年级的吊车尾，走后门进来的学生基本都在这儿。

老师环顾了一下教室，见第三排靠窗边还有个空位，朝那儿扬了扬下巴："陶音，你就坐那儿吧。"

早读课的铃声打响，老师闻铃提包走出教室，临走前还嘱咐陶音一句："有什么困难就来找我。"

陶音点点头，下了讲台走向她的座位。

经过过道时，陶音的头忽然被什么东西砸了一下，她顿步看了眼，是块橡皮。

"啊……不好意思啊新同学，本来要扔给小颜的，没瞄准，手滑了。"

狄彦歪着头，声音懒洋洋的，其中还掺了点坦荡的嘻意。在看到陶音转向他的目光后，他挑衅似的朝她挑了下眉。

明眼人都能看出他是故意的。魏展颜就坐在他前面，真想递橡皮一伸手就行了，哪里需要扔。那块橡皮，分明就是冲着陶音来的。

偏偏狄彦是个不好惹的主，在一中是为数不多的属于混日子的那一批人。

九班的同学一半两耳不闻窗外事地读自己的书，剩下那一半不学好的则是跟狄彦一伙的，所以此时即使大家都知道狄彦无缘无故地给新同学使绊子，也没人去干涉些什么。

陶音并不打算理会这样的小打小闹，抬步就要继续往前走。

"哎，等等。"狄彦忽地叫住了她，眼神轻蔑，从鼻间发出一声轻微的嗤笑，"不是吧新同学，不打算把橡皮还给我？"

陶音刚抬起的后脚跟落下，重新转向他时，纤长的睫毛下是一双平淡无波的眼眸。

她垂眼，蹲下，捡起掉落在地上的橡皮。

她起身，抬手，对准狄彦那张吊儿郎当的俊脸直接扔了过去。

狄彦没料到陶音敢这样做，条件反射地闭上眼，那块橡皮正好砸在他挺拔的鼻梁上。

陶音扔的力道不算小，鼻梁和橡皮相碰发出"咚"的一声，听起来挺疼的。

狄彦霍地站了起来，动静太大，全班同学的目光都转移了过来。

他气得脸色铁青，估计觉得被陶音这样一个文弱的女生反击丢了面子，太过耻辱，以至于英俊的五官几乎扭曲在一起。

"你活得不耐烦了是不是？"

陶音眼神无畏地回望着他。

魏展颜适时地拉了一下狄彦的衣角，低声道："算了，狄彦，坐下吧，还在自习呢。"

狄彦定定地看了陶音几秒，满目皆是翻涌起来的惊涛骇浪。

他勉强压住汹涌的情绪，狠踢了下椅子猛地坐下，椅腿和地板摩擦发出尖锐声响刺痛耳膜。

"小颜，你拉他干吗？"坐在魏展颜旁边的冷菲儿对着桌上的化妆镜刷着睫毛膏，一副不以为然的样子，"你那便宜姐

· 010 ·

姐先招惹的人，狄彦正常还手。她来这儿抢了你多少东西？你还护着她？"

魏展颜闭目摇摇头，示意她不要说下去了。

一场闹剧结束，班里的早读声渐次重新响起，乱糟糟的，不显朝气也不激昂。

陶音就在一片杂乱的读书声中坐到座位上，开始一本一本地从书包里往外掏书。

同桌女生扎着马尾辫的脑袋悄悄凑过来，安慰她道："新同学，别理狄彦，他人就那样，前几天打球还输了，估计心情不怎么好。"

听她这么一说，陶音想起几天前好像是有一场什么比赛，魏展颜和冷菲儿还专门跑去加油来着，于是随口问道："打球？篮球吗？"

"对啊。"

同桌撑着脸望着上方，一双眼睛圆溜溜的："我们一中和德永中学的篮球赛。德永中学你知道吧？私立的。我们这里就两个中学。当时和狄彦打球的有个叫荆盛的，那球打得跟不要命似的，又狠又猛。狄彦和他对峙的时候，拿他一点办法都没有，整个被他压着打——那哪是来打球的？分明是来发泄的！"

她静了片刻，脑海中不自觉地又浮现出那人在球场上恣意驰骋时，细碎阳光洒落在他冷毅面庞的模样，只觉得天人手笔亦不过此番风华，不由得意兴未消地唔叹道："不过，长得确实帅气。"

"啊……"她想起什么，转过身对着陶音友好地笑笑，"我还没做自我介绍呢，我叫孟清枫，不是清风的风，是枫叶的枫。"

陶音也淡淡一笑，表示自己知道了。

星期五，下午只上两节课，不到四点就放了学。

正值盛夏，碧天之下光线亮得发白。茂盛的枝叶间，蝉鸣声聒噪。

陶音背着双肩包，走在两侧种满梧桐的林荫道上。叶影间的细碎光斑在柏油路上如筛沙般跃动，不时有自行车悦耳的铃铛声在绿荫夹道中悠然荡漾。

这里行人稀少，空气静谧，陶音闭眼轻轻吸了一口气，感到胸腔轻畅不少，她很喜欢这样的环境。

直到肩上的书包带忽然往下一坠，陶音步伐微滞，转头侧目看去。

一个小男孩双臂高举，肉乎乎的一双小手拉着陶音的书包带，一张人畜无害的脸笑得很是可爱。

"姐姐。"小男孩软糯的声音响起，他一点儿不怯生，水灵灵的大眼睛毫不躲避陶音探求的目光。

"我找不到哥哥了。"

陶音蹲下，稍稍弯唇，因为对方是小孩，陶音的语气尽可能的轻软："那你知道家人的电话号码吗？"

小男孩摇摇头："不知道，哥哥们带我出来玩，然后他们就把我弄丢了。"

言语间还有点责怪和委屈的意思。

陶音没带手机，决定带小男孩去派出所。

派出所离这儿不远，转过几个路口就到了。小男孩坐在椅子上四处张望，两条腿一晃一晃的，双眼里满是好奇。

陶音向值守的女警说了事情经过，一个年纪稍长的警察倒了杯水从女警身后走过来，坐下时看到陶音，他喝了口茶，说："是你啊，上次的事怎么样？没再来吵你吧？"

陶音笑了笑："没有，谢谢你们了。"

年长警察摆摆手。

女警闻言也笑了，问："陈警官，你们认识啊？"

陈警官放下茶杯："上次这小姑娘报警说有人扰民，我就和小张去看了下，一去，一屋的男孩和女孩在那儿疯玩，整个房间弄得跟个KTV一样。你说现在的小孩，不好好学习，尽混日子，糟蹋父母的钱。"

· 012 ·

女警宽慰道:"现在都是独生子女,被家里宠坏了。"

"对。"陈警官对此深以为然,"里面有个小孩,看样子也是个难管的主,我说的那些,他估计半个字也没听进去。"

他又喝了一口茶,起身:"不说了,我还有事,你想办法联系一下男孩的家属,看有没有认识他的人,我先走了啊。"

女警朝他点点头。

没过一会儿,派出所门口传来一阵少年愤懑的声音:

"你说这死小孩,我俩就一会儿没看,连影都找不见了!怎么就这么皮呢?我小姨要是知道我把她那宝贝儿子给弄丢了,我不死也得被扒层皮——阿盛,等找到那小子非得狠揍他一顿!让他长长记性!"

阿盛——听到这个称呼,陶音脊背微微一僵,朝门口的方向转过头去。

此时荆盛和彭明正好推开玻璃门,椅子上的小男孩看到来人后立马扑了上去,嘴里特别高兴地喊着"哥哥"。

彭明的火气噌地蹿上来,脏话直接响在派出所里,横抱起男孩就在他屁股上打了一巴掌:"你还知道哥哥啊!叫你乱跑!叫你乱跑!"

警察见状赶紧上前去拦。

小男孩被打得"哇哇"乱叫,嘴里含混不清地喊着:"坏哥哥!呜呜……坏哥哥!我不要你了!我要姐姐!我要跟姐姐回家!"

"你还不要哥哥了?要姐姐?我看你要哪个姐姐?我看你要哪个姐姐!"他猛地抬头,目光和陶音相撞的一瞬间,整个人愣住,手掌直接悬停在半空中。

他睁大眼睛,缩回手,手肘悄悄捅了捅旁边穿着黑色宽松T恤的男生,压低声音道:"阿盛,这不是……这不是上次报警投诉我们的那姑娘吗?"

见旁边的人没反应,他又捅了捅,侧过脸后就看到从进门起就不发一言的荆盛,正挑起嘴角,眼睛直勾勾地盯着人家小姑娘看,眸光间满是好整以暇的戏谑。

"挺好的。"他轻笑开口,声音懒怠,漆黑的眼瞳一瞬不瞬地盯着她清澈的一双眸。

"你拐卖,我扰民。"

"挺配。"

在确认叫彭明的男生的确是小男孩的亲戚后,警察对他们叮嘱了几句就让他们离开了。

门口停着两辆自行车,是初高中男生经常骑的那种,座椅很高,轮子很大。

"今天谢谢你了,要不是你,我今天估计真没法活着回去。"彭明踢开自行车的撑脚,想了想道,"要不我们俩请你吃饭吧?"

没等陶音回话,荆盛抢先开口,语气十分鄙夷:"不到五点,你吃什么饭?"

"到那儿不就五点了吗?"彭明不服气,苦口婆心地劝说他,"阿盛,对小姑娘不要这么小肚鸡肠,心胸要宽广点。"

陶音不太擅长与人相处,也不想和这两人有什么牵扯,更何况还有荆盛的那句"离我远点"的警告在。

于是她摆摆手:"不用了,我也没帮什么忙。"

彭明还是觉得这样走了对不住人家,前几天他们扰民还闹了些不愉快,这会儿人家又帮了他这么大个忙,要是就这么走了有点说不过去。

所以陶音再三婉拒,彭明仍然坚持不懈地邀请。

荆盛听得烦了,拨了几下车头的铃铛,"丁零零"的一串脆响打断两人相互谦让的话语。

他在两人的注视下抬起眼,望向街边不远处的一个奶茶店。

"你走吧。"他说。

陶音闻言点点头,语气很轻:"行,那我先走了。"

说完转身就要走。

·014·

"等等。"荆盛从后面叫住了她。

陶音转过头,见他长睫微垂半遮住漆黑的瞳仁,唇线平直没有弧度,看着她的表情并不像是愉悦的样子。

"我没说你。"他说着,看向一旁正准备叫住陶音的彭明,"你走吧。"

彭明的眼睛又一次睁圆,他疑惑道:"嗯?"

"人家都说了不吃饭,就请人喝杯奶茶吧。"荆盛回答得面无表情。

彭明后知后觉地"哦"了一声,又有些疑惑:"那咱仨——四个人一起去不就行了?要请也是我请啊。"

荆盛不耐烦地"啧"了声:"行了,你带着你弟弟回去吧,再晚点你小姨又要拿你开涮了。"

"行吧。"彭明想想觉得有道理,让小家伙坐到自己自行车的后座上。

"那我就先走了,那个同学,下次见面我再请你啊。"他单手握住车把,另一只手朝陶音挥了挥,骑着自行车背对着他们慢慢远去。

荆盛长腿从自行车上跨下来,扶着车把,对陶音扬了扬下颌:"走吧。"

陶音愣了愣:"你不骑?"

荆盛就像看傻子一样看着她,眼神充满鄙夷:"我骑,你在后面追着跑吗?"

…………

陶音觉得他说得对。

两人一路无言,直到走进奶茶店,荆盛才开口问:"喝什么?"

陶音扫了眼菜单,没什么特别想喝的,便随口答道:"柠檬水吧。"

奶茶店规模不大,定位也不高端,店员毫不避讳地将柠檬浓浆挤了点到塑料杯里,又切了两片柠檬放进去,然后加一大勺冰块,

· 015 ·

封口，摇晃，一杯柠檬水就做好了。

陶音接过柠檬水，插上吸管吸了一小口，酸甜冰凉，是她熟悉并喜欢的味道。

荆盛眉头皱了皱，可能觉得这奶茶店店员太过敷衍，店面太过简陋，各色奶茶粉就大大方方地摆放在制作台上，盒子也不太干净。

他本以为旁边这个看上去干净整洁的女生会嫌弃这样的小作坊，没想到她喝得很自然，好像还挺喜欢。

两人出了奶茶店。推着自行车跟在陶音后面走了几步路，荆盛还是没能忍住，停步道："要不你别喝了？"

陶音正咬着柠檬水细细的吸管，闻言，她有点难以置信地转头看向他，细眉蹙了蹙，有些怀疑是不是自己听错了话。

五元钱一杯的柠檬水，也不让她喝了吗？这是有多小气？他不如当时就赶自己回家算了。

于是陶音略有些为难地告诉荆盛，自己没带钱。

荆盛"嗯"了一声。

所以……这是要自己将柠檬水还给他？

可是自己已经喝过了。

陶音想着，迟疑地将手中喝了一些的柠檬水拔了吸管递给他，犹豫着开口道："我去店里帮你要根吸管吧？"

荆盛一边的剑眉抽了抽，无法想象自己在面前这个女生心里到底是个怎样的形象。

他尽量缓一口气："你不嫌脏？"

陶音递柠檬水的手就这样尴尬地悬在半空，鲜亮的唇渐渐抿起。

她自以为做得很周全，连吸管都拔了，还问他要不要去向店员要一根吸管来，而他现在这样的反应明显是在找碴。

她向来不是计较的人，对什么事基本都能心平气和地应对，说是心如止水，有时候倒不如说是心如死灰，没什么情绪，狂风

·016·

一吹,灰白余烬轻飘飘地扬去,胸腔间空荡荡,再不剩些什么了。

所以她只是略微叹一口气,妥协道:"那算了。"

她重新插上吸管,又吸了一口。

盛夏的阳光热烈,柠檬水里的冰块很快化成碎冰,随着陶音一递一饮的动作在塑料杯里当啷碰撞,杯壁上密密的水珠汇聚,滑下几滴落在柏油路上。

通过陶音的神色,荆盛敏锐地察觉到她不是很高兴,但是又好脾气地没发作。

他本来特别讨厌这样,什么话都不说,就让人猜。不高兴就直说,有必要吵一架摔东西都行,别搞这些有的没的。

可此刻,就在陶音转身朝前迈了一步时,微凉夏风穿叶簌簌而过,带着些微淡淡的柠檬薄荷清香轻拂过他的面庞。

少年在夏日里躁动的血液如同沸水,在那一刻与清凉薄荷茶的冰凉气息互相碰撞,一颗一颗的透明冰块缓缓地飘荡在少年炽热的胸膛。

梧桐道路尽头是一个岔路口,陶音还要直行一段路,而荆盛要往左边走了。

"那再见了。"陶音转过身对他说。

荆盛"嗯"了一声,也没看她,长腿跨上自行车,双手握着车把,迎着铺洒满地的阳光朝着左边的路骑去。

陶音看着他渐渐远去的背影,回过头继续往前走。

陶音喝得慢,一杯柠檬水走到家也没喝完。

开门时,魏秋芸看到陶音手里拿着半杯柠檬水,皱皱眉,问道:"你不是没带手机吗?哪儿来的钱?"

"同学请我的。"

事情解释起来太复杂,陶音也不愿多说,随口说道。

魏秋芸"哦"了一声,声音又有些不满:"别随便接受别人的施舍啊——你刚上学就交到朋友了?既然来这儿了就好好学习,别整天想着玩。"

陶音觉得她这番话说得很没有道理。

就她在嘉城住的这段时间，魏展颜和冷菲儿、狄彦他们出去玩的次数不少，反而是她几乎不出门。有时他们两个来家里做客，陶音就尽量一个人待在卧室里，以避免他们那没来由的针对。

卧室传来魏展颜清脆的声音："妈，我饿了，什么时候吃饭？"

"好，我现在就去做，你想吃什么？"魏秋芸结束对陶音的说教，转头答应道。

"我想想啊。"卧室短暂的沉寂后，再次响起魏展颜的声音，"麻婆豆腐和鱼香肉丝。"

"行。"

她们这一问一答，陶音觉得自己站在这儿有点多余，径自回了自己的卧室。

卧室布置得很简洁，没有魏展颜房间那么温馨和精致，但是陶音对此还算满意，她很享受一个人待在小房间里的感觉。就像隔绝了一切世外的喧闹与烦累似的，静静地沉浸在自己的世界里，什么都不去想不去管，她一直觉得自己一个人就能过好这不悲不喜的一生。

魏展颜母女俩都嗜辣，晚饭时，桌上两道菜都淋满红彤彤的辣椒油。

陶音也不是一点辣都不吃，但最多也就是豆腐花里滴两滴辣椒油的程度，她确实没想到鱼香肉丝里居然也能放辣椒。

因为太辣，陶音喝了不少水，胃被凉水灌满，有些吃不下去。

她刚想起身说自己吃饱了，魏秋芸就头也不抬地命令道："给我把饭吃完。"

陶音只好硬生生地坐回去，勉强又吃了几口白米饭。

魏秋芸瞥了眼她那半碗没任何菜的白米饭，眼神冰冷："别在这儿装样子，这里没人惯你。"

陶音的细眉微不可察地皱了一下，抬了抬眼。

·018·

"别把你在外婆家的坏习惯带到家里,外婆惯你我可不惯你。"

魏秋芸的话就像一把淬了毒的刀子往陶音的心口上捅,只不过陶音的心经过经年累月的摧残,只剩凄凄惨惨空荡荡的一片。刀子一捅,没有着落,倏地掉下来,发出"叮"的一声清响。

桌对面的魏展颜轻飘飘地补了一句:"外婆从小就疼姐姐。"

魏秋芸闻言从鼻腔里冷哼一声:"她也知道疼人吗?"

陶音看着魏秋芸,有那么一瞬间好像从她的神色里看出几分郑桂华的影子来。

那是郑桂华在抚养陶音的十五年来,极常表露的表情和语调。

原生家庭真的是能造就一个人,曾经魏秋芸那么讨厌并想远离那个人,最终却活成了那人的样子,又将同样的冰刃刺向下一代,以此博得心理上的那么一点平衡。

魏秋芸在魏展颜身上弥补自己缺失的母爱,而从小跟郑桂华一起生活的陶音就理所当然地成为她用以发泄的靶子。

陶音并不在乎什么,就算她们俩当她是空气也没事,她不会因为魏秋芸单纯的偏心而感到难受,她只是想清静些,不喜欢有人总是在旁边阴阳怪气地找麻烦。

勉强将那半碗白饭吃完,陶音回房去写作业。

老师布置的作业不难,陶音浏览一遍题目,流畅地在答题区写下了解题步骤,几道题很快写完。

桌上的手机发出"叮叮"两声响,陶音滑开屏幕,是孟清枫发来的一张照片。

孟清枫:我找人要到荆盛的照片了,怎么样?帅不帅?

上午孟清枫加了陶音为好友,陶音没什么朋友,社交软件相当于摆设,没想到孟清枫会给她发消息。

她点开图片看了一下,有些错愕,双唇微微张开。

照片是在教室里拍的,里面的少年趴在靠窗的课桌上睡觉,下半张脸埋在臂弯里,侧着头,几缕日光照耀在他头顶的发丝上,晕出温暖的质感与光泽。

· 019 ·

就是那个初遇和她闹得不怎么愉快的少年。

孟清枫：听说他学习不好，是个校霸，但是为人不错。

陶音的目光转移到桌上那半杯柠檬水上，对孟清枫的话有些许怀疑。

学习不好是肯定的，校霸估计也不假，就是这个为人不错……究竟是怎么个不错法？五元钱的柠檬水都不舍得，还要借此找碴，陶音觉得他挺小心眼的。

孟清枫：小桃桃你应该不喜欢这样的学渣，那我就勉为其难地收下吧！

陶音觉得孟清枫对荆盛的误解有点大，考虑了一下，发：还是不要吧。

孟清枫：？

陶音：他应该，挺抠门的。

陶音：应该舍不得给对象花钱。

九班的数学老师叫常鸿达，四五十岁，两边嘴角总是耷拉着，鼻梁上架着一副方框眼镜。可能是教学经验丰富的原因，发型已经趋近"地中海"了。

早读结束的第一节课是数学课，可能是因为昨晚玩得太忘乎所以，教室里睡倒一大片。

作业讲到一半，常鸿达停住，眉毛竖起，在讲台上重重地拍了两下黑板擦："一个个都给我起来！看看你们像什么样子！我和你们说，过个十几天就是开学考了，我倒要看看你们数学能考个什么分数！"

常鸿达嗓音很大，夹杂着翻腾的怒火，台下噤若寒蝉。

在这样的沉寂中，狄彦懒散的戏弄声显得尤为响亮："老师，不用担心，这不是有县城出来的优等生陶音吗？陶音，还不懂事点，给老师立个保证啊。"

冷菲儿很快接了话："没办法，毕竟县城来的。"

·020·

教室里响起窃窃的笑声,陶音一言不发,神情自若地将本子翻到后一页。

"安静!"常鸿达拍着桌子,对着角落里的两人怒目道,"狄彦,你跟我在这儿嬉皮笑脸是不是?别人怎么样要你管了?还有你冷菲儿,你接什么话茬呢?县城来的怎么了?成绩比你俩差了?这次数学考试,你俩要再给我考个三四十分,都给我把试卷抄十遍!"

常鸿达虽然这么说,但同学们心里都清楚,狄彦和冷菲儿是不会把"试卷抄十遍"这件事放心上的。

孟清枫在桌下悄悄碰了碰陶音,低声安慰道:"他们就这样,你别在意。"

陶音笑笑:"没事,我没在意。"

这时常鸿达已经收起怒火,拿起临市的一套试卷在黑板上抄写着题目。

"这是临市高一年级期末考试的最后一道题,是个重难点,他们学校做出来的只有三四个同学,所以大家一定要认真听讲。"常鸿达边抄边不忘强调这道题的重要性。

陶音拿起笔,低头在纸上誊抄题目。

黑色长发松松散散地从肩头垂落下来,白色校服下双肩单薄。她一手轻搭在脖颈处,虽然低着头,但肩背依旧挺直。

孟清枫悄悄侧过头看她,觉得她气质真好,周身都萦绕着一种宁静平和的气息。

孟清枫视线下移到陶音摊在桌上的草稿纸,字迹娟秀美观,步骤清清楚楚,再抬头看黑板上老师刚刚写下的答案,与陶音草稿纸上写的分毫不差。

孟清枫有点惊奇:陶音成绩这么好的吗?

陶音确实成绩不差,头脑也好,学习对她来说不算难事,有时也可以当作放松的方式。

对她来说,维持一些必要的人际关系,比学习要费力得多。

下课铃响,课间十分钟,教室里乱哄哄的。

下节是物理课,陶音从书包里掏出物理课本,翻看了几眼。在了解到下节课要学的知识点不算太难后,她将草稿纸翻到空白的一页,开始默写学过的古文诗词。

当默写到《离骚》中"路漫漫其修远兮,吾将上下而求索"这一句时,陶音视野里忽然晃入一双穿着黑色长筒袜的细腿。

陶音侧头抬起眼睑,见是穿着白衬衫和藏青色短裙校服的魏展颜站在自己身旁。

"有事吗?"陶音问。

"刚刚老师讲的那道题我没听懂,回家教我。"魏展颜语调冷漠至极,一点也没有请人帮忙的客气语气。

陶音点点头:"行。"

魏展颜理科方面不太行,尤其是数学,考试分数一般是将将三位数,不及格的次数也不少,很少上一百二十分。

解题步骤写了一黑板的题目,讲起来也比较困难,很多次陶音讲到后面,魏展颜就忘了前面的结论是怎么得来的,好不容易讲到最后,魏展颜才勉强理解。

魏展颜看了一会儿草稿纸上密密麻麻的公式,忽然开口:"你自己做出来的吗?"

陶音回答:"嗯。"

魏展颜的脸色瞬间难看了许多,闷声问道:"你怎么想出来的?"

这问题实在有些强人所难,陶音无法解释,只好道:"多做点题,多思考,就能想出来了。"

魏展颜顿时就火了:"你什么意思啊?你直接说我笨呗!不愿意教就不愿意教,没人求着你。"

陶音觉得她这个妹妹真是幼稚得可笑,早一年上学也不见得心智变得成熟。

以前在外婆家时,魏展颜仅仅来了那么两三次,陶音都能看出她对自己满满的厌恶。

那时候她们年龄都不大,所有情绪全部摆在脸上,魏展颜会盯着陶音的脸看,然后"扑哧"一声笑出来,别过脸装作憋笑的样子对魏秋芸说:"妈妈,她长得好奇怪啊!"

那是七八岁时的事情了,陶音小时候眉毛太淡,眼睛又不算很大,偏又少见地生了鲜亮的唇,挺好看的,但在孩童眼里,少数的就是异类,是丑,是要被嘲笑的那一个。

容貌攻击自小就有,可那时候没有任何人替陶音说话。

"你知道就好。"陶音的情绪变得平和,"我确实不太愿意教你。"

她起身,在打开房门时转过头,安慰似的道:"笨一点其实也没事,多努力就行了。毕竟笨鸟先飞,勤能补拙。"

她顿了顿,继续道:"别自暴自弃,实在不行,还可以去看医生。"

她说完走出去关上门,径直走向了自己的卧室。

晚上十点多,陶音在床上睁开了眼睛,睡不着,有点失眠。

老毛病又犯了,陶音平常睡得晚起得晚,上学时的作息其实是违反她的生物钟的。

她没开灯,平躺在床上,望着上方的天花板。

来嘉城的这十几天她也没去外面看看。

反正明天也不上课,就出去走走吧,看看大城市的夜生活是怎么样的。

这样想着,陶音起身穿上衣服,开门。魏展颜和魏秋芸的房门紧闭着,漆黑的过道里看不见门缝。

放轻脚步穿过客厅,陶音轻轻地拧开门把手,尽量不发出任何声音。

走至街市,道路两侧的灯火透亮,行人穿梭,车辆游走。

陶音在路上漫无目的地闲逛，等反应过来时，才发现自己走到了一条昏暗的小巷。

她转身想离开，却隐隐看见前方小巷拐角处，有一团微弱的光。

她探寻着走近，到了转角，灯光渐渐铺陈在她身上，她停步，转过头，愣了一下。

不远处的光亮下，站着一个人。

他倚着路灯灯柱，一身黑色，低着头，身姿高瘦清隽，黑色鸭舌帽下的半张脸利落冷峭，双唇如含薄冰。

像是感受到陶音的视线，他微微抬起头来，露出寒冷凛厉的一双眼，脸侧还有瘀青。

陶音认出来了，是连五元钱柠檬水都要自己还给他的校霸。

荆盛也明显认出了她，带伤的俊脸扯出一抹散漫的笑："是你啊，这大半夜的，我还以为见鬼了。"

陶音不知道是不是自己看错了，总觉得他的笑容有点勉强，甚至还有点落寞的意味在里面。

灯光从他头顶上方垂照下来，空气中的细小浮尘在透亮的灯光下浮动起舞。女孩站在几步外的光尘里，没穿校服，细眉杏眼，浅紫色上衣松松地扎在裤腰里，宽大的短裤下两条腿细白笔直。

她的长发被黄色宽发箍拢到肩后，白皙的脖颈裸露出来，没什么情绪地看着他。

就在荆盛以为等不到她的回应，直起身准备走时，他听见她忽然开口问："你知道便利店在哪里吗？"

荆盛停下脚步，瞳孔在月光中显得很亮。

他偏头对陶音笑："便利店，我熟。"

他挑了下眉，说："告诉我你的名字，盛爷我带你去啊。"

便利店的收银台旁"咕噜噜"地煮着关东煮，种类很多，陶音正隔着玻璃挑选着。

"魔芋丝。"

·024·

店员挑了一串魔芋丝放进了杯里,抬眼示意她继续说。

"嗯……"

关东煮里的各类丸子陶音很多都没见过,不知道叫什么名字。她抬手,指了指里面空心圆柱形状的一串丸子:"这个。"

店员没分清,拿起后一格的一串香菇问:"这个?"

"不是。"陶音摆摆手,"前面那个。"

店员没听清:"哪个?"

陶音脸皮挺薄的,并不习惯和人沟通接触,此时有点窘迫。

她摇摇头:"算了,不——"

"竹轮卷。"头顶一道闲散的声音打断陶音的话。

陶音猝不及防地回头,荆盛就站在她身后,他零碎的黑发略略遮住浓黑的眉毛,半睁着眼看着锅里的东西,忽略掉陶音仰视他的视线。

他个子很高,离得又很近,陶音方才一转头,嘴唇差点擦上他宽阔胸膛处的黑色T恤。

店员重新拿了一个杯子,刚要把一串竹轮卷放进去时,荆盛又开口:"不是给我,"他用眼神示意,"是给她。"

店员又将那串竹轮卷放进陶音的杯子里,问:"还要吗?"

"再拿个烧鱼饼和鸡蛋。"

店员选好陶音要的东西,盛了点汤递给她。

荆盛将手里拿的一份川香鸡丝凉面放到收银台,店员扫了下:"十一块八。"

荆盛指了指陶音手里捧着的关东煮:"还有这些。"

陶音的细眉忽然皱了下,脑中顿时涌现出上次荆盛给自己买柠檬水时的情景。

这个年龄段的男生自尊心总是很强,尤其爱面子。就像她旁边这个所谓的德永的校霸,明明连五元钱的柠檬水都不太愿意送人,但在旁人面前还是不愿落下话柄。

她没作声,只是又从收银台旁拿了一盒创可贴,放到收银台上,而后低头看着手机。

反正出了便利店，估计荆盛就会让自己把钱还给他，陶音并不是很介意给他这个面子。

仿佛没料到陶音的这一行为，荆盛挑了下眉，似笑非笑地朝她偏过目光。

便利店里的白光照在陶音瓷白的脸上，她的嘴唇红润没有弧度，眼眸干净得如同山间的一汪清泉，给人一种清清冷冷的感觉。

他第一次觉得身旁这女孩挺好看的，是那种令人舒服但又不易让人接近的美丽。

"一起？"店员问。

荆盛饶有兴趣的眼神盯着陶音不放，看了一会儿，他忽然笑了，声音爽朗地道："一起啊。"

荆盛将酱料包倒进凉面里，搅拌均匀后吃了一筷子。

味道还行。

他晚上没吃饭，这会儿有点饿了。

他吃着面，咀嚼的动作牵扯起青紫的脸，泛起阵阵钝痛，回想起他爸将杯子朝他脸上扔过来的场景，还真有点疼。

陶音在他对面拆开创可贴的盒子，拿了一张出来，放到他面前的桌面上："伤口，要不要贴一下？"

荆盛看了一眼，笑道："这么小的创可贴，够贴哪里？"

"好歹能遮住点。"陶音说，"你好像不太想让别人看到。"

话音刚落，荆盛脸上漫不经心的笑意渐渐褪去，冷漠的气息一点点攀爬上幽深的黑瞳。

也不知道这女孩是怎么看出来的，明明从刚才见到她到现在，自己没提半点关于伤口的事。

他一言不发地拿过桌上的创可贴，撕开两侧的贴纸，单手往脸上贴。

伤口在荆盛看不见的脸侧，他试了好几下都没能正好贴在青

·026·

紫处。

　　见此,陶音在心里默默地叹了一口气,从盒子里又抽出一张创可贴,起身走到荆盛身旁。

　　荆盛这会儿正心不在焉地找着伤口的位置,根本没注意到陶音的动作。直到一只纤白柔软的手轻轻握住他抬起的手腕,缓缓将他骨节分明的手从瘀青处移开。

　　他猝不及防,猛地抬头,对上陶音的一双杏眼。

　　陶音细长的眉微微抬了抬,像是不明白他的举动,开口道:"给你贴创可贴。"

　　荆盛又恢复了原来那个落拓不羁的样子,笑着问:"这么关心我啊?"

　　说完,见陶音没反应,荆盛将脸往另一边偏了偏,将受伤的那半边脸露出来,语气淡淡的又混了点嚣张的感觉:"盛爷我给你这次机会。"

　　陶音很想问一句"你想得怎么这么多?",但最终什么都没有说,只是松开他的手腕,俯下身,将创可贴有棉垫方块的地方轻轻覆上荆盛的伤口。

　　她的手指有点凉,指节碰上他脸部的时候,荆盛被激得稍稍眯起了眼睛。

　　"好了。"陶音轻轻按着有棉垫的地方,细白手指揭去创可贴两侧的贴纸,将创可贴平整地抚平在荆盛脸上。

　　贴好后,陶音回到自己的座位上,咬了一口竹轮卷。

　　她以前在灯绛镇的时候很爱吃校门口卖的串串香,后来上初中,有小摊的牌子上写的是关东煮,但卖的东西都一样,换了个名字而已。

　　后来她有了智能手机,有时候会从视频里看到一些大城市的东西,发现那里的便利店和她这里的不是一回事,关东煮似乎也有很大的不同。

　　反正她挺想看看的,谁知道来到嘉城后一直待在家里,自然

027

也就忘了这回事。

荆盛看着她斯文地将最后一口竹轮卷咽下，面色轻佻，话语似乎意有所指："这么晚了你还出来？这时候你不应该头悬梁，锥刺股，挑灯夜战直至天亮吗？"

"睡不着。"陶音漫不经心地插着魔芋丝，"所以想出来走走。"

"这样啊。"荆盛说，"你不是本地人吧？刚还问我便利店在哪里，才搬来？"

陶音觉得用搬来这个词不太合适，纠正他道："应该是接来。"

荆盛思考了一会儿，问："有区别？"

"有吧。"陶音打开手机看了一眼，十一点一十九分了。"我父母和妹妹都在嘉城，我没和他们住一起，后来外婆去世没人照顾我，他们就把我接过来了。"

她说这件事的时候云淡风轻，就像在说一件和自己无关的小事一样。

荆盛也无甚反应，打开手机看着上面显示的时间和日期，"啧"了一声："8月22日，真不是什么好日子。"

陶音闻言抬起头，反问了一句："8月22日？"

"8月22日。"荆盛回答，察觉到她的问话有些反常，"怎么了？"

陶音的面色又变得平静如初，低下头，不紧不慢地说："我的生日，8月22日。"

"那不是只剩四十一分钟了吗？"荆盛霍然起身，皱着眉看她。

陶音从容不迫地按了下手机，看了眼屏幕后，纠正他："是四十分钟。"

…………

荆盛转身去了货架那边，找到放甜品的地方，随手拿了一个蛋糕，看着标签名称问："柚子蛋糕吃吗？"

"不用。"陶音反应过来，明白荆盛在为她挑蛋糕，连忙起身拦住荆盛，"真的不用了。"

·028·

荆盛没管她,又挑了个芝士蛋糕看了看,觉得有点腻,估计陶音不会喜欢。

半夜了,甜品区没剩多少东西,零零散散地摆放在货架上。

"那就这个吧。"他拿着一个蜜瓜蛋糕去了收银台,付了账,陶音根本来不及去拦。

陶音看着眼前桌上的蜜瓜蛋糕,有些无可奈何地对荆盛说:"荆盛,我刚刚吃完关东煮,真的不太能吃下这个了。"

荆盛扬了扬眉:"吃一点,意思一下。"

马上十二点了,再不回去睡觉早上估计起不来。想到这儿,陶音决定听荆盛的话,打开盒子,拿起小叉子挖了点放进嘴里。

蜜瓜味,挺甜,味道似乎还不错。她又吃了几口蛋糕,唇边沾到了一些奶油。

荆盛看着她吃蛋糕的模样,觉得她还是这样好看,明明还只是个十几岁的小女孩,却活得没有一点普通人该有的欲望似的,太沉默,太内敛。她现在这副嘴角沾着奶油的样子,倒有几分普通少女的感觉。

说着吃不下,一盒蛋糕最后也没剩多少。陶音掏出随身带的纸巾擦擦嘴角,抬起头看他,她眼睛里映着清浅的光,双唇弯出的弧度很浅,语气诚挚道:"谢谢你了。"

荆盛摆摆手,不以为意道:"谢什么,又不是多贵的东西。"

陶音反应过来,这是在提醒她还钱呢。

她滑开手机屏幕,点进微信,头也不抬地问:"你扫我还是我扫你?"

荆盛微微一愣。

发现对方没反应,陶音抬起头,用眼神再次询问了一遍。

荆盛这才察觉到这姑娘是什么意思,原来是要还他钱。刚才被她这么突如其来地一问,自己竟误以为对方要加他好友。

他觉得眼前这姑娘真是太好玩了,是那种他不能理解的好玩。

他勾勾嘴角,将陶音的手机从她手中抽走,在她略显错愕的

· 029 ·

眼神中,他在两部手机上操作了一番,然后将陶音的手机还给她。

拿起桌面上吃剩的凉面盒子,荆盛戴上黑色的鸭舌帽起身绕过她,轻飘飘地丢下两个字:"走了。"

陶音收拾好桌上的空盒,也在荆盛之后走出了便利店。

他们将空盒扔在路边的垃圾桶里。荆盛抬头看了眼天色,回头对陶音说:"不早了,我送你回去吧。"

陶音推辞不过,最后还是同意让荆盛送她回家。

夜色沉沉,居民区行人稀少,荆盛就这样插着口袋、戴着黑色鸭舌帽跟在陶音身边一步一步地走,他的胳膊始终与她有一段距离,以免触碰到她。

"听你刚才那语气……"他忽然开口,清亮的音色回旋在寂寥无边的黑夜里,"你似乎不太喜欢你的家人。"

陶音沉默了半晌,稍微垂下长翘的眼睫,轻声回答:"还行。"

荆盛也不再问了,谁也不知道他有没有听出陶音故作无事下的情绪与含义。

两人走得慢吞吞的。在微弱路灯灯光的映照下,陶音的脸庞像是蒙了层霜,一点淡淡的寒气悄然升腾而上。

夏夜的凉风很是惬意。陶音略略仰起白皙小巧的脸庞,习习夜风将她耳旁的发丝拂得散乱,隐隐约约露出流畅好看的下颌。

夜幕中的星星零落而遥远,发出一小点细弱的光亮。幽深草丛间,依稀可听夏虫嗡嗡,蝉声嘹亮。

荆盛和陶音就这样默不作声地走在静谧的街道上。

到了荣景小区的门口,他们停下来。

荆盛鸭舌帽下的双眸黑亮,像是映着天穹上的浩然星光。

他说:"那我就不送了。"

陶音点点头。

回到家,陶音没开灯,轻手轻脚地回到卧室,躺在床上。她点进微信,想看看花了多少钱。

· 030

没看到扣费通知，反倒是运动消息下面的一条添加新朋友的系统消息，让她颇感困惑。

你的大帅哥债主：我通过了你的朋友验证请求，现在我们可以开始聊天了。

陶音缓缓地发了个问号，接着又发：请问你是谁？

那边很快回复：这才分开几分钟啊，你就不认识我了？

陶音反应过来：你是荆盛？

你的大帅哥债主：不然？

陶音：你怎么加我了？

你的大帅哥债主：不是你说的，你扫我我扫你？

陶音知道荆盛是误解了自己的意思，自己说的那句话的确有点歧义，没多起疑：我的意思是扫码转账。

你的大帅哥债主：哦。

你的大帅哥债主：我还以为你是问我联系方式呢。

你的大帅哥债主：那我肯定大发慈悲地给了。

之前怎么没看出来这人这么自恋，陶音这样想。

陶音：多少钱？我发红包给你。

你的大帅哥债主：忘了。

陶音并不信，拆穿他：有支付记录。

你的大帅哥债主：删了。

你的大帅哥债主：所以在我没想起来之前——

你的大帅哥债主：我的身份都是你的债主，我给你发消息你必须秒回，至于你发给我——

你的大帅哥债主：看我心情选择秒回还是轮回吧。

陶音默默锁上手机，卧室陷入一片暗淡。她平躺在床上，闭上眼，迫使自己入睡。

荆盛话是这么说，但是过了两个多星期，连一条消息也没有给陶音发过。陶音就像平常一样上学放学、做题目，晚上睡不着就去那家便利店买一份关东煮吃,便当她也尝过几次,味道都挺好。

考试的座位表张贴在黑板的旁边,陶音下课后看了一眼。因为是转校生,她被安排在最后一个考场,狄彦就坐她后面。

这两个星期,狄彦和冷菲儿不断地找她麻烦。

班长刚从班主任的办公室出来,告诉陶音班主任找她。陶音应了一声,站起身便要往教室外走。

即将跨出教室门口时,她被人推了一把。

那人推的力道不是很大,陶音只身子往前倾了一下,并没有摔倒。

她回头一看,果然是狄彦。

狄彦就这么站在她身后,手里拿着学校发的数学练习册。他胳膊伸着,什么话都没说,但陶音能从他的表情看出,这是让她老老实实地帮他完成作业的意思。

见她没什么反应,狄彦拿着练习册的手又朝她扬了扬,示意她别在这儿磨磨蹭蹭浪费他吃喝玩乐的大好时光。

"我的作业在桌上,"陶音动也不动地看着他,上翘的眼睫根根分明,说话时宛如凤尾蝶的翅膀在风中微微翕动,"你可以自己去抄。"

陶音不愿与他们多争执计较,狄彦他们作恶惯了,不看到别人哭泣求饶心里不会痛快,恶意来得幼稚又好笑。

他们长到这么大,增长的却只有年龄,童年时那种无知的恶半点没有掩饰和更改。

陶音现在要去老师办公室,没心思和狄彦纠缠,说完这句话便直接离开了教室,留下狄彦一个人保持着方才递练习册的姿势,在喧闹的班级里显得有些尴尬。

·032·

第二章

被迫转校

开学考试第一天考的是语文。

陶音刚起来，拉开窗帘，就看到外面灰蒙蒙的天色。半夜下了一场雨，今早路面上还是湿答答的，泛着潮气，让人感觉身上黏糊糊的，心情也像是被雨水打湿一般低落。

陶音穿着小白鞋走在小区的石子路上，旁边的草叶花朵被雨水冲洗得发亮，偶有几滴雨珠颤动着从叶尖坠落，空气中弥漫着雨后泥土的淡淡清香。

怕被泥水溅脏双腿，陶音特地穿上了及膝的黑色中筒袜，她的脚踝被袜子包裹得纤巧分明。

到了考场时，里面还没什么人，陶音找到自己的座位坐下，从书包里掏出语文书开始复习古诗文。

当她从头到尾背完一遍后，教室里的人慢慢多了起来，周围渐渐变得喧闹杂乱。陶音翻动书页准备再背一遍时，后座猛地传来"咚"的一声。

狄彦将书包重重地撂在课桌上，一条长腿跨在桌子外，侧过身子和旁边位子上的男生嬉笑打闹，制造出不小的动静。

陶音被他们吵得心烦，阴雨天气时她心情总是不太好，于是合上书，侧着头趴在课桌上。

椅子被后面的人猛然踢了一下，陶音被惊动，快速直起身子

往后看了一眼。

狄彦懒懒散散地靠在椅背,双手枕在脑后,见陶音看过来,他顽劣地挑起一边嘴唇,道:"好学生,考试时给个答案呗?"

陶音不动声色地转正身子,背对着他不痛不痒地道:"趁这个时间背几首古诗,考试的时候多写几个字,比传答案有用。"

上午九点整考试开始,监考老师让学生把课本统统拿到教室外面,等学生全部回到座位后,监考老师将卷子分发给每列的第一个人,学生再依次往后传。

陶音看了眼最后的作文题目,然后翻过卷子开始做古诗词默写题。

考试的前三十分钟陶音过得很平静,但三十分钟后狄彦就开始不断地干扰她。

一开始是用笔不停地戳陶音的后背,见她没反应就开始踹她的椅子。陶音不声不响地将椅子往前移了移,凝下心神准备继续答题。

然而在她动笔准备书写时,削薄的肩膀忽然被人用力朝前一推。她反应不及,身子倏地前倾,桌子被抵得向前移动一段距离,桌腿与地面摩擦发出刺耳的声音,落在答题卡上的笔尖在密密麻麻的文字中画出长长的一条线来。

监考老师闻声抬头,看向陶音那边,拧起眉头:"那边的!怎么回事?不想考就出去!"

陶音心下一惊,连忙查看手臂下的答题卡,好在卷面没有破损,只是不知道被画了一条线的答题区域会不会影响评分。

为了考试方便,陶音特意扎了个丸子头,此时确认答题卡无事后,她还未舒一口气,狄彦又迅速抓住她头上的发髻往下一扯。

她几乎忍无可忍地举起手:"老师,我后面的同学一直干扰我考试。"

讲台上的监考老师再次抬眸,迈着"嗒嗒嗒"的脚步朝这边走来。

"是你在做小动作吗?"监考老师冷厉的目光紧盯着狄彦。

"没有啊，老师。"狄彦毫不心虚地扯着谎，"她自己没坐稳，关我什么事？"

"那你试卷下的小抄也不关你的事吗？"陶音不紧不慢地开口，向他投去一道冷淡的目光。

刚才考试的时候陶音就听到狄彦和旁边男生低低的说话声，答题时眼尾余光又瞥见一个纸团朝后座飞去，她举手时后面又发出急促的扯动试卷的声音。

想也知道怎么回事。

监考老师掀开狄彦摊在桌上的试卷，果然看到下面藏着一张字条。

她拿过字条，看了看后，将其揉在掌心，对狄彦冰冷地道："出去，别考了。"

"我……"狄彦用舌尖舔了一下后槽牙，咬牙切齿地吐出一个字，胸腔满溢着愤恨。

他霍然起身，桌椅发出巨大声响。他拍拍陶音的桌子，俯下身贴在陶音耳边，每一个字都被恨意烧得发烫。

"你有种，你给我等着。"

他咬牙切齿地发出了这声警告，然后迈着大步走出教室，将门"砰"的一声甩上。

监考老师皱皱眉，脸上流露出些许厌烦的神情："什么学生……"

十一点三十分，考试结束铃声打响。

陶音合上笔盖，收拾好试卷后走出教室，阴晦不明的天又开始飘起蒙蒙的细雨。

她撑开雨伞走入雨幕，白鞋被路面上的积水溅脏。

下午三点考数学，午饭的时候，魏展颜在餐桌上故作无心地说："上午狄彦和我说，他们考场有人举报他作弊。"

魏秋芸夹了块土豆放在米饭上，问道："他作弊了？"

魏展颜点点头："对，他本来成绩就不好，挺正常的。"

"这行为可不好啊。"魏秋芸内心没什么起伏，语气淡淡的，"谁举报的？"

陶音面无表情地低头吃着藕片，仿佛餐桌上的话题与她无关。

她知道有人会帮她说的。

果不其然，对面传来魏展颜犹犹豫豫的声音："听狄彦说……好像是姐姐？"

话音刚落，一道锐利的目光朝陶音脸上射来，陶音这才抬起头，见魏秋芸的眼神瞬间变冷。

"你举报的？"魏秋芸语气不善地问。

"是。"陶音毫不掩饰地回答。

魏秋芸声音陡然变得尖锐起来："你没事举报人家干吗？你能不能不要多管闲事！狄彦那样的小孩你干吗招惹他？是不是还嫌我不够忙？"

陶音看着她发怒的模样，忽然笑了，她清澈的眼瞳亮得像水底不断被冲刷的石子："他不是魏展颜的朋友吗？魏展颜如果不让他找我的麻烦，我又怎么会有事？"

餐桌上的气氛静了几秒，魏展颜难堪地笑了几下："他只是我的朋友，我怎么好意思要求他……"

陶音看她一眼，没说话，可能是不想理会，低下头继续静静地吃剩下的半碗米饭。

接下来的几门考试进行得很顺利，狄彦从考数学的那天下午开始就没有再来考场。

最后一场英语考试结束铃声打响，同学们陆陆续续地从各个班级里出来，或喜或忧地和同伴讨论着试卷的难度和自己做题的感觉。

嘉城一中历来有个习惯，年级统考后会上三节晚自习，让同学们在学校里困一个晚上，凌迟一般地听老师讲解试卷。

晚自习七点开始，陶音原本想在食堂随便吃一点，结果在出考场的时候碰见了孟清枫。

037

孟清枫十分热络地挽住陶音的手臂，兴致颇高地要拉着陶音一起去校门口的小吃店里吃晚饭。

陶音拗不过她，最终被她软磨硬泡地拉过去。

"小桃桃，你想吃什么？"孟清枫看着面前一排的小吃店，扭过头问旁边的陶音，"酸辣粉还是煲仔饭？或者过桥米线也可以。"

"过桥米线吧。"陶音随便选了一个。

两个人挑了一张空桌坐下，孟清枫点的鸡汤米线，陶音点的番茄米线。

"小桃桃，你这次考试感觉怎么样啊？我觉得好难，尤其是数学，我好多题的第二问都没做出来。"隔着米线腾腾的热气，孟清枫一脸苦闷，不难听出她话语里的失落。

陶音正在查考试时自己碰到的不太熟悉的一个语法，闻言放下手机，重新拿起筷子夹了几根米线："是有点难，我有几题也不太有把握。"

桌上的手机屏幕亮起，陶音点开，是"你的大帅哥债主"给她发的：你们学校考试了？

陶音发了简单的一个字：对。

"听说狄彦语文考试时作弊被抓，后面的考试就都没有参加了？哎，小桃桃，你不是和他一个考场的吗？是不是真的？"

对面又给她发了几条无关紧要的消息，陶音双手拿着手机，原本看着聊天框的眼睛抬起，后知后觉地道："好像是这样。"

孟清枫不耐烦地"啧"了一声："你在和谁聊天呢？这么专心。来来来，让我看看。"

说着她便把脑袋凑到陶音那边去。

陶音迅速收回手机，可还是被孟清枫瞧见了手机最上方的"你的大帅哥债主"这几个字。

孟清枫一下子没忍住，收回脑袋，笑得厉害："陶音！这是什么备注啊？哪个大帅哥能让你备注成这个？"

"这不是我备注的。"陶音无奈地向她解释,"这是他拿我的手机自己给自己备注的。"

"这么狂啊?"

孟清枫吃了一大口米线,腮帮子被撑得鼓鼓的,像仓鼠一样,她吐字不清地问:"他长得有这么帅吗?居然自己称呼自己是大帅哥?我看十有八九是个不咋样的精神小伙。"

砂锅里米线的温度一直降不下来,陶音轻轻地吹凉筷子上的米线,心思还在英语试卷上没收回来,心不在焉地回答:"还行吧,你见过的。"

孟清枫来了兴致,嘴里含着米线,两只大眼睛瞅着陶音问:"谁啊?叫什么名?"

"荆盛。"

"咳!咳!"

这个名字太出人预料,孟清枫嘴里滑溜溜的米线差点滑到气管里,她被呛得不轻。

她连忙从桌边的纸盒里抽出几张纸,捂着嘴巴小声地咳嗽。陶音见此倒了一杯水推到她面前,并嘱咐她慢一点。

"不是,你没骗我吧?荆盛?"孟清枫好不容易止住了咳嗽,抬起饱满的脸庞,眼圈红彤彤的,满眼泪花,很是诧异,"你怎么会认识他?"

"没什么,就是偶然认识的。"

两人吃好了米线出去的时候,看到对面有小摊在卖串串香。刚才的米线太烫,陶音没吃多少,于是去那儿又打包了几串边走边吃。

高中课本多,学生基本上不把课本带回家,而是放在教室里。有的同学会在桌子旁边挂上书袋,有的同学分到的课桌是双层的,就直接把书放在第二层。

陶音运气好,分到的课桌是双层的,布置考场的时候就连书带桌一起搬到教室外。

走到教室外的走廊时,陶音的串串香也吃得差不多了。她从教室外一排排的桌子里找到自己的之后,就准备把它移出来。

桌子意外的轻,陶音微微一滞。

她将桌子转过来,俯下身去查看桌洞,两层都空空如也。

孟清枫在一旁探过身子问:"小桃桃,怎么了?"

"我的课本不见了。"陶音脸色难得地凝重。

楼道传来一阵响亮的笑骂声,其中夹杂着陶音十分熟悉但又很不想听到的嗓音。

狄彦与班里几个男生一起上楼,从楼梯口一转出来,就看到了陶音站在课桌边晦暗不明的脸色。

孟清枫看到狄彦讥诮的神情,瞬间了然,又不愿介入陶音和狄彦两人之间的冲突,低下头来,动作尽量轻地去搬自己的课桌,在矛盾的警钟响起的瞬间默默转身进了教室。

....

最终结果就是所有参与者都被叫了家长。

陶音是受害者,通报批评文件上没有她的名字。

虽然狄彦很扶不上墙,但他的父母都是比较明事理的人,当天在办公室里就表示愿意按所有课本的价格赔偿。

但魏秋芸坚决地拒绝了。

那一摞书价格也不算便宜,高中的参考书贵,一本都要四五十元,再加上教科书,四五百元是有的。

陶音在手机上选购时,魏秋芸看着底部不断增加的金额,脸色不太好看:"你买那么多辅导书干什么?能做得完吗?别瞎买又放在家里不做,留着生灰。"

最后魏秋芸那天要的面子还是得陶音来还,陶音不想听她唠叨,从购物车里移出几本,打算之后再用自己的零用钱买。

网上购物发货快,教科书第二天就到了,现在亟待解决的是书上的笔记问题。

本来是个挺简单的事情,找同学的抄一下就行了,可自从那

天之后，班里没有任何人敢和陶音说话，甚至在年级里，大家都避免与陶音接触，只怕自己惹上事。

前几天陶音问过孟清枫，对方支支吾吾地表示等哪天有空再偷偷给她。这"哪天有空"一出来，陶音就知道这"哪天"估计是永远不会到来了。

考试成绩在考试结束后的第三天汇总完毕，名次表打印后依次分发给各班级。

班主任拿到成绩单看了一眼，笑意立马抑制不住地挂在脸上。

早读课，她挎着包，满面春风地走上讲台，拍了拍桌子，示意同学们停下。

"考试成绩出来了啊，我们班总体考得还不错，平均分比上次提高了五六分。

"这次我们班第一次有人进了年级前十，很不错啊。

"陶音。"班主任忽然点了陶音的名。

陶音毫无准备地抬头。

班主任朝她微笑："你是年级第一。"

底下一片寂静，全班同学都低着头，没有任何人敢对此多讨论，"陶音"这个名字仿佛沾了晦气，与其有关的所有事都要被埋藏在土里，难以窥见天光。

放学的时候，魏秋芸难得地来接魏展颜和陶音。

"考试成绩出来了吧？"魏秋芸开着车问。

见魏展颜闷头坐着不说话，陶音才替她回答："出来了。"

"哦。"魏秋芸的眼睛盯着车内后视镜，她正专注地观察着路况，腾出些注意力问，"考得怎么样啊？小颜。"

"班级第十八，年级一百六十三名。"

"考得不是挺好的吗？"魏秋芸语气轻松，又回过头问陶音，"你呢？考多少名？"

陶音正在思考自己的笔记该怎么办，没想到魏秋芸会问自己的成绩，冷不防地抬头"嗯？"了一声，继而回答道："第一。"

魏秋芸有些不敢相信，反问她："第一？班级的还是年级的？"

"班级、年级，都是。"

魏秋芸将注意力重新放到路况上，车内陷入了长久的沉默。

好一会儿，魏秋芸才像忍不住似的纠结地开口："是你自己考的吧？"

魏展颜这才像是有了精神，情绪明显不如先前那般消沉："不知道，他们考场管得松吧，作弊的人应该挺多的——但是姐姐她应该不会吧？"

说着她便将目光转向话题中心的陶音。魏展颜见她耳朵上戴着耳机，头靠在车窗上，眼睛不知道望着车外的何处风景，明显没有要回答她们的意思，有点讪讪地转过身去。

手机里的英语播报早已被按了暂停键，她们的对话陶音听得一清二楚，只是心里有些疲惫，不想回答。

她闭了闭眼，手机忽然振动，睁眼看到手机上方弹出消息，"你的大帅哥债主"发来了几个祝贺的表情包。

紧接着又有消息，陶音单看文字都能想到他那挑眉勾唇的模样。

你的大帅哥债主：听说你考了年级第一，债务人头脑还不错。

陶音嘴角终于弯出浅浅的弧度，她回复道：还行吧，运气也比较好。

对面的人似乎见不得人故作谦虚，又发：得了，我也不是专门来祝贺你，你爸妈应该挺骄傲，我就不打扰你们了。

陶音抬眸看了眼坐在驾驶座的魏秋芸，垂眼在聊天框敲了几个字：一点没有。

敲完后，她看了一会儿要发送的这四个字，最后还是觉得不妥当，全部删了，只发了两个字：还行。

既然自己过得没那么糟糕，就没必要把所有烦心事都对别人说一遍。

对方沉默了很长时间，直到陶音以为他不会再回复，准备放

下手机时，对面才终于传来了消息：明天下午三点钟，便利店见面，盛爷请客。

陶音下意识地想拒绝，刚点开聊天框想输几个字，对方又发来一条：奶茶第二杯半价。

陶音准备打字的手缓缓停住，对方却不停歇，像是猜透陶音内心所想般地发：债主，懂？

第二天是周六，陶音按时赴约，穿着果绿色的衬衫和牛仔短裤，披散着的头发上只戴了一枚白色小山茶发卡，看起来清新又别致，她站在便利店的门前看着路上来往的车辆行人。

初中语文老师经常讲鲁迅先生的一句话——浪费别人的时间等于谋财害命；浪费自己的时间，等于慢性自杀。陶音深谙于此。下午三点零五分了，她给荆盛发的消息一直未得到回复，陶音决定走人。

在她转身准备离开时，不远处终于传来一道懒散的声音："怎么，盛爷难得请客，你就这么走了？"

陶音转头，看见荆盛穿着黑色白边无袖上衣和黑色短裤，踏着一双运动鞋正慢悠悠地向她走来。

他头上还戴着上次那顶黑色鸭舌帽，帽檐落了点阳光，脸上带着不羁的几分笑，整个人熠熠生辉。

"去哪儿？"陶音没什么兴致地问。

荆盛回答得干脆："带你去玩急速飞车。"

十分钟后，一排共享电动车的后面，陶音看着正在对着其中一辆电动车扫码开锁的荆盛，神色有些许疲惫，张了张嘴唇："这就是你说的急速飞车？"

"是啊。"扫码完成，荆盛将电动车的支脚踢上去，十分坦荡地说，"盛爷骑车的速度你放心，体验感绝对不比急速飞车差。"

共享电动车的座椅很窄，设计得明显就是只给一个人坐的，根本带不了人，陶音被这人的幼稚行为弄得无可奈何。她叹了口气，拿出手机准备也扫一辆。

荆盛已经摘了鸭舌帽挂在车把上,他头发很黑,发质看上去有些硬,发梢缀着点细碎的光:"怎么,不要我带你?"

陶音第一次扫共享电动车,操作有些不顺利,她边拨弄手机边回答他:"座椅太小了,带不了人。"

"这样啊。"荆盛上下打量了几眼陶音。她身材纤瘦,修身牛仔裤勾勒出的腿细直,穿着白色帆布鞋,脸颊清秀小巧,只是脸上表情很是寡淡,甚至可以勉强称作冷漠。

"或许你可以蹲在前面。"他认真提议道。

陶音只当他在开玩笑,手机刚好操作完成,她推着电动车走到路边停下。此时起了点风,散乱的几绺头发拂上她的面庞,她取下头上的山茶花发夹,将头发抓到脑后,随意地扎了个丸子头。

取下的发夹陶音不想再戴,刚想把它收起来,却意外地发现衬衫和牛仔裤都没有口袋,不知道放哪儿。荆盛朝她伸了伸手,示意她把发卡给自己。

陶音迟疑地将小发卡交给荆盛,他接过发卡,很自然地将它别在自己的上衣领口那里,对陶音说:"走吧,你跟着我。"

疾驰的风从他们的身侧擦过,衣摆向后飞扬,陶音额上的碎发在疾风中乱舞,露出饱满洁白的额头。

这速度体验感,确实不比有着安全保障的急速飞车差。陶音从来没将电动车骑得这么快,而前面的人像是嫌共享电动车速度太慢似的,直接将车速拧到了最大。

眼见前面的人与她的距离越来越远,陶音没有办法,只得略微扯着嗓子朝着前面急速行驶的荆盛喊道:"你骑慢一点!我跟不上!"

风将陶音的声音吹得散乱,前面的人似乎听到了陶音的呼喊,车速一点点降下来。

两辆电动车平稳地行驶在一段宽阔的环山公路上,隐约能听见远处鸟雀轻啼。

陶音扭头看了一下荆盛身上穿的衣服,衣领上的白色山茶花发夹在一片纯黑中十分显眼。此刻他正目视前方,丝毫没觉得这发夹别在他身上有多不协调。

车子停在山脚的一条小路旁。

还没登山,陶音便能想象到山顶的风景优美。目之所及绿草青青,一片片野花散落在田间,柔风吹过,绿草摇曳。这里视野开阔,空气清新,是个能使人心情舒畅的好地方。

他们沿着小路往上走,环境愈加静谧,鸟雀啁啾声也愈加清晰。风穿过树林密叶间发出"沙沙"的摇晃声,偶尔还有几只白蝶绕着他们低飞而过,穿梭在他们之间。

树林的路段不长,走到尽头处,视线豁然开朗,那是山顶平原,登高远望,美不胜收。

男生性子不拘小节,直接就在山顶坐下,陶音还有点怕脏,想找一处稍微干净点的地方。

"别找了,哪里都一样。"荆盛注意到陶音的动作,好心地提醒她,"要不我把我的衣服脱下来给你垫?"

正值盛夏,气温很高,陶音略微错愕:"你穿两件?"

"一件啊。"荆盛目光十分坦然。

陶音真心地觉得,这人不但吝啬,而且还有些厚颜无耻和自恋。

她随便在他身旁的某个地方坐下。微风吹过,两人的头发在山风中飘摇,从这里往下看,能看到远方渺茫的屋舍建筑。

荆盛伸出胳膊指了指其中的一处建筑说:"那就是德永,我的高中。"

他看着远处的风景,嘴唇微笑着,神色悠然又有些莫名的忧伤。

这是荆盛从小就经常来的地方,小时候是他妈妈带他来,后来就变成了他一个人独自登顶,经常看经常看,山脚的风景不知什么时候就变了样。

"哎。"他喊陶音,"一中怎么样啊?学生是不是都特认真,就知道学习的那种?"

陶音脑海中立刻浮现出狄彦和冷菲儿的模样，摇摇头，又忽然想起另一件令人头疼的事。

课本笔记还不知道该怎么办，看来只能自己上网找找资料，根据自己的薄弱处增添了。

陶音思绪飘远的样子被一旁的荆盛尽收眼底，他双手撑在身后，歪过头问："你这又怎么了？别告诉我学校还有人欺负你呢？"

"啊？没有。"陶音回过神来，"我在想我的笔记。"

"笔记？"荆盛反问。

"记在课本上的笔记，我课本丢了，正在想怎么抄笔记。"陶音从容道。

"直接借同学的呗。"荆盛回答得理所当然，又很快从陶音的话中品味到一丝不对劲。他直起上半身，半眯起眼，"不会真有人欺负你吧？"

德永是私立高中，很多家境富裕的孩子成绩不好，就会被父母塞到这儿，学习风气虽然算不上多差，但也绝没有多好。

真要说欺负也算不上，狄彦和冷菲儿也许能算，但其他同学确实没有主动招惹过她，顶多算是不理她，将她视若空气，自动忽略掉有关她的所有事情。

这些事情解释起来有些累，陶音无奈地回答："真的没有。"

荆盛没再说话，又吹了一会儿山风，天边泛起金霞，荆盛起身懒懒地道："走吧，饿了。"

下山时陶音体力有些跟不上，细胳膊细腿的，荆盛只好跟着她走走停停。到了山脚时，夕阳灿烂，远方的晚霞是火烧云的模样。

陶音垂着头扶着电动车，余晖透过绯红的云霞照到陶音清秀的脸上。荆盛摘下衣领上的发夹别在陶音的袖口，陶音看了一眼，摘下来将自己额边的发丝别上去。

他们骑着电动车背对着余晖原路返回，两人骑了一会儿，有些渴和热，去了荆盛一开始说的那家第二杯半价的奶茶店。

陶音这次没要柠檬水，而是点了杯多肉葡萄，里面加了冰，

汁水很甜，果肉很多，每喝一口都能吃到酸甜的葡萄肉。

之后两人又去便利店吃了点东西，荆盛扫了一眼陶音放在桌上的孜然鸡柳饭："你不热一下吗？"

陶音正在拆便当的盖子，闻言有些茫然地抬了下眼："我比较喜欢吃冷饭。"

回到家的时候，陶音有些惴惴不安，意识到自己一个下午都没有学习，她在床上躺了一会儿后，便起身到书桌旁开始看书。

手机收到消息，陶音看了一下，你的大帅哥债主：你们课本上到哪儿了？直接拍给我。

陶音从书包里翻出各科课本，逐一拍给荆盛。

荆盛发了个"OK"的表情。

星期一陶音来到班级，早读课刚开始便收到了无数条消息，打开，是荆盛发来的图片。陶音翻看了一下，全部是课本笔记的照片。

图片上的字端正工整，看上去不像是出自荆盛的手笔，况且孟清枫曾说过荆盛是德永校霸，连笔记这种东西有没有都不知道，更别说记得这么认真。

但出于礼貌，陶音还是礼节性地问：这是你的笔记吗？

你的大帅哥债主回复得简明扼要：不是，借别人的。

第一次承别人的情，陶音有点不知道该说什么，于是十分诚恳地发：真的很谢谢你。

思考了一会儿，陶音又发：要不我给你钱吧？

过了须臾，你的大帅哥债主才缓缓地发了个：？

陶音以为他在问价格：一张两元？

你的大帅哥债主：……

是觉得太少了吗？陶音在心里权衡了一番：三元？

你的大帅哥债主：陶音。

陶音眉梢颤了下。

你的大帅哥债主：我像很缺钱？

具体来说也不算，只是陶音之前从没有遇到过，对方说要请自己喝奶茶，之后却让自己把奶茶钱还给他的情况，也从来没见过有人把共享电动车说成是急速飞车。

确实算不上多缺钱，只是每件事给陶音的冲击都有点大而已。

高中的笔记太多，陶音在学校时用课余时间只完成了两三门，剩下很多还得回家继续誊抄。

卧室外传来拧动门把手的声音，陶音知道是魏展颜，并没有回头。

魏展颜手里拿着物理卷子走到陶音身边，见她头也没抬，悄悄地撇了撇嘴。

转回目光，魏展颜的视线从陶音的侧脸下移至她的书本上，发现陶音正对着手机上的图片抄写笔记，她眸光微微一动，眉目微显意外："谁发你的笔记？"

她倒是想不到现在还有人肯帮陶音，在学校，陶音明明连个能说话的人都没有。

陶音明显不想理她，手指滑到下一张图继续誊抄。

她隐约听到旁边的魏展颜小声嘀咕了句"摆什么谱"，而后一张卷子便被扔到了自己面前，轻轻盖住了她正在抄写笔记的课本。

魏展颜歪着头，双臂环胸，宽大的衣服下摆随着身体的动作而晃动："卷子太难，我不会，给我讲题。"

语气十分理直气壮，仿佛陶音抽时间给她讲题是理所当然的事情。

"自己想。"陶音拿开覆在胳膊上的试卷，放在书桌边，"不会就用搜题软件搜，我还有其他事情要做。"

魏展颜被陶音这不痛不痒的反应刺激到，来了气："你这是什么意思？你来我家给我找了多少麻烦你自己不知道吗？就让你教我点题你都不愿意，还真把自己当回事了？"

话里的"我家"两个字让陶音缓缓顿住了笔尖,她手指泄了力,笔尖抬离纸张,笔杆松松歪斜在拇指与食指间。

盯着纸上洇染的一小点油墨,陶音心里隐隐泛出一种类似于酸涩的感觉。

魏展颜瞧见了陶音脸上神情细微的变化,眉目间染了点得意:"我说的有哪里不对吗?十几年你都没回来看过,根本就连远方亲戚都不如——还有你这笔记到底是谁发给你的啊?我还真好奇,就你在学校这人缘和风评,到底有谁肯帮你?"

手里的笔被陶音重新捏紧,指尖捏得有点泛白。陶音深吸了一口气,尽量平复情绪,不做冲动的事。

而一旁的魏展颜似乎很享受,仍在那儿喋喋不休地说着:"还有,你经常晚上出去的事别以为我不知道,三更半夜谁知道你出去干什么,别是去做些什么不三不四的事情……"

话音未落,陶音将手里的笔"啪"的一声摔到桌上,魏展颜被吓了一跳,脱口而出:"你干吗?"

陶音这才将目光缓慢地转向她,凉丝丝的,像是从北冰洋吹来的寒风,刮在脸上,又冷又痛。

魏展颜被她看得心里不太舒服。

平时有狄彦那一伙人撑腰,很多事都不用她亲自动手,她只需要身居幕后,坐享其成就行。

也因为这样,几乎班里所有人都不敢招惹她。人人都知道,要讨好狄彦就得讨好魏展颜,所以她在班里混得可谓风生水起,如鱼得水。

但离了狄彦,魏展颜就是只纸老虎。方才魏展颜是觉得陶音被狄彦震住,不敢和自己起冲突,所以才一而再再而三地用言语刺激陶音。

魏展颜讪讪地收回目光,轻哼一声:"装什么样子。"而后她转身离开了陶音的房间。

陶音在床上翻了几下身,还是安宁不下来,于是睁开眼睛。

她搬来嘉城后,脾气确实变差不少,忍耐程度也没之前高了,几句话就能让她辗转反侧睡不着。她躺在床上,心像是被刺不停地扎着,不算疼,但那种感觉很难受。

她再一次起床去了那家便利店。

玻璃窗外,陶音注意到收银台后的店员和以前的很不一样。

他和荆盛一样戴着黑色鸭舌帽,只不过帽檐压得低低的,几乎盖住了眼睛,而戴着的口罩又将他下半张脸遮住。

虽看不清面容,但他身形清瘦颀长,短袖下的手臂线条清晰分明,皮肤在灯光的照射下显得苍白。

陶音推开门,走到收银台边。那男生看了她一眼后立马低下头,动作明显变得僵硬许多,他的双肩十分单薄,仿佛不自在,并不想见到她。

他一直垂着头做自己的事情,根本没管陶音。陶音移开视线,走到关东煮旁。

锅里煮得满满当当,陶音在心里选好后,见店员还没过来,于是抬头,看到店员帽檐压得与口罩之间一丝缝隙也没有,对他轻声道:"那个,我要买关东煮。"

男生这才来到关东煮前站定,手搭在柜台上,不说话也不看她,就这样默默地垂着头,以这样的方式示意陶音自己说。

了解到眼前男生的意思,陶音没指望他能主动问:"我要一串牛肉丸、一串魔芋丝,还有一个年糕福袋。"

男生将陶音要的东西一一挑出来放到纸杯里,在递给她的时候,略微抬了下眼。在这一瞬间,陶音看到了他掩在帽檐下的眼睛,带着点阴郁的感觉。

很熟悉,但陶音一时想不起来在哪儿见过。

"多少钱?"陶音问。

"十四块。"他的声音很好听,是独属于少年的那种音色,却因压低声调而有点沉。

刹那间，陶音忽然想起来眼前的人是谁。他叫喻风迟，是他们班的学习委员，平时冷漠寡言，每个课间都坐在座位上写题，几乎从不离开座位。

班里有人说他是单亲家庭，父亲早亡，靠母亲的早餐摊维持生活，但这些都是传言，他本人对此从未有过任何回应。

喻风迟敏锐地察觉到陶音的神情变化，知道她认出了自己，接过陶音递来的零钱后再也没说话。

陶音微微张了张嘴，却也不知道该说什么，觉得自己在这儿只会让他徒增尴尬，于是不打算在这儿吃了，转身准备离开。

喻风迟忽然叫住了她，口罩与帽子之间露出的眼睛让人联想到阴暗的旧房间角落，墙皮发霉掉落，布满潮湿与森凉的气息。

他言简意赅："别告诉别人。"

他的担心有些多余，可以说完全没必要。第一，陶音并不是那种喜欢多管闲事或者八卦的女生。喻风迟长相英俊，成绩又好，学校里有不少女生暗暗倾慕他，但他行事作风太过低调，所以也没给陶音留下什么印象。

第二，就算陶音想说，那也得有人听。陶音目前在班里的处境，别说与同学说话了，就连稍微靠近别人一点，都会被当事人避之如蛇蝎般地远离。

陶音点点头，没多说话，推开门离开了便利店。

接下来几天，陶音隔三岔五地就要去便利店里买吃的，大多时候买的都是关东煮，有时候也会买便当。

毕竟大晚上，又是女学生，陶音也不敢跑远，即使店员是自己的同学这件事会让她有些不自在，也还是每次都去同一家便利店。

去的次数多了，陶音不知道从什么时候开始就直接坐在便利店内吃着买好的东西，好像对此已经习惯了。

但有人还没习惯。

终于某一天，在陶音将咖喱鸡排饭热好后，照例坐到空位上拆着包装时，视线里有人走了过来，拉开椅子在她对面坐下。

陶音抬起头，对面坐着的喻风迟已经摘了口罩和帽子，清俊的面孔看着不太友好，他用很冷淡的态度说："你故意的？"

陶音一时没能明白他的意思，眉眼间有一瞬的茫然："什么？"

"来看我笑话？"他面无表情地问，"倒也没必要天天熬夜来吧？"

攻击性的话语没让陶音生气，反而使她的反应更显从容淡定："我只是喜欢晚上出来，没别的意思。"

喻风迟对这解释不置可否，戴上帽子重新回到柜台那里。

嘉城一中的运动会在下周二举行，班里要选举牌手。

平常在学校里，同学们都穿着校服，放眼望去，整个校园都是藏青色与白色交汇的汪洋，看不见单个在浪尖拍打下翻涌出的微沫。

而在运动会上，举牌手就是班级里唯一的亮色，也是在开幕式走方阵时全校师生目光的汇集点。九班学生本来学习的热情就不太高，长相不错的女生们更是不想错过这次机会。

早读课的时候，班主任站在讲台上往下扫了一眼，很随意地指了指陶音说："陶音，就你吧，举班牌。"

班里一片哗然。

陶音被莫名其妙地一指有些怔住，心里并不太情愿，不喜欢做一些出风头的事。

更何况班里，估计也没有支持她当这个举牌手的人吧。

于是陶音很有自知之明地推掉这件事："老师，我不是很想当，换别人吧。"

"行吧。"班主任对举牌手也不是特别在乎，往下又一扫，"谁愿意当？自己站起来说。"

班里举起了好几只手，在狄彦和冷菲儿的怂恿下，魏展颜也故作无所谓地将手举了起来。

最后班主任将这个任务交给了魏展颜。

魏展颜模样好，在举手的一众女生中确实较为出挑，被选中也算是无可厚非，没人有异议。

举牌手的衣服学校没做统一规定，要班里自己准备，班主任只是让魏展颜当天穿好看点，其他也没什么表示。

放学后，魏展颜和冷菲儿一起去了商场，回来的时候，陶音看到魏展颜身穿一件白色雪纺纱裙，肩带是纱质的，臂膀莹润白嫩。

她头发被盘在脑后，戴着一圈小雏菊的发饰，还是以前那种清纯优雅的风格。

魏展颜双手背在身后，难得笑着问陶音："冷菲儿帮我挑的，怎么样？"

陶音点点头："挺好看的。"

之后就没再说什么了，她觉得魏展颜看似愉悦的笑容后，并不全是发自内心，还掺了点别的类似不满的情绪。

果不其然，魏展颜径自走到客厅角落的全身镜前，一边打量着镜中的自己，一边状似云淡风轻地随口问："老师一开始怎么选了你啊？"

陶音终于知道她那点不满来自哪儿了，无奈道："老师只是随便点的。"

"哦。"不知为何，魏展颜身上的白裙似乎变得有些暗沉，周身氛围也不再舒缓柔和，"那老师选我也是随便点的吗？"

陶音觉得脑袋有点疼，不想和她争论这些无聊的事，丢下一句"随便你吧"便回了房间。

运动会那天，学生要比平常早一点到学校。

昨晚陶音又去了便利店，在里面待的时间比较长，今早起来觉得头昏昏沉沉的，神思不太清醒，到学校就晚了一点。

魏展颜朋友很多，陶音刚走进教室，就看到几个女生围在魏展颜的课桌边，笑着说些什么，一派亲睦祥和。

陶音走到座位前放下书包,忽然想到什么。

她转头问坐在旁边的孟清枫:"清枫,你上次是不是问我要荆盛的号码?"

那天考完试,孟清枫一路上向她追问荆盛的联系方式,当时她说回去问问他,谁知道和狄彦闹了一场后就忘了。

孟清枫听到陶音叫她,惊慌失措地猛一转头,表情恢复后又慢慢将脸别过去,陶音隐约看到她面上一闪而过的……埋怨。

"不用了,我自己找人问。"孟清枫低着头,不轻不重地说着。

陶音不再出声了。她想着孟清枫方才的话语和神情,应该是在怪她明知道自己处于风口浪尖,还要呆愣无知地将别人拖下水,毫无自知之明。

教室门口,体育委员风风火火地冲进来大喊道:"快点快点!下去整队了!"

陶音的思绪被打断,起身随着三三两两的人群往门外走去。

楼梯处还没有熙熙攘攘的人潮,陶音靠着扶手,边看着手机边慢腾腾地朝下走。

就这么走了几级阶梯,陶音忽然想起来,夏季校服只有校裤有口袋,走路的时候口袋里的东西容易掉。

她转身要往上走,抬眸看到魏展颜他们三个在距离她没几级台阶的地方并肩下楼。

魏展颜走在最左侧,陶音没管他们,打算在与他们擦肩而过时当作没看到,所以她低头沿着楼梯边朝上走,没注意到魏展颜在即将与她擦肩时,瞥向她的眸中锐光一闪,肩膀倏地朝她那边偏了些许。

陶音防备不及,体形又纤细,身子猛然失去平衡,眼看就要往下倒去。

在一只脚踏空将要下滑的时候,陶音反应迅速地一手抓住了楼梯扶手,双腿却不可避免地从台阶直角处重重摩擦过。

从脚踝到大腿,一阵火辣辣的疼。

手机也沿着楼梯滚落,"啪嗒"几声摔到楼梯转角的平面上,同时响起的,还有魏展颜那堪称凄厉的惨叫声和跌倒滚落的声响。

陶音原本走得不算快,但由于不愿多看他们,所以在经过魏展颜的时候毫无征兆地疾步往上,魏展颜始料未及,也被撞得一个趔趄,膝盖跌在楼梯上朝下滚去。

陶音顾不得腿上锥心刺骨的疼痛,扶着楼梯扶手勉力站起来,踉踉跄跄地朝下面走去。

手机跌落在魏展颜身边,屏幕已经摔得粉碎。陶音蹲下来拾起手机按了几下开机键,屏幕仍然是漆黑一片。

旁边传来几个同学弯腰关切地询问魏展颜状况的混杂声,陶音忍着痛不断按着手机的各种按键,焦灼地希望屏幕能有哪怕一点点的反应。

她这边正心急如焚没心思质问,狄彦却先忍不住了,停下对魏展颜的关心,转头对着陶音劈头盖脸地一顿痛骂:"你还有点良心吗?你妹妹摔倒了你看不见吗?你那破手机比小颜还重要吗?"

狄彦见陶音没反应,仍然执着地摆弄着自己的手机,不由得怒气更甚,起身一把从陶音手里夺过手机,用力摔到更远的地方。

陶音的手机已经用了很多年了,这一摔,直接支离破碎,散落在地上。

她原本以为之前的事情已经是狄彦智障的极限了,但狄彦用事实向她证明:不,我还可以更加智障。

那部手机对陶音来说是为数不多的能够算得上是比较重要的物品之一。

毕竟年代有点久远了,里面留存了一些可算作"记忆"的东西。

她刚被魏秋芸接回家的时候,看到客厅正对门的墙壁上,挂了一张魏展颜和父母三个人的全家福,家里桌子上也摆有各种他们的照片,有单人照,也有合照。

小时候没人帮陶音拍照,外婆郑桂华年纪大了,不愿再费心追随时代的潮流，用的是按键的老年机，陶音一直到九岁，没照过一张照片。

后来父母就离婚了，父亲陶经国可能是觉得这么多年对陶音有所亏欠，在正式离婚走进民政局的前几天，买了部手机送给陶音。

他知道这可能是见大女儿的最后一面，还用这部手机和陶音拍了唯一的合照。

或许是为了给陶音留一个念想，又或许是陶音追着陶经国要的，具体情况陶音记不清了，总之，陶经国将自己的电话号码存在了那部手机上。

小学那会儿周围的孩子都比较调皮，陶音那时候比较内向胆小，再加上无父无母的，就经常被别人欺负。

有次一个小男孩欺负陶音欺负得狠了，回家后陶音的眼泪就"啪嗒啪嗒"往下掉。郑桂华最看不得孩子这样，她是强势泼辣的性格，别人欺负你就应该千百倍地还回去。

所以在吃饭的时候，郑桂华斜眼看着哭得哽咽的陶音，撇着嘴冷嘲热讽地道："有什么好哭的？自己没本事怪谁？你这长大了还不成个废料。"

陶音白天才在学校被同学针对过，晚上回家又遭外婆一顿讽刺挖苦，还被骂作废料，心里受不住，晚上睡觉的时候躲在被窝里，偷偷打开手机。

手机屏幕发出的光亮刺痛陶音哭得泛红的双眼，一张脸上泪水纵横。

她点开通讯录，拨打了里面唯一一个联系人的号码，将手机放在耳边，听着里面传来的"嘟嘟"声。

"嘟嘟"声持续了很久，在陶音以为电话接通几乎脱口喊出"爸爸"时，对面传来了冷冰冰的机械女声："您好，您拨打的号码暂时无人接听，请稍后再拨……"

之后就是一串陶音听不懂的英文。

刹那间，泪水汹涌而出，陶音不死心，以为是爸爸睡着了，

擦了把眼泪又拨打了一遍。

还是无人接听。

她拨了好几次，直到手机里的女声从一遍遍的"暂时无人接听"变成了"已关机"。

手机屏幕光线太强，眼睛被刺得太痛。她哭得浑身脱力，神志慢慢消散，渐渐沉睡过去。

后来她也给爸爸打过很多通电话，只不过一次都没有接通过。之后不知道哪一次，手机里传出的是她从来没有听过的话语——

"对不起，您拨打的号码是空号，请核对后再拨。"

她记得当时她没再哭闹，只是默默地挂断电话，打开手机相册又看了一眼。

照片里的自己被陶经国抱在怀里，脸上的笑容是略带羞怯仍掩不住的欢欣烂漫，陶经国坐在她身后，对着镜头也在笑着，面容间俨然一副慈父的形象。

她关掉手机，从书包里拿出作业本开始做题，彼时她十一岁，六年级，已经长大了。

狄彦看到陶音撑着左大腿慢慢地站起，低着头，一步一跛跄地走到旁边的扶手边，身体倚靠在上面，侧对着他，看不清神色。

见陶音似乎老实了点，他厌恶地别开目光。

没想到下一秒，左膝盖就挨了一记猛踹，狄彦毫无防备，几个趔趄差点栽到地上。

他扭头一看，果然是陶音，此时她正稳稳地站在他身后几步外，事不关己地看着他。

陶音一开始没想要偷袭，她是准备直接站起来给狄彦一脚的。

她却忘了刚才摔得太重，右膝盖的韧带好像拉伤了，方一站起，猛地一痛，使她不得不挪到扶手边暂歇片刻。

谁知道就看到狄彦移开目光的瞬间。

狄彦低骂了一声，刚想还击，被一直在安抚魏展颜的冷菲儿拍了一下小腿。她蹙眉责怪道："你现在和她较什么劲？赶紧帮忙把小颜送到医务室啊。她摔得挺重的，站都站不起来了。"

狄彦忙去照看魏展颜，魏展颜在两人的围绕下哼哼唧唧地不知道在说些什么，陶音猜测应该是在诉说着伤势。

最终举牌手的职位被文艺委员向丹丹替代。魏展颜被送到了医务室，狄彦和冷菲儿原本想照料她一会儿，但由于两个人今天上午都有比赛，被班主任勒令回去。

"陶音，身上没事吧？"

办公室里，班主任询问着陶音的状况。

陶音低头看了眼腿上的擦伤，回答说："没事。"

"没事就好。"班主任旋开杯盖喝了口茶，盖上盖子，叹了口气，重新将茶杯放到桌上，"等你妹妹好些了就让你爸妈把你们俩接回家吧。你看你们这弄得，怎么一个两个都这么不小心……"

她这么说着，忽然住口静默了一会儿，想到什么，又问陶音："你要不要去医务室看一下你妹妹？"

班主任眼观六路耳听八方，洞悉班里的一切情况。在这一个多月的观察下，她敏锐地察觉到这两姐妹的关系似乎并不怎么好，在班里几乎不说话，魏展颜的朋友还和陶音发生了不小的矛盾。

陶音摇摇头，轻声道："算了，我回班里吧。"

班主任望了眼她，叹了一口气，摆摆手说："去吧。"

走出办公室，陶音没直接回班里，而是穿过走廊，走去尽头处的洗手间。

她边走边透过走廊旁边教室的窗户朝里看，整个楼层的教室里面都空无一人，椅子歪七扭八地摆在桌子旁边，能想象到学生们听到指令后，兴奋不已地往外跑的情形。

阳光比早晨来校时强了些，穿过摇晃的树叶洒在陶音的脸上和衣服上，风景画一般，格外美好。

陶音捧着水冲洗腿上的擦伤，她嫌热，夏天基本不穿长筒袜，都是百褶裙下光着两条又长又直的腿，就这样走进校园。

水管里的水被盛夏的阳光晒得温热,刚一触碰到伤口,就激起了一阵刺痛,陶音倒吸一口凉气,又接了几捧水浇在腿上。

回到教室的时候,教室里还没有人,陶音开了自己座位那边的电风扇,扇叶开始缓缓地转动,凝固的空气也开始细微地流动。

陶音坐回自己的座位上,从书包里掏出化学习题开始解答。

额边的碎发被电风扇扇出的风吹得微微拂动,她做了几题,有些心烦,合上笔盖将笔放在一边。

她双臂交叉放在桌上,半张脸埋在臂弯里,半睁的眼皮渐渐变沉,慢慢地完全闭上了。

她是被砸门声吵醒的,混合着阵阵男生们吵闹哄笑的声音。

"热死了!赶紧开空调。"

其中一个男生这么说着,走到空调前按了开关,转身用胳膊擦了把汗。

放下胳膊时,他透过流至眼睫的汗水看到了正迷糊睁开眼的陶音。

两人四目相对。

想装看不到也没办法了,他冲陶音不好意思地笑笑,腼腆道:"对不起啊,吵醒你了。"

陶音闭上眼摇摇头表示没事,想着回去魏秋芸会不会给她再买个手机。

很烦,很累,很闷倦,陶音头一回心情这么糟糕。

一想到回去要应对魏秋芸的质问和魏展颜颠倒黑白的陈述,她就觉得一颗心像在油锅里煎炸一样难熬,只想一动不动地独自待在教室里。

在学校同学把她当透明人,她只要做好透明人的本职工作就可以,而在家里,她是一个活体靶子,所有毒镖、冷针都尽数往她身上扎,避都避不掉。

运动会才进行了一小会儿,那几个男生是 4×400 米接力赛和短跑比赛的参赛队员，项目排在前面，比完就回来了。

喻风迟也从教室前门进来了，坐到位子上就拿出习题开始做。他什么比赛都没报，估计开幕式结束后象征性地坐到观众台上看了一会儿，然后随便找了个什么理由就离开了。

那个男生爱动，说话嗓门又大，陶音趴在桌子上忍受着他们嬉闹的声音，感觉自己胸腔间有什么在强烈翻滚着，下一秒就要从烧热的锅里滚沸出来。

教室门被"嘭"地打开，带着愤怒的重重脚步踏在地板上，来人一路推开障碍物，制造出了不少声响。

脚步声停在陶音旁边，她深吸一口气，尽量压住情绪，抬眸看着来人。

"陶音，我给你机会解释。"狄彦语气也明显压着一团火，听着不比陶音少多少。

陶音看了他片刻，低头开始收拾课桌上的笔盒："解释什么？"

"解释你为什么撞小颜？"狄彦的怒气有点压不住了，话音里带着刺，"别告诉我你没长眼睛。"

"没什么，我乐意。"陶音的回答格外坦荡。

狄彦眉头拧成一团。他忍了忍，浓重的怒火从他唇齿间喷薄出来："小颜是你的亲妹妹！你为什么要撞她？陶音，你可真冷血！自己妹妹受伤连一眼都没去看，你还是不是人了？"

狄彦这一连串义正词严的质问直接把陶音弄笑了："不是，谁撞的谁？只有她受伤我没受伤吗？我的手机又是谁弄坏的？"

"这不重要。"冷菲儿不知何时走了进来，站到狄彦旁边。

"听小颜说你晚上经常出去啊，是去哪里呢？有什么地方是白天不能去的？你是不是做了什么见不得人的事被小颜发现了，怕她说出来，所以才给她下马威？"

狄彦恍然大悟，眼神顿时横过来："所以你才报复的？啧啧啧，看不出来啊，陶音，你还有这样不检点的一面呢，明明还是个高中生。"

教室里的人不知不觉变得多了,陶音听到阵阵不堪入耳的私语,其中还混杂了些讲荤话的男生没忍住发出的笑声。

虽然以前她没少被欺负,但这样的言语攻击还从未有过。

她拉上桌洞里书包的拉链,目光淡定地与两人对视:"我去的便利店,不行吗?"

那两人就像是听到了什么笑话一样。冷菲儿瞬间笑得弯了腰,弯着笑眼问她:"你骗谁呢?你说去酒吧蹦迪也比这个好啊!"

陶音别过眼,视线落在教室前门处的喻风迟身上。

他写字的手顿住,笔尖悬在习题本的上方,睫毛落着点微光,沉默得如同一尊艺术家打造的雕像。

冷菲儿笑够了,勉强直起身,拭去眼角的泪花,说:"不是我们不信你,你好歹拿出点证据啊?你说你在便利店,有谁看到了吗?"

喻风迟捏着笔的指尖泛白,唇抿得越发紧,书页角被他攀在桌沿上的手指搓得蜷曲发皱。

陶音见此,淡淡地移开目光。

狄彦见状立刻趁热打铁逼问道:"赶紧说啊,只要有人跳出来说看到你了,我俩立马给你弯腰道歉,没有的话你就承认自己品行不端自甘堕落,怎么样?"

陶音闻声看了他一眼,扶着额角,轻笑一声,手腕放下时笑意还挂在眼尾,仿若一朵灼灼桃花绽在树梢。

"狄彦,"她说,"你除了长相,还真是没一点能看出男性特征的地方。"

话音落地的一瞬间,刚刚还在议论纷纷的同学们安静了,目光都往这边看过来。

陶音方才说的这一句话,对男性来说是非常具有侮辱性的,是能让人怒气值瞬间达到顶峰的挑衅。

就连冷菲儿都不自觉地往后退了一点,面部肌肉有些僵硬,脸色微微泛白。

061

只见狄彦额上青筋暴起,如同一只被激怒的狮子,眼里燃起的是无穷无尽的怒火,暴喝道:"你说什么?你敢再说一遍!"

陶音倒是没想到,才过去几天狄彦脾气就变得这么好,刚刚自己那一句话居然没让他直接动手,还有心思让自己再说一遍。

于是她遂他心愿地再次开口:"没说什么,实话实说而已。"

轻描淡写的话语让狄彦胸腔间霎时爆起一簇火浪,他以前从不会和女生动手,但陶音从来不在此之内。

他又快又狠地抬膝就要蹬向陶音,而陶音速度更快,坐在椅子上一脚踢落狄彦半抬在空中的膝盖,生生拦截住一记猛踹。

动作行云流水,流畅自如,整个上半身动也未动,坐如稳钟。

她放下腿悠悠起身,手臂环胸,侧过脸看着窗外的天空,脸色云淡风轻,甚至连个正眼都不愿意给他。

狄彦蓦地将陶音的课桌推倒在地,发出沉闷的"哐当"一声响,连前桌的桌椅也被陶音的课桌倒下的力道冲歪。

陶音只淡淡一瞥,她早就料想到这样的状况,所以提前将桌上的东西收拾好。

狄彦一拳举在半空中就要挥下,却被身侧的人拽住了手腕。

喻风迟不知何时站在他侧后方,凝目正色道:"狄彦,适可而止。"

狄彦见是喻风迟这个只会读书的文弱学生,放下拳头,扬着笑,没个正形地讽刺他:"这不是我们班的'哑巴'学委吗?怎么,你俩有什么交情?"

他没将"见不得人"这四个字说出来,但教室里的同学应该都能领会到他的意思。

喻风迟眼神扫过陶音,淡声道:"同学交情而已。"

"哈?"狄彦料准了喻风迟不会打架,挑衅似的狠狠推了一下他,喻风迟清瘦的脊梁撞到一旁的桌沿上,周围的椅子被碰得倒地,课桌被撞得歪斜。

陶音神色微怔,想要上前扶他,却被狄彦上前一步堵在孟清

枫的课桌间。

"之前在学校里不是挺清高的吗?有一句话怎么说的,金玉其外,败絮其中?"狄彦一只手搭在自己的眉骨上,眉峰挑起,语气玩味。

陶音神情淡漠,低眸看了下夹在自己和狄彦腿间的椅子,毫无征兆地将其猛踢在狄彦的小腿骨上。狄彦吃痛地低叫了声,向后退了几步。

"陶音!"走廊处传来"砰"的开窗声和中年女人的训斥声吸引了所有人的注意。

这呵斥声陶音再熟悉不过,她目光绕开狄彦看过去。

魏秋芸站在走廊上,严肃愠怒的目光穿过窗户直直地望向陶音,仿佛要将她脸上盯出个洞来。

她用眼神示意陶音自觉走出来。陶音视线从魏秋芸脸上滑落,抬步绕过狄彦走出教室。

在走向办公室的路上,陶音能感受到身旁的魏秋芸一直在隐忍着怒气。她不知道为什么要去办公室,但碍于魏秋芸的情绪便一直没多问。

叩响办公室的门,班主任很快打开了门,陶音从门缝间看到魏展颜已经换上了校服,正和江鸿朗一起坐在办公桌边。

"来,进来吧。"班主任往旁边让了让。办公室里开着空调,待她们走进去后,班主任将门关上。

班主任将她们带到办公桌前,魏秋芸坐到自己先前坐的椅子上,陶音就站在她旁边。

"陶音妈妈,"班主任面对着他们率先开口,语气尽可能地放软,"陶音在学校一直很听话,学习也很好,班里出的一些事其实并不是她的过错。今天魏展颜摔倒也有她自己不小心的原因,陶音不是故意要去撞她的——"

魏秋芸闭眼,抬了抬手打断她:"老师,和这个没关系,您也不用为她开脱,她在学校犯了多少事我清楚。就像今天,她前脚才从楼梯上把小颜撞下去,后脚就在班里和同学打架,我实在是不放心。"

"打架?"班主任凝目,"和哪个学生?长什么样子?我去把他叫过来问问。"

"不用了。"魏秋芸拒绝得干脆,"那学生我认识,不是个惹事的孩子。是我教子无方,给老师添麻烦了。"

"不麻烦的。"班主任微微摇头,"总之,陶音是个很不错的孩子,我觉得一中很适合她,这里不论是学习风气还是师资力量,都是非常优秀的,陶音在本校绝对能得到充分的发展。"

魏秋芸在听完班主任对陶音的肯定评价后只是笑笑:"老师,您高估她了,她没您说的那么优秀,转学手续我们过几天就会办,辛苦老师这段时间的照顾。"

一直在旁边低头不语的陶音身体一僵,倏地转头看向魏秋芸的侧脸,眉目间似是不敢相信,难以置信地问道:"转学?"

魏秋芸将冰冷的面庞转向陶音,眼里没有丝毫温度,简单肯定地道:"转学。"

陶音沉默了,眼里的情绪慢慢褪去,半晌才低声开口问了一句:"为什么?"

她没敢奢望魏秋芸能给她什么靠谱的答案,总之,不会是她想要的。

就像她在班里听到那声呵斥时一样,她没指望魏秋芸在看到班里一团混乱后能关心自己的状况,自然也没幻想过魏秋芸在听到两个女儿受伤的消息后,能抽出一丝精力询问一声自己的伤势。

魏秋芸忽略掉陶音的问题,眼神扫过她空着的双手,眉头皱起:"你的手机呢?怎么没带出来?跟你说了多少次了贵重物品随身带好!赶紧去拿过来,放教室里也不怕被人偷走!一天到晚脑子里也不知道装些什么!我看你就是——"

"妈。"眼看魏秋芸越说语气越激烈,陶音出声打断了她,"我

手机坏了。"

"坏了!"魏秋芸的声调突然提高,"怎么就坏了?"

"我摔倒的时候,手机摔到楼下了。"

"你是不是脑子有病?"魏秋芸再也忍不住了,从到学校时就满溢着的火气此时全部爆发在陶音身上,"摔倒了你不知道拿稳手机?多大的人了怎么还一点都不懂事!钱好赚是吧?你怎么一点都不知道体谅父母!"

在办公室里这样大吵大闹多少有些不合适,江鸿朗顾及自身脸面,不得不止住魏秋芸的话头劝道:

"好了好了,不就一部手机,再说小音也不是故意的,回去再买一部不就行了。别生气了。"

班主任也在劝:"算了算了,还是孩子。"

魏秋芸勉强压制了些心中的怒气,没看陶音,平缓着语气说:"去班里收拾书包,回家。"

陶音本也不想在这地方多待,闻言转身就走出了办公室。

班主任在心里悠悠叹了口气,似是知道了魏展颜和陶音姐妹俩关系不好的原因。

此时已近正午,走廊处强烈的日光晒得陶音肌肤发烫。

她脚步缓慢地走在走廊上,心情算不得平静,有些辛酸交织在其中。

推开教室前门,班里已经有不少人了,见她回来同学们也没什么反应,陶音习以为常,径自走到自己的座位前。

课桌已被人摆放好,桌洞里的书包被人掏出来放在课桌上。

她刚要拿起,发现桌上被人用油墨笔写了什么。

她看清了字迹,长翘的睫毛在眼底落下小半圈阴影。她移开目光垂眸去看间隙里的椅子,厚重的粉笔灰下依稀能看见同样的笔画。

同桌孟清枫仍然视若无睹,低头在写自己的题目。

065

高中大家都很忙，好学生忙着学习忙着考试，被老师、家长和自己劝告着别多管闲事，安下心来做自己的题目。

没有谁会抽出空关心其他琐事。

陶音从书包侧边的口袋里掏出一小包湿巾，打开抽出一张，蹲下去安静地擦拭着椅子上的粉笔灰。

随后她又站起身，将书包抱在怀里，垂眸看了眼桌面，默了须臾，又抽出一张来擦拭。

擦拭干净之后，她将两张纸巾团成团攥在掌心里，然后背上书包，走向后门。走到门口时，她再次回首望了一眼自己的座位，然后转过头，走了出去。

明媚的阳光从窗外投了进来，陶音的课桌椅被擦得锃亮，涂了木蜡油的大小两块板上布满了各色油墨笔画的涂鸦，正以一种怪异的姿势扭曲着，笼在日光反射的一片白亮里，给人一种脏乱感。

走廊窗户映着陶音不疾不徐穿过的上半身，当她的身影消失在最前面那个窗口时，喻风迟的双唇抿得近乎失去血色。

他在一片阒然的教室里，用腿撞开椅子走出座位，几双闻声抬起的眼睛向他望去。他没管，从前门走出教室。

前方不远处，陶音正慢腾腾地移动双腿，单薄的肩颈挺得笔直，头颅未曾低下。

他三步并作两步跟上去，陶音听到脚步声回头，看到喻风迟站在她身后几步外，有难言的神色浮现在他的面庞上。

他看着陶音，犹豫了下，最终开口："对不起。"

陶音不明白他为什么要这样说，眉头微微抬了抬："什么？"

她清楚地见到喻风迟向来冷白清俊的脸颊上渐渐泛出了一丝颜色，他盯着她的眼睛说："没能帮你。"

陶音摇摇头，像是根本不在意："没事。"

灾祸面前人们向来只顾自己，便利店里喻风迟那么怕被自己看出身份，自然不会在狄彦面前主动坦白。

况且他根本没有义务损害自身利益来帮她澄清，先前也帮自

己制止了下狄彦,所以陶音真的没觉得他做得有什么不妥。

她朝他摆了摆手:"那我走了。"之后转身下楼。

喻风迟看着她的背影消失在走廊拐角处,在原地站了好一会儿,才低下清逸的双眸,也转身默默地回去了。

等待转学手续办理完毕的几天里,陶音又回到了刚来嘉城时的生活。

去嘉城一中办理转学手续时,因为是班上成绩最好的学生,班主任劝了她们很长时间,好话都说尽了,还是消磨不了魏秋芸要把陶音转走的决心。

这边执意要走,班主任眼见挽留不住,只好签了字。把单子交给魏秋芸时,她顺口多问了一句:"您想把陶音转去哪里呢?"

"德永。"魏秋芸接过单子,"私立学校,老师管得应该严些。"

德永啊。班主任心里想,那所学校确实师资力量雄厚,要认真学的学生去那儿也是个不错的选择,只是里面纨绔子弟多,成绩够好能来一中的话也没人会去那儿。

她觉得陶音乖得很,不惹事,学习也用心,如果是自己的女儿她不知道有多骄傲。她原以为陶音在家里是很受宠的,看来事实并非如此,也无法理解魏秋芸为什么一定要把陶音转到德永。

摔坏的手机被陶音带回去,去了很多家修手机的店都说毁损严重修不了。江鸿朗不想再浪费工夫,让魏秋芸带陶音重新买一部。

魏秋芸眼看没办法了,该花的钱逃不掉,于是带陶音来到手机店,一路领她到卖翻盖手机的专柜那里。

陶音看着一柜的翻盖手机问:"翻盖手机啊?"

"不然?"魏秋芸冷哼一声,"你还想要什么样的?不是说不给你买,买回去过几天你又给摔了,咱们家哪那么多闲钱。"

柜台的小姐姐很懂看人脸色,感觉这对母女气氛状态不是很好,忙绽开笑脸,插话道:"其实这边的翻盖手机也很不错,也有很多款式很适合她这种学生,智能手机娱乐性太强,有的家长怕孩子自制力差,就会买这样的手机。"

她介绍着产品:"你看这边的,颜色就很鲜亮,款式也很时尚,你看看有没有喜欢的。"

陶音对手机也没那么多要求,随便从中挑了一款水蓝色的手机,魏秋芸就带她去结账了。

回家将手机卡放入手机时,陶音才隐隐觉得有些不对。

翻盖手机没有微信,陶音不知道荆盛这几天有没有联系过她。

她随手将手机扔在一旁,整个人躺在床上,眼神直愣愣地望着头顶的天花板出神。

晚上江鸿朗依然不在家吃饭,魏秋芸也懒得特地去做饭,就让陶音和魏展颜点外卖吃。

魏展颜回房去挑选外卖商家了。魏秋芸将自己的手机扔在陶音坐着的沙发上:"手机密码480312,支付密码是小颜的生日,小颜的生日你知道吧?11月16日。"

陶音输入密码打开了手机,她对吃的要求不高,随便选了一家过桥米线,备注"一点点辣就好",支付成功。

她关掉手机放在一边,魏秋芸在厨房里下着面条,她虽然不想做饭,但也不想吃外卖,就随便煮点东西果腹。

过了三十多分钟,大门被敲响,陶音去开门,是魏展颜点的煲仔饭到了。魏展颜从卧室走出来,从陶音手里接过外卖,回自己的房间。

陶音坐回沙发,想看看自己的米线送到哪儿了,她按了下手机电源键却发现忘了密码,凭着大概的印象输了几次,都不对。

没办法,她问厨房里收拾碗筷的魏秋芸:"妈妈,手机密码是多少来着?"

"你是脑残啊?"厨房里水龙头"哗哗"流出的水冲在水槽里,"480312,你怎么就是记不住呢?"

魏秋芸的语气没有半点起伏,仿佛说的是一件再正常不过的事情,就是这样的语气才让陶音的心一点一点地凉下来。

她输入密码,查看了下骑手的位置,距自己还有三四百米,

·068

快到了。

大门再度被敲响，陶音拎着米线也回了自己的卧室。

关上房门，她坐在书桌前，拆开外卖的包装袋，掰开一次性筷子，夹起几根米线尝了一口。

米线浸在汤汁里泡得久了，有些发胀，软趴趴的，不怎么好吃。

或许是因为太烫，陶音的视线里蒸腾出一小团看不真切的雾气。

第三章

漂亮又可爱的小桃桃

9月中旬的温度不算很高,周一的阳光很好,看起来是个晴朗的好天气。

德永私立高中没有校服,陶音换上了卡其色短袖连衣裙,裙摆刚好遮住膝盖,衣领边上带着花边,白棉袜包裹住细瘦的脚踝,脚上是一双黑色的圆头小皮鞋。

陶音站在讲台上,听老师向同学们介绍自己。

明亮温暖的阳光透过窗户照进教室,将她的发丝染得带了些暖黄色的光晕,细小的浮尘在光柱里舞动,整个画面看上去温暖而赏心悦目。

因为是周一的早读课,教室最后两排睡倒了大半。

最后一排靠左边的男生抓了把头发,费劲地抬起头,稍微睁开惺忪的睡眼,在看清讲台上的人后瞬间清醒。

他尽量压住惊讶的音调,低声道:"这不是那天那个小女生吗?"

他转眸看向隔着一条过道坐在他前两排的男生,却不经意发现讲台上的新生和他看着同一个人。

那个人就是荆盛。

他独自坐在靠窗的位子,右手支着下巴,挑起一侧的眉,手指半遮住的嘴角勾起似有若无的弧度,眼神炽热地盯着讲台上的陶音。

　　陶音被他看得有些不自在，淡淡地别开眼，忽略掉那人明晃晃注视的眼神。

　　老师介绍完后让她坐到荆盛前面的那个空位上，六班的座位排得很特别，最左边和最右边的座位都是单列，没有同桌。

　　陶音挺喜欢这样的布置，想到之前在一中的时候，孟清枫和自己坐在一起，但相互视而不见。偶尔孟清枫要出去上厕所或者接水，都要犹豫好久才会小声地说一声"让一让"。

　　德永中学的早读课纪律比一中混乱很多，陶音因为是转学生，和那些走后门进来的学生分到了一个班。

　　早读课老师不在班里维持纪律，班里全是讲话声和男生的笑骂声，环境比一中的课间十分钟还要喧闹。

　　陶音从书包的最外侧拿出《高中英语词汇3500词》，翻到夹着书签的那一页，从最上面的单词开始读。

　　教室里一片喧哗打闹声中忽然混入了背英文单词的声音，音量舒缓不算很大，但依然显得有些突兀失调。

　　荆盛昨天晚上打篮球打到很晚，一直到陶音进门时才醒过来。这会儿他听着前桌陶音念英语的轻快语调，耳边仿佛有一泓清泉泠泠地流淌过，几分睡意很快被激发出来。

　　在读了七八个单词后，她的声音渐渐变小，最终完全没声了，只微微张嘴念着。

　　荆盛还趴在桌上补着觉，陶音无声地念了一会儿，肩背忽然被后面的人拍了一下。

　　她转过头，看到后桌荆盛发丝凌乱地搭在前额上，半睁着一双睡意蒙眬的眼，语气困乏地问她："怎么不念了？"

　　陶音被问得有些莫名："怎么了吗？"

　　"没怎么，"荆盛重新趴到桌上，"就觉得你声音挺催眠的。"

　　陶音姑且把这句话单纯地理解为他听英语犯困。

　　荆盛趴在桌上有一会儿，忽然又直起身子，耷拉着眼皮，拿

起被他当作睡垫压在胳膊下的语文书,翻到某一页开始读。

"氓之蚩蚩,抱布贸丝。匪来贸丝,来即我谋。送子涉淇,至于顿丘。匪我什么期,子无良媒。将子无怒,秋以为期。"

他读得拖腔拉调,遇到不会的生字就用"什么"代替,通假字几乎没念对过,咬字不太清晰,但声音足够大,很快就吸引了大部分人的注意力。

陶音愣了一瞬,不知道荆盛是不是有意的,她低下眼睫,犹豫了几秒,张着唇也开始轻声地读起来。

"condition,c,o,n,d,i,t,i,o,n。"

轻缓的语调隐在荆盛不太顺畅的读书声中,他们一前一后地念着。

"乘彼什么什么,以望复关。不见复关,泣涕涟涟。既见复关,载笑载言。"

"combine,c,o,m,b,i,n,e,使联合,使结合。"

最后一排的彭明"噗"的一声就笑出来了。

这是干什么呢?

早读课很快结束,距离第一节课上课只有五分钟的休息时间,陶音这几天心情不好,下课后只想趴在课桌上休息一会儿,她刚一趴下,彭明就走过来,坐在她前桌的椅子上。

陶音抬起脸,问他:"请问有事吗?"

"没什么。"彭明大大咧咧地回答,"前一阵子你帮了我大忙,刚我们说晚上要一起出去玩,你要不要跟我们一起?"

陶音对出去玩没什么兴趣,而且身无分文,摇了摇头道:"不用了,你们去玩吧。"

"哦。"他歪着上半身从座位上探出头来,发现从刚刚开始荆盛就一直盯着人家小姑娘的后脑勺,一副出神的模样。

彭明忽然起了心思,看着陶音的眼神有几分狡黠的光泽:"荆盛也和我们一起。"

像是怕陶音不信一样,他抬起下巴对着陶音身后的人扬声道:

"是吧，荆盛？"

荆盛之前确实说要和他们一起，两人之前的谈话他没仔细听，心不在焉地从鼻腔里哼出一声"嗯"。

"咱们的新同学，"彭明说谎不打草稿，开始信口开河，"我问她放学要不要一起出去玩，人家说你去她就去。"

陶音觉得自己根本没这个意思，还没来得及解释，就听到身后荆盛悠悠的嗓音传来。

"这样啊。"他撑着左腮，歪头看着她细碎发丝下露出的那截白皙后颈，笑了一下说，"那去啊。"

陶音感到有些乏累，默默地叹了口气道："我没带钱。"

"没事啊。"彭明笑了笑，不以为意地道，"盛哥请客，哪轮得到我们掏钱。"

不知怎么，陶音脑子里忽然就想到了之前的急速飞车和半价奶茶。

还是算了吧。

"真的不行。"陶音有些抱歉地笑了笑，眼神清澈，"上完晚自习后时间就很晚了，我妈妈要是知道我不回家，会把我赶出家门的。"

"这么狠啊？"彭明有些惊异，眉头扬起，"那行吧，不为难你了。"

上课铃声敲响，班里的同学回到自己的座位上。

第一节课是英语课，老师让同学们把课本拿出来。

陶音上课时坐姿很端正，脊背挺直，仪态十分好，能感受到衣服下单薄的肩背。

他们这一列座位排得有些挤，空间狭小，陶音后背不可避免地碰到后桌的前沿，一碰就感到一阵抖动。

可能是男生动作幅度都比较大，后面那人就像身上生了虫一样，抬一下胳膊都有撞击木板的声音，"乓乓乓乓"地很令人心烦。

陶音默默忍受，稍稍前移了一下椅子，让自己的前胸贴着桌子。

后桌的声响还是时断时续,前桌的人也靠在陶音的桌沿,陶音不好意思再去挤压前桌的空间,只得就此作罢。

就这么过了六七分钟,陶音有点忍不住了,趁着老师转身面对着黑板抄题的空当,她悄悄转过头,一双杏眼睁得大大的,睫毛上翘,瞳仁又黑又亮。

陶音压低声音道:"你能不能小声点?"

荆盛神色有点茫然,好像没太听清,用眼神示意她再说一遍。

"我说,"陶音有点急了,"你能不能——"

"哎,那边的同学。"

讲台上略带着怒意的声音打断了陶音。

她回过头,看到英语老师不知何时已经抄好了题目,双手撑在讲台上,严厉的目光射向她。

陶音平时上课很认真,很少被老师点名,偶尔被叫到一次,略显难为情地低下头。

"来,你起来回答一下我刚刚讲的问题,告诉我选什么?"

英语老师显然不打算就这么放过她。

陶音站起身,心里发慌,视线没有目标地飘在课本的题目上,根本不知道老师讲到哪儿了,也无法确定老师黑板上抄的题目是讲了还是没讲。

"那个……"陶音的声音细如蚊蚋,认命般地准备道歉说自己没听。

在她即将开口时,隐约听到什么声音。

她再仔细去听,荆盛低沉的嗓音悠悠地从后面传来:"三十七页,第四题。"

陶音快速扫了一眼,选出答案,回答道:"选 C。"

"行,坐下吧。"英语老师点点头,看了一眼坐下来的陶音,还不忘嘱咐一句,"以后要认真听课啊。"

他拿起课本继续讲课,陶音坐下后,莫名感到空间变得宽敞了些,不那么狭窄了,于是静下心来专注听课。不知道是不是后面的人睡着了，一整节枯燥的英语课下来，陶音再没有听到后桌发出一点吵闹的声音。

周一的大课间学校照例举行升旗仪式，各班同学都整好队排列在大操场上。校长在台上讲完冗长的一段话后，值班班级的学生代表上台念稿。

这周的主题是关于纪律的，陶音瞥了眼斜后方那些还在嬉笑打闹的男生、女生，对这篇稿子是不是专指他们班保持合理怀疑。

整个升旗仪式流程太长，陶音从早上起床就觉得身体不太舒服，在太阳下站了一会儿，更是感到头晕目眩，双腿发麻。

好不容易撑到了中午放学，陶音打着牛油果色的遮阳伞出了学校，遇上几个班里的女生。她们看到陶音，嘻嘻哈哈地跑过来，和她并排走着。

陶音与她们打了声招呼："你们好。"

她不怎么会说话，只在她们偶尔提到自己时稍微应一声。

其中一个女生脑袋凑到陶音的遮阳伞下，圆溜溜的眼睛看着她，惊叹道："陶音，你真的好白啊，刚在教室里就这么觉得了，现在在太阳底下一照，你白得都能发光。"

这句话引起了另外几个女生的注意，她们附和道："对啊，你真的好白，你用的什么防晒霜啊？"这么说着，一个女生还伸手在陶音的脸颊上轻轻搓了一下。

陶音有些好笑地握着那女生的手腕将她的手轻轻拉下来，温声道："我没涂防晒霜，就是太阳强的时候出门会打伞。"

回到家里，魏秋芸在饭桌上问了几句陶音新班级的情况，在听完陶音的回答，她觉得没什么大问题之后，叮嘱陶音要好好学习，别和那些不学好的学生玩。

嘉城一中高二年级也开始上晚自习，魏秋芸又嘱咐魏展颜晚上在学校吃好点，别想着省钱，饭卡里没钱了记得问家里要。

陶音还是觉得有些头晕，吃完饭后就在床上睡了一会儿，醒

来后觉得非但没好一些，反而还因为睡得太久而头昏脑涨。

她背上书包去了学校，撑着脑袋勉强听了半天课，一下课她就在桌上趴着。

下午最后一节课结束，所有同学蜂拥而出去食堂抢饭吃，教室里很快空了。

陶音的脸埋在双臂里，坐在位子上一动也不想动。

"喂。"荆盛戳了下陶音的脊背，陶音立马像水里的鱼一样弹起，回头问他："怎么了？"

女孩的头发被压得有些乱，白嫩的脸蛋上透出一些红润，眼睛里有些没睡醒般的茫然。

"我还想问你呢。"荆盛伸出食指点了点自己的脑袋，"你这里，不舒服？"

陶音一时不知道他到底是在嘲讽还是在认真询问她。

她重新趴下，头枕在胳膊上，声音闷闷的："嗯，头有些难受。"

荆盛看了她两眼，起身从后门出去了。

教室里只剩陶音一个人。

靠窗角落旁的立式空调吹着冷风，窗外落日洒下金黄余晖。

昏昏沉沉中，教室的前门被人打开，发出"吱呀"一声响。

有什么东西被放到陶音的桌边。

陶音从臂弯处微微抬起了头，是一碗馄饨和一盒纯牛奶，闻起来有孜然的香味。

她眼神跟着荆盛坐回座位的动作移动，问了一句："这是什么？"

荆盛靠在墙边，两条长腿伸在过道上，黑发在夕阳的照耀下笼着一层柔暖的光。

"馄饨，彭明让我帮他端着，说他先去占位置，结果他又另外买了一碗牛肉面吃，我无语了。"

陶音将信将疑，因为食堂打包似乎是要加钱的，在食堂吃的话没必要特意用包装盒装着。

陶音朝他扬了下手里的牛奶:"那这个?"

荆盛向她那边偏了下头,看了眼后,重新别过脸去,了然似的"啊"了一声。

"本来也是彭明让我拿的,我一生气就没还给他。"

他扫了一眼陶音,催促道:"快吃吧,等会儿就凉了。"

陶音转过身拆开塑料袋,打开包装盒,拿起塑料小勺舀了一颗馄饨送入口中。

馄饨皮薄,浮在汤面,没什么肉,很好嚼。

这么吃了几颗,陶音渐渐觉出点不对劲来。

这么一碗小馄饨,陶音一个女生吃都不觉得饱,彭明一个将近一米八的大男生,怎么可能只买这一碗馄饨当晚饭。

还有,荆盛出教室到回来不过隔了十几分钟,算上买饭和来去路程,剩下的那点时间,怎么可能够他吃饭?

陶音不想太自作多情,用吸管插入牛奶盒的铝箔纸,小口地喝起来。

她其实不是特别喜欢喝纯牛奶,觉得有股怪味,但现在她确实有些渴了,很快喝完了半盒。

她吸着牛奶思绪放空,忽然想起来还没向给她带饭的人表示感谢,于是转过头,对后面的人说了句"谢谢"。

荆盛摆摆手示意不客气。

教室里陆陆续续地有人回来,空气很快混乱了起来。等班上的同学都齐了之后,没几分钟,晚自习的上课铃声也打响了。

陶音的脑子还是有点不太清醒,一节课四十五分钟就做了一页多的数学题。

荆盛他们似乎在教室里坐不住,每节课下课都要跑出去,陶音还记得她初中的时候校长经常在台上讲的话:"你下课前十分钟就心不在焉,下课前五分钟魂不守舍,前两分钟望眼欲穿,前一分钟准备冲刺,上课铃打响你得花两分钟时间进班,五分钟时

间回味,十分钟后也不知道能不能进入学习状态!"

她起身拿着水杯想去教室后面的饮水机接水,有几个人已经在饮水机边上等着,她就站在他们后面等了一会儿。等接好水回到座位上时,她意外地发现桌子上有一张字条。

她拿起看了一下,是张请假条,字迹狂放不羁,其中有一句是:"我前桌身体不适,不宜学习,我本着乐于助人的态度帮她向您请假,望您能批准。"

陶音疑惑这样的请假条六班的班主任到底是怎么批准的。

她转过身将字条放到荆盛的桌上,问:"这是你写的?"

荆盛似乎未觉得有丝毫不妥,回答得坦坦荡荡:"是啊。"

陶音摇摇头,把字条往荆盛眼前又稍稍推了一下,说:"我只是有点不舒服,还没到需要请假的地步,能不能麻烦你和班主任说一下?"

"我?"荆盛眼尾往上挑,"盛爷请的假,从来不销。"

他们就这样对视了一会儿,最终还是陶音先缴械投降。她半垂着眼睫,将请假条收起来:"算了,那我自己去吧。"

"还去什么?"荆盛像是有些不耐烦,拉住她的胳膊把她拽到座位上。

"你别误会,我只是觉得你要是在我们班出了什么事对我们学校的影响有点大,到时候估计没几个家长敢把孩子往我们学校送了。"

他模样漫不经心,仿佛在陈述一些无关紧要的事。

"考虑到我们整个学校的声誉,我觉得个人利益在集体利益面前应该主动放弃。"他顿了一下,抬起漆黑的眼眸,"所以,只好委屈你一下了。"

陶音觉得他说的话有几分道理,自己在这儿硬撑着学习效率也不高,于是将请假条交给了班长,回到座位上收拾书包。

荆盛却又喊住了她:"你不打个电话给家长吗?"

"不用了。"陶音觉得自己还没严重到那个程度,魏秋芸接到电话后愿不愿意来接还是个未知数,要是接她的时候再念叨一阵,估计到时她脑袋比现在还疼,"我自己能回去。"

"啊。"荆盛不冷不热地道,"那行吧,你别晕在路上了。"

陶音拿起钥匙打开了房门,客厅漆黑一片,没有人在。她按下墙壁上的电灯开关,换上拖鞋,背着书包走进卧室。

她将书包挂在椅背,换了睡衣躺在床上,盖上被子关掉灯,就这样昏昏沉沉地睡了过去。

她睁开眼时,卧室还是一丝光线都没有,连门缝都没有亮光透进来。她摸到旁边的手机,按下侧面的开机键,在屏幕的强光中眯起眼看了下时间。

八点三十七分了,晚自习还没结束。

她睡了有两个半小时,晚上就吃了一碗小馄饨,喝了一盒牛奶,头倒是不疼了,但睡到现在肚子有些饿。

陶音摸索着开了灯,在床上发了一会儿呆,最终还是决定出去转转,顺便吃点什么。

她拉开衣柜,里面的衣服大同小异,衬衫和百褶短裙占大多数,短裙的颜色不算很鲜艳,大多是藏青和黑色这样有些沉闷的颜色。

随便选了一件藏青领子的白衬衫和同色的短裙,陶音拿起钥匙和手机出了门。

走在路上不自觉地经过那家便利店,从转学以后她就没去过了,不知道喻风迟还在不在这里。

抱着看一看的想法,她走了进去。

荆盛和彭明坐在便利店靠着玻璃的地方。

彭明从扦子上咬下一颗照烧脆骨丸:"不是说去电玩城吗?怎么到这儿来了?"

像是在这里百无聊赖地坐了很久,荆盛神色寡淡,手肘懒懒地撑在桌面上,半垂的眼睫下一双黑瞳始终盯着门口的方向:"等人啊。"

彭明将那颗被嚼碎的脆骨丸咽下，又咬下来一颗："等谁啊？这都快等了一个小时了，别是忘了，要不你打电话催下他？"

荆盛视线下移到他的脸上，又回到门口，轻嗤一声："我也想啊，但人家不愿意接，我有什么办法？"

"啊……"彭明思考须臾，倒是有点好奇了，"还有人不接你电话？"

他将吃完的扦子放到桌面的纸巾上，忽然有点不耐烦："行不行了？不行咱就直接走吧，第一节晚自习下课时我就看你背着背包逃课了，结果到现在还在便利店待着，你什么时候这么有耐心了？"

荆盛闻言笑了，修长干净的指节搭在桌边："盛爷我一直这么有耐心，你要是等不及就先走？"

"算了吧。"彭明撇了撇嘴角，"我看你能等到什么时候。"

话音刚落，便利店的门被人推开，一个穿着衬衫短裙学生装扮的女生走了进来。

荆盛看到陶音，抬了下眉。

她和他们第一次来便利店时的发型差不多，仍然简单披散着头发，戴着宽发箍，发丝披散在耳后。

很清爽的气息。

"来了。"荆盛笑。

彭明回身去看，惊了一下："新同学？"

陶音发现收银员已经换了一个女生，想着喻风迟可能换了别的工作，正暗自琢磨，被彭明这一声"新同学"喊得意识回转。

她循声望去，看到荆盛和彭明正坐在后面的餐桌上，两人目光汇聚在她身上。

他们走过来，荆盛抬头垂着眼看她，表情戏谑："啊，你这是……被赶出家门了？"

陶音知道他是在挖苦，别开眼睛不想看他。

倒是彭明不知道他们俩之间的事，闻言表情诧异，当了真："不是吧？那你有没有带手机什么的？不会真让你露宿街头吧？"

他从小就不是个听话的孩子，爱惹是生非，长到现在他爸妈不知道被他气过多少次，也挨过数不清的打，但他爸妈疼他，从舍不得真把他怎么样。

陶音刚要解释，彭明却信以为真，为她想办法："要不这样吧，我和阿盛正好要去百货大楼的电玩城玩，你和我俩一起去吧，本来就要请你的。"

对电玩城陶音没有兴趣，本想推托，却被荆盛拽住胳膊往门外拉。

"走了，不然就彭明那个死脑筋，不还你人情他一天都不舒服。"

电玩城在三楼，他们乘着电梯上去，刚走到门口，陶音的耳膜就被电玩城里的游戏声吵得有些难受。

其他几个朋友早就已经到了，大多是班里的同学。有的玩累了坐在一旁休息，见到荆盛和彭明走过来，放下手机笑着责怪他们："不是，你们怎么才来啊？我们这都玩了好一会儿了，还以为你俩爽约了呢。"

"没有。"彭明揽过那个男生的肩大大咧咧地坐下，"那要把新同学也劝来，不得费工夫吗？我和阿盛等了好久。"

"哟！"那男生觉得稀奇，"新同学本事挺大，能让荆盛等这么久没走人，真是第一次见。"

这边荆盛正在机器上兑游戏币，陶音站在门口看着电玩城里光怪陆离的景象，觉得这不是自己擅长的领域。

一只骨节分明的手摊在陶音面前，手心里躺着一把游戏币。

"你不怎么玩吧？20 枚应该够了。"荆盛道。

陶音没说话，伸出手接过游戏币，刚抬头想说句"谢谢"，就看到荆盛已经向前面走去了。

她环顾了一下四周，没看到有什么好玩的，于是随便挑了一台抓娃娃机,投了三枚游戏币,开始移动抓手。

陶音目标锁定在中间那个私房猫玩偶上,抓手移动到玩偶正上方时,她按下按键,抓手开始下移,抓住了私房猫的脑袋。

抓手一提,玩偶就掉了下来。

没抓住。

陶音直起身,感觉脑袋被游戏厅的声音吵得有些晕。

她往别处一看,正好有一个没人的封闭唱歌隔间,四周是透明玻璃。

于是陶音拉开门走进去,坐在点歌台前面的高脚凳上。小房间隔音,里面很安静,陶音觉得头脑清醒了不少。

进了唱歌房不点歌,有点说不过去,并且不太道德,占用公共资源。

她随便翻了一下屏幕上的歌单,投了三枚游戏币,点好的歌开始播放。

屏幕旁有话筒,陶音无意于唱歌,只侧身坐在高脚凳上静静地听着。一首歌播完,她再投再播,重复循环。

玻璃门忽然被人拉开,陶音错愕地回头,荆盛清隽疏朗的面庞闯入陶音的视野。

"你要这样,"他轻笑,"不如我直接给你开通个音乐会员?"

刚点好的歌曲还在持续不断地播着,较为逼仄的空间里,轻软柔美的嗓音缓缓流淌。

陶音认为自己可能是有些扫兴了,好脾气地解释道:"我不太会玩游戏。"

"啊。"荆盛在陶音旁边的高脚凳上坐下,长腿随意搭着,面对着她。

玻璃房空间狭小,两张高脚凳离得很近,他们面对面坐着,双腿几乎挤挨在一起。

这样的距离让陶音感到安全领域受到侵犯,身体略微有些不自在。

点歌台里荡漾出的旋律随着歌声的停止渐渐消散，陶音借机起身走到门口，打算推门而出。

在她刚将玻璃门推开一条缝时，荆盛从后面喊住了她。

"哎，"他眼角稍扬，唇边带着似有若无的笑意，"怎么，你现在对债主的态度就是，微信不回，见人就跑？"

陶音握着门把的手顿住。

她回过头，神色有些发怔："你发了很多消息吗？"

一开始她考虑过换了手机荆盛会不会联系不到她，后来又觉得他们本来也没发过几次消息，可能这段时间荆盛根本就没找过她，但潜意识里又担心万一荆盛真的给她发了很多信息，自己这么多天没有回复，他会不会着急。

后来在新班级里见到荆盛，陶音才意识到他可能真的没有联系过自己，不由得觉得自己有点自作多情了。

荆盛站起身，跨着长腿走到陶音身边，手握在她没离开门把的手的上方打开了玻璃门，平静无波地道："没有，就发了几次催债的信息，见你没回复，以为是逃债去了。"

他们走到并排摆放的两台投篮机前面。

"投篮机会玩吗？"荆盛看着眼前的一个篮筐问，"就拿着里面的球往篮筐里投就行了，三分钟，看你能投进多少。"

陶音之前没玩过，但听规则好像不算难，于是点点头："应该会。"

"那行。"荆盛投了几个游戏币进去，"你还剩多少游戏币？不够我再给你点。"

陶音看了一下，还剩三枚，正好够玩一次。

于是她将手上的游戏币投到机器里，回答道："不用，够的。"

三分钟倒计时开始，篮球机里的篮球开始骨碌碌地都滚下来，陶音拿起其中一个朝篮筐投去，进了。

陶音找准了方向，每一个球都投得精准。她能听到旁边雨点般密集的投篮声，但情绪没有受到影响，仍旧投得很稳定。

她投球的速度虽不快，但没有浪费掉任何一个球。

三分钟结束，荆盛比陶音多了十二分，的确是有把狄彦压着打的资格。

荆盛朝她挑了下眉："不错，投得挺准，就是速度有些慢，太求稳了。"

投得不快也弯腰抬腰了无数次，陶音有些累了，走到一旁的沙发椅上坐下，饥饿感又开始渐渐泛起。

刚才她去便利店准备买点吃的，结果没来得及买就被拽到了这里玩游戏。

陶音正这么想着，一个毛茸茸的东西被丢了过来，随之扔来的还有一个纸袋。陶音低头看向怀里的东西，意外地发现是刚才自己想抓的猫咪玩偶。

沙发旁边凹陷下去，荆盛懒散的声音从身侧传来："剩的那点游戏币就够玩次抓娃娃机，也没别的认识的女生，就扔给你了。"

他朝陶音的另一侧扬了扬下颌："赶紧吃吧，你去便利店总不能是去看风景的吧。"

陶音正欣赏着玩偶猫的可爱表情，唇边泛着浅淡的笑意，听到荆盛的话，她转头，看到旁边的纸袋。

陶音拿过纸袋，从里面掏出一个扁扁的汉堡和一个香芋派。

出门的时候陶音带了现金，放在衬衫的口袋里，她掏出来，数了数，问荆盛："这两个多少元啊？我还给你。"

荆盛扫了一眼她手里拿着的纸币，若无其事地道："十二元1+1套餐，给我十二元就行。"

陶音没带硬币，递给了他一张二十元的纸币："给你吧。"

荆盛没有接，而是滑开手机道："我没带现金，剩下八元我微信转你？"

"不用。"陶音很快出声阻止他，"不用还了，就当是还我的债。"

荆盛从手机上抬起目光，眼神扫过陶音的面庞。收回手机，

085

他两指夹过那张纸币装进裤子口袋,不冷不热地道:"那行。"

出来的时间挺长了,陶音翻开手机盖想看一下时间,发现正中间有一条未接来电的提示。

她按下来电,看到是魏秋芸的手机号码。

手机买来那么多天还没存联系人,彭明他们好像玩得差不多了,也走过来在荆盛旁边坐下。

他们嘻嘻哈哈的,不知道说些什么,电玩城的声音太大太吵,陶音没有回拨电话,而是选择了发短信给魏秋芸:我在外面,马上就回去了,有事吗?

陶音一般都用二十六宫格打字,偶尔用一次九宫格手机按键还不太习惯,磕磕绊绊地按了几个字上去。

彭明注意到陶音正在编辑的手机,略显惊奇地道:"小陶音,你的手机是翻盖的啊?"

陶音还在艰难地发着短信,意识到彭明正在问她话,后知后觉地"啊"了一声,解释道:"之前的手机摔坏了,我妈妈不想我耽误学习,索性就给我换了一部翻盖的手机。"

短信终于编辑好,陶音点了发送,刚合上手机盖放到一旁,来电铃声又"叮叮当当"地响起。

她拿起手机走到电玩城外面的栏杆那里,翻开手机盖按下接听按键,刚将手机放在耳边,魏秋芸严厉的声音就从手机里传出来。

"你给我死哪儿去了!这都几点了,你还不回家?我刚给你们班主任打电话,他说你晚自习只上了一节就请假回家了,那你人呢?"

陶音移开耳边的手机看了下时间,快十点了,离晚自习下课快有半个小时了。

"我在百货大楼。"陶音随口扯着谎,"我本子没有了,就来这里买了些文具。"

"我弄死你!"魏秋芸的怒火丝毫不见消退,"本子没有了

不知道问小颜借一本？非要大半夜去百货商场里买？附近哪儿没有文具店，我看你就是皮痒了。

"买好了就快点回来！别在外面闲逛！一个女孩子大半夜在外面也不怕不安全。"

"行。"陶音默默忍受着她的数落，也明白确实是自己的不是，"我这就回去。"

挂断电话，陶音回到电玩城，对坐在几个男生中间的荆盛说："我先回去了，我妈妈刚才催我回家了。"

"啊，那行吧。"彭明第一次见陶音就觉得她一副好学生的模样，和他们这种混日子的学生从外表上看有天壤之别，今晚她能陪他们来已经算很给面子了，"要不要找个人送一下你？现在也挺晚了。"

"不用了，"陶音摆摆手，"我自己能回去。"

她淡淡一笑表示感谢："谢谢了。"

正转过头要走的时候，她隐约听到身后有人问了一句："你干什么去？"

她以为是在问自己，于是又回过头，结果看到荆盛正迈着闲散的步伐朝她走来。

"正好我也玩累了，"他说，"那就一起走吧。"

陶音点点头，没什么意见，两人一前一后地往电梯口走去。

彭明看着他们乘着电梯渐渐往下移的背影，想到在便利店时，荆盛拽着陶音的胳膊走出店门的场景。

反射弧有点长了，他慢慢意识到荆盛一开始就说的等人，所以荆盛等的就是陶音？

可陶音看起来并没有答应荆盛一起出来玩，只是晚上饿了出来买点吃的而已。

那么问题来了，荆盛是怎么知道陶音今晚会出来的？还特意在便利店等她。再一想荆盛说的陶音被赶出家门，估计也是调侃，结果自己还真信了，傻得不行。

这样尴尬的事情彭明不愿再去想了,不过他现在敢肯定的是,荆盛和陶音,绝不是像他之前以为的那样刚刚认识。

还有荆盛对陶音的那些反应,怎么就像……中邪了一样?

陶音和荆盛再次并排走在路边。

这么走了很长一段路,身边的那个人还没和她分开,往前走只有荣景这一个小区,上次荆盛送完她就走了,他不可能住在这儿。

"你是不是走过了?"陶音没忍住,以为荆盛走错了方向,"你应该不住荣景小区吧?"

荆盛穿着一双黑色运动鞋,不紧不慢地跟在她身侧,他腿长,步子也比她大,步调走得散漫。

"不住这儿。"他说,"这不是送你吗?"

陶音愣了下:"送我?"

她明明记得荆盛刚刚说的是:正好玩累了,那就一起走吧。

再一想,好像也确实和送她这件事不矛盾,毕竟他只说一起走,也没说顺路。

陶音不太擅长应对别人施加的好意,手指摩挲着手机的背部,略显拘谨地道:"那谢谢了。"

荆盛没接话。

"哎,"荆盛忽然开口问,"你那部手机怎么摔坏的?"

"上楼的时候被人撞到,没拿稳,摔下去了。"陶音回答。

"人摔下去了还是手机摔下去了?"荆盛很快听出了陶音话语中模棱两可的地方。

当时摔下去的只有手机,陶音就是腿擦破了皮,于是诚实地回答道:"手机摔下去了。"

"这样啊。"荆盛继续往前走了一会儿,又突然毫无征兆地问她,"那部手机你还想要吗?"

手机能用自然最好,但那时魏秋芸带她找了好几家修手机的店,都以失败告终。

她摇摇头:"算了,修不好的。"

"你怎么知道修不好?"荆盛屈起食指,轻轻地敲了一下陶音的脑袋,面容寡淡地看她,"手机你还留着的吧?明天带过来给我,我托人试试,修好了还你。"

陶音倒是没想到荆盛这么乐于助人,有些怔怔地回答他:"那谢谢你了。"

荆盛没再理她。

两人就这样一路沉默地走到了荣景小区门口。

荆盛双手插在宽松的卫衣口袋里,目送着陶音向他摆过手后走进小区,他收回目光,也转身走了。

回到家时,魏秋芸静坐在沙发上,见陶音回来,转回目光:"陶音,你过来。"

在路上时陶音就已经想到了回家后要挨的责骂,可真来临时却还是心里发沉。

不是害怕,就是单纯的烦闷,想用针线干脆地将这段时间匆匆缝合上,直接跳过去。

她换好拖鞋走过去,在距魏秋芸几步远的地方站好。

魏展颜还在餐桌边不紧不慢地吃着薯片,手慢悠悠地放进包装袋里,再将薯片放到嘴里慢慢嚼着。

她像是故意吃这么慢。

"我听小颜说,你晚上经常出去。"魏秋芸开口,并没看陶音,语气听起来很平静,但陶音能察觉到她话语里隐着多汹涌的浪涛。

"就是偶尔,没有很多次。"

她的确挺喜欢晚上出去,她喜欢夜晚那种喧嚣渐平、四下寂寥的环境,但平心而论,她晚上出去的次数的确不多,应该要做的事永远排在陶音的内心前列,而对于喜欢的事——她并不很执着。

"偶尔?"魏秋芸从鼻腔里哼出一声,"多少次才算偶尔?家里一百多平方米的地方是容不下你吗?我看你不是喜欢晚上出去，你是就喜欢给我惹事，不给这个家弄点麻烦你浑身不痛快！"

最后那句话魏秋芸用了点力气，怒火从没盖严的缝隙里进出来。陶音忍受着魏秋芸的指责，一句话没说。

怒气既然已经开了闸，魏秋芸就不愿再收着，顷刻间，各种骂声铺天盖地地砸到陶音的身上。

魏秋芸将对母亲郑桂华的怨恨，连带着一并发泄在陶音身上，骂的不过是一些"你和你外婆一个样！""在什么样的环境下长大就是什么样的人！""你就是和你外婆一块来折磨我的！"诸如此类的话，没什么新鲜的。从被接来嘉城的那天起，陶音就已经在餐桌上听惯了。

也真是难为魏展颜了，从陶音进门到现在已经过了二十分钟，她那包薯片还没吃完，坐在那里静静地听着魏秋芸对陶音的漫骂。

魏秋芸骂的时间有点长，陶音脚有点站麻了，瞥了餐桌边的魏展颜一眼，转头回了房间。

魏秋芸骂到最后已经不单单是骂陶音了，而是变成对母亲的抱怨和发泄被生活摧残的怨恨，连陶音走了都无暇关心。

陶音回到房间里，坐到书桌前的椅子上，拉开第一格的抽屉，拿出装在透明密封袋里的手机和摔出来的零件，她看了看，将袋子放进了书包里。

因为请假回来的时候睡了两个多小时，陶音第二天起得很早，到班级的时候还没有人。

她打开教室的灯，走到座位上放下书包，拉开拉链掏出笔盒和几本教科书以及参考资料，然后再拉上拉链将书包塞到桌洞里。

高中的课本多，书包太鼓，不把东西拿出一些放不下。她昨天本想着回去做题的，所以走时将书包塞得满满当当。

结果后来就在电玩城里玩了一会儿，一题都没做。

她抬头看了一下教室上方挂着的钟，还没到六点半，离早读课开始还有半个多小时，于是拿过放在一旁的物理试卷，打算补

一下昨晚的空缺。

慢慢地,教室里来了几个人,空荡的教室里有了一些人声。

试卷是单元卷,大多是中等难度的题,陶音做到了正面的最后一道大题,正要把答案写上去时,一部手机被放到了她的桌子边缘。

她转眸看去,是一部白色的触屏手机,屏幕小巧,看起来是女款的。

她错愕地转过头,荆盛戴着连衣帽,坐到椅子上趴下就睡,不知道昨晚在外面晃到了几点。

陶音迟疑了几秒,伸出一根手指戳了戳荆盛压在脸下的小臂。

荆盛从臂弯处抬起压在帽檐下的眼睛,困倦地看了她一眼。

"这个是……"陶音指了指放在桌子右上角的手机。

"手机啊。"荆盛回答得理所当然,"别误会,不是送你的,就是我家以前淘汰的旧手机,借你用几天。"

他向陶音懒懒地伸出一只手:"你那部手机呢?"

陶音掏出放在书包里的透明密封袋,递到了荆盛手上。

趁着陶音找手机的时间,荆盛闭眼浅睡片刻,忽然感到有什么沉甸甸的东西隔着一层塑料膜压在他的手掌上。

他倦怠地掀起眼皮,看到手上的透明密封袋里的手机和零件,忽然笑了。

"你们女生……"他脸颊枕在弯曲的胳膊上,眼里的倦意消散,"都这么精致的吗?"

虽然荆盛说是先借给陶音用来催债,之后还要还给他,但连陶音自己都不太好意思接受这个礼物,更不用说魏秋芸了。

所以陶音并不准备将这件事告诉魏秋芸,其实没有手机也不是登不上微信,但是魏秋芸并不允许陶音用她的手机上自己的微信号,说是在学校和同学玩玩也就算了,放学回家还要聊,那什么时候学习。

好在魏秋芸平时不怎么进陶音的卧室,陶音放学回家后把手机调成了静音模式，放到了书桌抽屉里。

最后一节晚自习快下课时，数学老师才进来发了一张数学卷子，说是外省哪个高中的月考原题，考虑到晚上回去也不早了，数学老师仁慈地只让他们把卷子的第一面做完。

陶音在草稿纸上演算着，房门被魏秋芸打开。

"你小刀放哪儿了？"魏秋芸走进来，"给我用一下，我拆下快递。"

小刀很不巧地就放在第一格的抽屉里。

刚刚陶音放手机时没想着放在隐蔽的角落，要是现在拉开抽屉，估计能正好看见一部手机安安稳稳地躺在正中央。

听着魏秋芸的脚步声越来越近，陶音迅速将抽屉拉开一条缝把手探进去，急急忙忙地摸了一会儿，运气很好地摸到了安全小刀的塑料刀身。

她迅速把手抽出来，转身将小刀递给正好走到她身后的魏秋芸，尽量克制语调中的急促，努力平复气息道："给你。"

陶音将内心的紧张掩饰得很好，魏秋芸没看出来什么端倪，接过陶音递来的小刀，未起疑心地转身出去了。

静谧的房间里，陶音能听见胸腔里剧烈的心跳声。

惊魂未定，她低低地喘了一口气，转过身继续做题。

睡觉时，她目光不时落在藏着手机的抽屉上，闭上眼强迫自己入睡。辗转反侧，她最终决定起身，轻轻拉开抽屉，将手机关机，压在枕头下。

之后的日子，陶音上学时将手机带出门，回家做作业时把手机塞进抽屉里，睡觉时再将手机压在枕头下。

一开始陶音还风声鹤唳草木皆兵，总担心着魏秋芸会在自己转移手机时探过头来，慢慢地也没发生什么事，陶音对藏手机的这套流程也熟练了。

这天的体育课上，体育老师在宣布自由活动前告诉他们，下

周要进行体育测试。

队伍里女生们一片哀号。

尤其是在听到还包括测身高和体重时,操场上女生的哀叫声更大了。

解散后男生们大多去篮球场打球,部分女生三三两两地去校内的小卖部买吃的。

9月份的太阳还是很毒辣,陶音被晒得口渴了,想去小卖部买瓶冰饮料喝。

她从冰箱里拿出一瓶葡萄味的饮料,转眼看到一旁的冰柜有两个女生正伸手从里面挑选着冰激凌。

"好想吃冰激凌啊,但又不敢吃。"一个女生说。

另一个扎着高马尾的女生拍了下她的肩说:"有什么不敢的啊?平时吃的还差这一根冰激凌吗?"

"也对。"那女生被说服了,从冰柜里拿出根碎冰冰来,"还是吃个看上去没那么容易长胖的吧,下周就测体重了,求个心理安慰。"

陶音看着那两个女生走去结账的背影,转过目光,走到冰柜前挑选着冰激凌。

她想到刚刚那两个女生的身形,一个身高中等,另一个扎马尾辫的还要略高一些,两个人都不算胖,甚至还有些偏瘦。

好像处在青春期的大多数女生都是这样,不满意自己的身材,不满意自己的外貌,讨厌自己脸上因为油脂分泌过多而冒出的痘痘,痛恨自己因为体育活动而被晒黑的肌肤。

因种种不满而在潮湿心底滋生出的自卑,使她们不敢和窗外经过的男孩对视一眼。

陶音抿了抿自己过分红润的嘴唇。

篮球场边上坐了一排女生,看着球场上的男生奔跑、跳跃。

陶音吃着刚买的巧乐兹甜筒经过篮球场时看了一眼,荆盛正运着篮球,准备越过彭明几个人的包围。

她抬头看了下头顶刺眼的太阳,不禁眯起了眼睛。

这些男生,都是不怕热的吗?

彭明转头的时候看到陶音,立马直起身与她打了个招呼:"小桃桃!你也来看我们打篮球啊!"

"彭明你有病吧!"

荆盛趁着这个机会迅速突破面前两人的包围,刚刚和彭明一起防着荆盛的一个男生怒吼出声,立马掉转脚步去拦荆盛。荆盛跃起投篮,一个漂亮的空心球。

比赛结束,那男生用胳膊勒住彭明的脖子朝自己这边带,笑眯眯地咬牙切齿道:"比赛的时候看女生是吧?平时怎么没见你这样呢?"

彭明挣脱那男生的桎梏:"那怎么能一样呢?那时候小桃桃还没来啊。"

他说着朝坐在一边的陶音递了个眼神,神采飞扬:"是不是啊,小桃桃?"

陶音正用吸管喝着玻璃瓶里的果汁,闻言抬起头。她之前没遇到过这种情况,此时也不知道该说是还是不是,盯着彭明的脸迟疑了一会儿,最终道:"都行吧。"

刚勒着彭明脖子的男生"扑哧"一笑,拍着彭明的背说:"新同学还挺害羞。"

荆盛将手里的矿泉水一饮而尽,捏扁瓶身拧上瓶盖,将其扔到一旁的垃圾桶里,他别过脸,声音低低地说:"恶心。"

这一声低微的声音被那几个男生捕捉到,他们笑着捶彭明:"听到没?说你恶心呢,还小桃桃。"

"小桃桃怎么啦?"

彭明侧目偷瞥了下荆盛的脸色,眼珠转回来,不以为意地笑道:"人家新同学长得漂亮、性格可爱,和小桃桃这个称呼多配啊。"

荆盛一直别着头不言不语，陶音也不习惯这样的氛围，拿过放在身边的单词本去了别的地方。

下课铃打响，同学们集合后解散，陆陆续续地回到教室。

陶音想起上节课下课时没接水，从桌洞里掏出水杯走到后面的饮水机边，排在接水的人后面。

荆盛也拿着水杯走过来，就在接水的人身旁站着。等他们接完，他拧开瓶盖，接了一瓶凉水。

本来是陶音先来的，结果被荆盛抢先。陶音不在意等这一点时间，站在他后面等他接完。

他拧上瓶盖时，陶音以为他要走了，刚想上前一步，结果被荆盛伸出的胳膊挡住。

他胳膊挡着陶音，另一只手朝过道旁最后一排的彭明勾了勾，示意彭明把什么东西拿过来。

彭明没理解荆盛到底要他拿什么东西，便问："干吗？"

"水杯。"荆盛眉目间透出了点不耐烦，"我今天心情好，帮你接次水。"

"哦，好吧。"彭明心里清楚荆盛绝不会这么好心，但还是将水杯递给了他，"那谢谢了。"

荆盛接过彭明递来的水杯。陶音回头看了眼挂钟，快上课了，于是开口催了下前面的这人："快上课了，你能快点吗？"

"你别着急啊。"荆盛按着接热水的按钮，杯上腾起氤氲的白雾。

等水漫过杯身一半的刻度线，荆盛神色淡淡地又"啊"了一声："我那杯好像忘倒热水了。"

陶音有理由怀疑他是故意的。

眼看着荆盛拿过放在饮水机上面的杯子，拧开杯盖往彭明杯里倒了半杯凉水，又把自己的杯子放到出水口下面，继续按下按钮，陶音觉得自己这个课间是接不了水了。

随着杯里的水渐渐灌满，上课铃声也已经敲响，陶音彻底放弃，转身准备回座位。

荆盛把彭明的水杯扔给他，刚伸出空出来的手想要勉为其难地帮陶音接水时，叫住陶音的话语却被彭明的声音生生堵在喉间。

"小桃桃。"彭明比荆盛先一步叫住陶音，见她回头，他从桌洞里掏出一瓶未开封的矿泉水，"给你矿泉水，新的，要不要我帮你拧开？"

陶音还没来得及回答，彭明就已经自作主张地帮她拧开而后旋上瓶盖，递给她。

陶音说了句"谢谢"，而后就匆匆回座位。荆盛伸在半空中的手臂有些萧瑟和难堪，硬生生地收回来，也没理最后排的彭明，闷闷地走到自己的椅子边坐下。

语文老师带着书走进来，说今天要开始上新课了，让同学们都把书翻到下一课。

陶音用笔标着生僻字的拼音和底下的注释，桌子却被前桌不小心撞了一下，放在桌边的自动铅笔滚到过道上，骨碌碌地停在了后面那人的桌腿旁。

前桌的男生转头不好意思地说了句"抱歉"，陶音摆摆手表示没事，弯下腰要去捡。

一只线条美观的胳膊伸过来，鼓着青筋的手拾起地上的笔，从课桌上方递给她。

陶音顺着那只手的动作抬起腰，没看趴在桌上的荆盛的表情，拿着笔的另一端说了声"谢谢"便打算将笔抽出来，结果没拽动。

她这才抬眼看了下递给她笔的荆盛。他撑着脸与她对视，面庞离她很近，脸上挂着似笑非笑的神情，黑亮的眼里藏着些咬牙切齿的深意。

"漂亮又可爱是吧？"他笑着说，却让陶音莫名感到一阵不寒而栗。

他如漆的目光紧盯着陶音的眼睛，几乎是一字一顿地重复着

上节课彭明说的那三个字:"小、桃、桃。"

话落,荆盛就见陶音如遭雷击般地动作停滞,清亮的一双眼睛微微瞪大,是他从陶音脸上难得一见的惊恐表情。

陶音握着笔的那只手力气逐渐松散,她慢慢地将手放回自己的腿上,身子也随之慢慢转回去。

她盯着摊在课桌上的语文书,耳朵已经听不见老师在台上的讲课声,满脑子只有刚刚荆盛对她的称呼——小、桃、桃!

之前孟清枫经常这样喊她,一开始她还不太习惯这样的称呼,后来慢慢觉得挺可爱的。

彭明喊她的时候她也只是稍稍意外了一下,没想到这样亲切的外号能从男生的口里说出来。

但是,这一刹那,陶音只觉得"小桃桃"这三个字和看过的恐怖电影一样骇人,令人毛骨悚然的那种。

中午魏秋芸不在家,她在吃早餐的时候告诉魏展颜和陶音,让她们中午自己在食堂吃一点,困了就在课桌上将就趴一会儿。

魏展颜表示自己有朋友是住宿的,中午可以和朋友一起去宿舍睡。

魏秋芸点点头。

德永食堂的饭菜还不错,菜品有很多,比一中要好不少。

盘子有圆盘的和分格子的两种,陶音拿了个分格的餐盘,去自选菜那边选自己想吃的菜。

陶音夹了点娃娃菜蒸粉丝、糖醋里脊和小青菜,走到最后面看到有小烤肠,也夹了几根。之后,去阿姨那里称重,从旁边的窗口那里领了一小碗米饭。

陶音有点选择恐惧症,虽然拿的东西不少,但每样就夹了一些,总共一称并没多少,一顿饭吃得还挺便宜。

她端着餐盘挑了张空桌子坐下,夹了根糖醋里脊放在嘴边咬了一口。

番茄酱炒的，泡软的面衣包裹下是陶音爱吃的鸡胸肉，酸酸甜甜的酱汁溢满口腔，挺好吃的。

　　她吃得慢，刚吃了几根青菜，桌对面有餐盘被人不知轻重搁在桌面上发出的撞击声。

　　她抬起长翘的眼睫，看见荆盛在她面前坐下。他看了下她手边的餐盘，慢悠悠地说："照你这个速度，下午上课了你也不见得能吃完。"

　　这显然是个夸张的说法，陶音没答话，低下头继续吃着自己面前的食物。

　　吃了几口，许是觉得这样被人看着有些不自在，陶音抬了下眸，发现荆盛并没有在看她，而是拿起放在餐盘边上的筷子，也吃起来。

　　陶音再一次为自己的自作多情而检讨，略有些难堪地继续低下头，夹了根小香肠放到嘴里。

　　她还是感觉全身不自在。

　　即使知道荆盛现在只是纯粹在吃自己的饭菜，陶音还是觉得后背像是被密密麻麻的小刺扎了一样。

　　之前在便利店，和他相对而坐吃东西时,她怎么就没觉得尴尬呢？

　　她转动目光瞥见旁边的桌子上已经没有人了，心里犹疑了一下，最终决定端起餐盘走到旁边的桌子坐下。

　　这一动作是有点不礼貌，好像是嫌弃别人一样。陶音在心里反思着刚刚自己的这一行为，觉得多少有点对不起荆盛。

　　明明他已经帮了她很多次忙，虽然说脾性是顽皮了点，但总归还是个热心肠的人。

　　前几天他还借手机给自己来着，还说要帮自己修手机。

　　想到这儿，一股愧疚感在陶音心底悄悄地蔓延。就在陶音即将被这种愧疚感彻底席卷时，桌对面又响起熟悉的餐盘搁在桌面上的"哐当"声。

　　陶音几乎是惊慌失措地抬起头，就看到荆盛再次在自己面前稳稳落座。刚才她心里的那点愧疚和自责在此刻瞬间烟消云散。

"你怎么……"陶音尽量斟酌着措辞,"你怎么又……"

"不行吗?"荆盛慢悠悠地撩起眼皮,"难不成这桌子,是你包的?"

陶音被荆盛一句话堵得无话可说,细想自己确实不该问,食堂是公共场所,对方只要不违反公序良俗,想坐哪里都可以。

自己的确没有理由质问。

吃饭时两人都没有说话,荆盛吃得比陶音快,吃完后就靠在椅背上看着陶音缓慢地进食。

陶音吃饭文雅,不疾不徐的,即使在食堂这样嘈杂的环境里都能给人一种在西餐厅里用餐的感觉。

一根糖醋里脊她都能分三四口吃,荆盛皱皱眉。

之前在便利店他不是没和陶音吃过饭,只是那时候没留意,现在一见,这性子简直能磨死人。

陶音吃完后从口袋里拿出纸巾,轻轻擦拭了下嘴。忽视掉对面荆盛赤裸裸的目光,她端起餐盘走到收拾餐具的阿姨那里。

将餐盘递给阿姨后,她从侧门出去。

荆盛也跟着走出食堂,走在她身后几步外。

午后日光强烈,德永中学的校园小道旁,种植着各种高大茂密的树木,以使同学们可以在不见阳光的树荫下赖以遮阳。

有风过林叶的"沙沙"声响。

后面的人不快不慢地跟随着她。

"陶音。"他对她喊。

陶音没理他。

"债务人。"

陶音只当他顽劣心起。

他又笑了,软了声音喊:"小桃桃。"

陶音顿住逐渐加快速度的脚步。

她侧目看他,凝着眼眸。

荆盛见她终于有反应,不由得心生悦意。

· 099 ·

"原来你喜欢这个称呼啊。"他笑得不那么质朴，有些狡黠的光泽闪烁在眼中，"那我以后这样叫你？"

话语里促狭的意味太过明显，陶音觉得他这一声至少让自己短命十年。

她转过头，继续往教学楼的方向走。

推开教室门，里面有几个同样没回家的走读生，有的在做题，有的在压着声聊天。

陶音走进去的时候看了一眼挂钟，十二点二十七分，离上课还有一个半小时。

走回座位的时候，她朝教室前门瞥了下，荆盛没有跟进来。

她拿出生物教辅书做了几道题。教室里开着空调，窗外的日光暖融融的，照得人眼睫发酥，艰难地扑合几下，渐渐下落。

这样晴好的天气，万物都筋骨松软。

"陶音。"忽然有人喊她。

陶音眼睫翕动着，半睁开。

靠近教室后门窗边的一个女生指了指走廊窗户："外面有人找你。"

陶音转来没几天，一时间想不到有谁会来教室找她，但还是起身从教室后门走出去。

她带好门，一回头，发现——是荆盛？

陶音顿时就不困了，完全无法理解他此番行为，于是问："你？找我？"

荆盛也没打算多费口舌，只回了简简单单的一个字："嗯。"

"荆盛同学，"陶音无缘无故被叫醒，之后发现是有人在戏弄自己，不由得压了点火，"我们是一个班的，没道理同一个教室门我能进你不能。"

荆盛见她有点恼的意思，女孩生气了也不会亮出尖锐的小爪子挠上去，只用掌心轻轻一拍，以示警告。

他笑道:"好了,别生气嘛,我只是看你睡得太香了,让你出来清醒一下。"

外面的烈阳灼热不堪,的确能让人清醒不少。

陶音无话可说,转身又从后门进去。

在荆盛也将跨入教室时,门被不轻不重地合上。

看样子,火气好像没降下来。

他重新把门推开,坐到自己的座位上,看着陶音时不时轻扫在他桌沿的长发。

若有似无的铃兰清香,浅淡地弥散在这一小方空间。

他想到刚刚在教室后门那儿看到的那个男生。

那个男生神情紧张,脸庞泛红,由于想敲玻璃窗而屈起的手指举了又放,在窗口和门前踟蹰很久。

直到窗边的安小夏注意到他,将窗户打开一条缝问了些什么。

荆盛走过去,那男生偏头的时候看到他,吓了一跳。

"你在我们班门前干什么?"荆盛表情平淡地看着他。

"没。"那男生脸更红了,说话都有些不利索,"就是……就是想找你们班的一个同学。"

"谁啊?"荆盛准备帮他把人叫出来,往窗户里递过去一眼,"给个名字。"

"陶,陶音。"

荆盛眸光闪了下,反问道:"陶音?"

"对。"那男生说,"是这个名字。"

他向别人打听到的,应该没有错。

之前升旗仪式的时候,他就注意到了那个女孩,青春期的少年情窦初开,懵懵懂懂的朦胧情愫萦绕在胸间。

他们两个班的体育课在同一节,他见过她很多次,但她从来没有注意到他。

他于她而言,只是个素未谋面的陌生人。

这少年的心思弯弯绕绕,荆盛却毫不顾及,直接坦率地捅破窗户纸。

少年期期艾艾，一时竟回答不上来。

安小夏早将头转过去，趴在桌上继续睡觉。

"这样吧。"荆盛手插在口袋里，"你先回去，我帮你问问，没戏我告诉你一声，免得你尴尬。"

那男生犹疑了下，最终接受了这个建议，说了句"谢谢你了"后就转身回去了。

等他走远后，荆盛才又敲了敲窗，对正揉着惺忪的眼往窗外看的安小夏说："安小夏，能帮刚才那同学喊下陶音吗？"

第四章

你想谈恋爱吗

一周稀松平常地度过，下午第一节体育课进行体育测试。

陶音体育还行，没到肩不能扛手不能提的程度。女生短跑的时候，彭明和荆盛就站在塑胶跑道内侧的操场边上，看着陶音在她们那组的八个人中第一个跑过终点。

彭明比较惊奇："新同学看上去斯斯文文的，没想到跑起来挺快的。"

荆盛对此不置可否。

和陶音第一次见面时，荆盛就觉得她不是看似的那种荏弱乖顺的女生。

遵循守规矩、安分有礼的处世方式，但能自理，有界限；她脾气好能容人，但并不会没底线地忍让。

短跑后进行的是跳远和肺活量测试，这两项都结束得快，不费什么力气。

测完之后体育老师让他们休息一会儿，等会儿要进行女生八百米和男生一千米的长跑，剩下的项目留到下周再测试。

一半以上的同学苦不堪言。陶音虽然体育不错，但对体育也称不上多喜欢，长跑可以说是各类体育项目中她最讨厌的一种。每次刚跑一段路喉咙便会发干发胀，呼吸的每一口气都像是夹杂

了血浆的铁锈味。

几乎是痛不欲生。

高中的体育测试没那么严谨,为了节省时间,体育老师把他们班的男女生分成两批,依次起跑,女生跑完一圈后男生再从起点开始跑。

刚跑了半圈多,陶音便感到体力在渐渐流失,脚踝像是灌了铅,双腿开始迈得吃力,嗓子仿佛被什么东西堵住一般,喘不上气来。

跑过起点不久后,口哨声吹响,男生密集的脚步声传来,风一样的身影一个个从她身边刮过。

她的速度渐渐变慢,在停下歇一会儿的想法刚刚冒出来时,在杂乱的喘息声中,一道清冽的声音混进来。

"嘴唇闭上,用鼻子呼吸,掌握节奏。"

陶音听话地将双唇紧紧闭上,至于掌握节奏这一建议,她实在搞不懂也做不到。

扎在后脑勺的马尾辫一甩一甩,在体力透支的时候,她脑海中就不自觉地会想很多无聊又奇怪的事情。

陶音先是觉得自己为了跑步而特意扎马尾辫的行为是个败笔,不如干脆披散着头发,又想到跑步时带起的风会将发丝吹到脸上,干扰视线,还是扎起来的好。

或者直接剪个短发?不知道短发会不会被风吹到眼里。

好像不对。

跑起来时风是往后飘的,所以头发只会狂乱地向侧后方扬起,不会扰乱视野。

但是如果旁边有人跑过呢?

陶音制止住了自己无边无际的胡思乱想,脸朝后侧了侧,喘着气提醒:"你……再跟在我后面,就……不及格了。"

因为呼吸不畅,她的声音轻微。

"别说话,保持体力。"荆盛目视前方。

陶音乖乖闭上嘴,把头转过去。

荆盛看了下左手腕上的表："跑快点，快四分钟了，女生超过 4 分 30 秒不及格，不及格要重测的。"

陶音闻言，也顾不得体力不支，用尽最后一丝力气朝前跑去。

她渐渐地看见终点，有几个同学在终点边上朝她招手，神色间很是着急，似乎是在担心她会不及格。

她的呼吸愈渐急促，空气像黏稠的胶水粘住她的四肢，周围仿若有水雾附在她的耳膜，隐隐约约的，她似乎听到了"快！快！"的催促声。

终点线越来越近了，旁边那些同学急切的表情变得愈加清楚，她有了一丝动力，全力奔跑着，一只脚终于跨过了那条线。

4 分 21 秒，将将及格。

她慢慢停下来，走到操场上就蹲下来，剧烈地喘着气。

"哎，你别……"有几个女生围过来，一个女生拉着陶音的胳膊，"别立即蹲下，你站起来走一走。"

说着就拉着她站起来，扶着她走了几步。

"没事，"陶音朝她笑笑，"我自己可以走的。"

只是胸腔火辣辣地疼，还不影响走路。

她靠在足球球门的一根杆上。塑胶跑道上已经只剩男生了，她看着他们奔跑的身影，互相之间的差距已经逐渐拉大。

荆盛在陶音跑过终点后开始逐渐加速。他很有规划地提高速度，渐次地超过一个个人。这可能就是他对她说的节奏感，只是那时她没有力气，只能麻木地迈动双腿。

半圈之后，荆盛已经跑在了前列，他前面还有两个男生，距离拉得不大。

他们开始奋力地冲刺，朝着同一个方向竭尽全力地追赶，终点的背后是灼目的太阳，耀眼的光辉洒在画着线的地方。

陶音缓缓撇开视线。

体育老师统计着各个同学的用时，告诉同学们可以自由活动了，只要别回班级。

离下课还有十分钟，陶音胸腔的不适感减缓了，只有点口干舌燥，于是去校内小卖部买瓶饮料喝。

她打开立式冰柜，刚刚拿起一瓶冰糖雪梨，悬在半空的手腕还未收回，手里的饮料就被人从上方抽走。

"剧烈运动后别喝冰的，"荆盛将那瓶冰糖雪梨放回去，关上冰柜门，"有不少猝死案例。"

他走到一旁的货架边，找到放着冰糖雪梨的架子，拿了一瓶走过来，丢给陶音。

陶音将将接住。

夏天喝常温饮料，不是件多惬意的事情，反正对陶音来说不如直接喝矿泉水。

但陶音还是说了声"谢谢"，然后去收银员那里结账。

出来的时候下课铃刚好打响，陶音看见同学们陆续离开操场，朝教学楼的方向走去。

回到教室的时候，教室里已经有很多同学了。他们回到座位上，等待着老师走进来上课。

英语课上了一半，因为上节课才进行过运动，英语老师注意到同学们大多昏昏欲睡，上课的效率不高。

她在黑板上抄写着课文中的重点句子，状似不经意地说："马上就要两校联考了吧？都认真点。"

"什么时候啊？"班里开始叫苦不迭，"怎么这么快？感觉离上次月考没过几天。"

英语老师抄完了句子，转过身对他们冷哼道："现在觉得没时间了？早干什么去了？应该两个星期之后吧，具体时间还没定，到时候你们问问班主任。"

一节英语课在同学们苦闷的情绪中结束。

彭明搬着椅子坐在荆盛旁边，皱着眉头："怎么又要考试啊？上次月考我爸才把我一顿骂，停了我一个星期的零用钱呢。你说我现在看书还来得及吗？"

107

"看什么啊？"荆盛嗤笑，"你多蒙对几个选择题，都比你现在看书得的分高。要不到时候你抄我的？"

"滚啊。"彭明踹了下荆盛的桌角，"咱俩都是全班倒数前十名的学生！上次月考我还比你高了四名！我抄你的？除非我脑子有病。"

荆盛笑得更厉害，外眼角翘起，嘴角边小小地陷下去："你没有啊？我还以为你有呢。"

彭明没再和他争执，抬头面对着窗户，一瞬不瞬地看着外面的景色，声音有气无力："你说，考试排除咱俩的答案，正确率会不会高一点？"

荆盛若有所思地点点头："应该会。"

彭明扶着垂下的额头，重重地叹了一口气。

"不过，"荆盛提醒道，"转学生应该也在最后一个考场。"

忽然被人提到的陶音身体滞了一下。

彭明这才想起来，恍然大悟，对着陶音很亲切地道："小桃桃。"

听到这个称呼，荆盛的嘴角微不可察地抽了一下。

陶音转过头，虽然大概知道彭明会求她些什么，但还是礼貌性地问："怎么了？"

彭明笑起来阳光开朗，很有少年朝气的模样："你成绩怎么样啊？"

"还行。"陶音回答，"不知道在德永怎么样。"

彭明心里有了点数："那考试大概能考多少分呢？"

目的越来越明显，陶音并不想作弊，从来也没做过这样的事，又想到在嘉城一中考试时狄彦的行为，不想惹麻烦，于是把握着说话的分寸。

"这不确定，"陶音说，"要看试卷的难度。"

彭明看着她，倏地笑了："小桃桃别这么紧张啊，我怎么可能让你帮我作弊，你一看就是好学生，我不可能拖你下水的。到

时候你们好学生考进大学成为栋梁,我去工地搬砖的时候多照顾我一下就行了。"

这句话从一个不学无术的学生口里说出来,很令人动容。

他和陶音从前接触过的所谓的"坏学生"给人的感觉完全不一样。

以前陶音其实对不学习的学生挺抵触的。

不只是坏学生,初中之前,她对所有的同龄人,都谈不上有好感,其中包括许多家长口中品学优良的优等生。

陶音只相信学习带给她的安全感,只有学习才能让她从困窘中走出来。

即使没有朋友也没关系,即使没有玩耍的伙伴,没有父母的关照,她也没什么所谓。

因为对她来说,这些统统都不重要。

德永中学和嘉城一中的联考原本定的是两个星期后,但后来不知发生了什么状况,导致考试日期往后推迟了十几天,总共算下来,他们复习的时间有将近一个月。

本来彭明都打算直接放弃了,已经做好了成绩一发下来就接受父母腥风血雨般的洗礼的准备。

谁知学校就发了推迟考试的通知,彭明觉得自己有了机会,暗自下定决心要抓紧上天好心赐给他的这一个月的复习时间。

陶音上次没完全吐露出自己成绩的具体水平,但基本上同学们心里都有估量,毕竟转学到德永是要看原校成绩的,分数太不好看德永也不会要。

他们知道陶音的学习不差,甚至认为她在他们班里应该能排个前列的水平,课间休息时她基本上不是做题就是浅眠,老师的提问好像从没答错过,反正是个对待学习很认真的人。

既然认真,那就不会差。彭明也这么认为。

所以他在下课时支开陶音前桌的男生,坐在那人的位子上,双手合十做请求状，无比诚恳地拜托着陶音："小桃桃，求求你了，就在课后抽那么一丁点时间，就那么一丁点，帮我辅导一下学习好不好？拜托拜托，救人一命胜造七级浮屠。小桃桃你这么善良，一定会对我这个深陷泥沼的可怜人伸出援手的是不是？"

陶音不禁被他的话弄笑了："那好吧，你有什么不会的题目就来问我，我要是会的话就教你。"

"我就知道，小桃桃人美心也善。"彭明见陶音松了口，心里轻松又愉快，几乎要炸出一小团烟花。

荆盛轻微的嗤笑声又不合时宜地传来。

彭明的愉悦心情很快被几分不爽替代："哎，阿盛，我说你怎么回事啊？小桃桃答应帮我补课怎么了？这可是很多人求之不得的呢。"

话说完，他不知怎么就想到之前体育课打完球后，他站在操场上对着陶音喊"小桃桃"时，荆盛那有点发黑的脸色，忽然明白了。

他狐狸一样地露出狡黠的笑意："阿盛，你要嫉妒我的话，你也来啊。"

荆盛正转着手里的笔笑着，笔在他的指间旋成一个个令人眼花缭乱的圈，宛如在指掌进行一场酷炫的街舞表演。

"我嫉妒什么？"他手指收回，那支笔顺势被他稳稳地收在指间，掌上的表演戛然而止，他低眸戏谑，"我嫉妒你努力学一个月，最后考两百多分？"

"滚啊。"彭明神态霎时一变，顺手抄起桌上的一本作业本就朝荆盛头上扔去。

荆盛脸一侧，神情自若地避开，脸上还挂着散漫不羁的微笑。

扔完后，彭明顿时反应过来，身子僵住，胳膊还保持着扔东西的姿势，顿在空中。

他们这群少年不学好，插科打诨说些不着调的话，若是兴起便会抄起课本、试卷玩闹笑骂着往对方身上砸。

习惯了,他竟一时没反应过来这是陶音的桌子。

他刚刚扔的是陶音的作业本。

教室里的垃圾桶就在荆盛的座位后面,作业本纸页"哗哗"翻飞着从荆盛避开的脸侧掠过,仿若一只翅膀受损的蝴蝶直直地扑落到垃圾桶里。

彭明倏地起身离开座位,火速冲到教室后面的垃圾桶旁,却看到作业本很不巧地两面展开倒扣在一摊污水上。

即使班主任强调过无数次,不要把液体倒进垃圾桶里,可这一现象还是屡禁不止,毕竟要去走廊另一侧的洗手池那里倒实在是太麻烦。

彭明两指捏起作业本的一角,朝陶音投去一抹很抱歉的目光:"小桃桃,对不起,我今天没带新的练习本,等我明天赔给你。"

高中的作业本都是学校发的,陶音也不在意这些,只是那上面有要交的作业,下节课下课后就要收上去了。

"没事,不用。"陶音摆摆手。

既然彭明也没有,事已至此她只能向别的同学借。

陶音环视一周,悲哀地发现自己转来的这一个多月内,竟没和除了彭明和荆盛的任何一位同学,建立起能闲聊说话的关系。

她踌躇不定,还是决定随便找一个女同学问一问。

刚要起身,后桌又响起很大的动静。

陶音回眸,见荆盛一只胳膊在自己的桌洞里不知道在掏些什么,下一秒各种揉得皱巴巴的试卷和习题本被扔到桌上。

终于,他掏出要找的东西,是一本崭新的作业本。他随意地将本子摊开在课桌上,毫不怜惜地将写了字的两页纸撕下,然后合上本子,懒散地伸手朝陶音面前递了递:

"给你,当我的补课费。"

陶音看着荆盛将那两页纸干脆利落撕下的动作,还没从错愕中回过神来,就听到他懒散的声音,怔了怔:"什么?"

"我说,"荆盛不厌其烦地重复了一遍,"这本子给你,当我的补课费，以后就有劳陶老师的教导了。"

不知怎的，"陶老师"这三个字从荆盛口里说出来，莫名地让陶音耳尖微微泛红了。

她右手握拳抵在嘴边，轻轻咳了一声，面颊略露羞赧地接过荆盛递来的作业本，不经意间瞥见他另一只手上拿着的那两页纸上写的东西。

那是昨天布置的数学作业。

他们六班的数学老师姓贺，出了名的严格，平日就神色严肃，上课时更是行峻言厉，吐出的每个字就像子弹一样从嘴里快速弹出来。

高中了，基本上不学习的学生老师不会再管。即使是在初中阶段，陶音班里那些不上正道的孩子，很多任课老师都持放弃的态度，放任自流。

可贺老师不一样。

在他的课上，无论多不学好的学生都不会说话或者开课堂的玩笑，最多听得无聊趴在课桌上补昨晚熬夜打游戏的觉。

作业也是同样，无论你用什么方法，必须把作业交上去，抄还是自己写他不会管，反正耽误的是学生自己的前途，自己看着办就好。

用贺老师的话来说，就是你自己不学也不能耽误别人学，别人认认真真听课，你一说话就会打扰到别人；别人记笔记你在下面偷偷玩手机，那别人一瞟心思就不在学习上了。

以前陶音看教室后面那群学生，交其他科目的作业时，全部说自己没带或者直接坦诚自己没写，只有在收数学作业时，他们才心急火燎地借前面同学的作业开始奋笔疾书地誊抄，她很不解。

后来才听彭明说，刚教他们班的时候，贺老师就和他们说过他的规矩，但是很多同学都不以为意，该怎么样还怎么样，直到第一次交作业，他把所有没交的同学一个个地叫到办公室，劈头

·112·

盖脸骂了一顿。

这么严厉的老师,陶音当然记得他说过,每次交作业不许用纸,必须写在本子上交上来。

"数学老师不会找你吗?"陶音问道。

"当然会啊。"荆盛翻看了下自己随意抄上去的那两页纸,字迹凌乱潦草,一看就是没认真写。

他眼皮都没掀,若无其事地道:"不就是挨一顿骂,再不济打几下手板吗?又不是多大事。"

他回忆起小时候,挨父亲的打,从来都不是打几下手板能解决的事,大多时候都是上脚踹的。

父亲是从什么时候开始不管他的呢?荆盛往脑中更深处探了探。

好像自从自己长了个子,有了脾气,父子关系在两人都不愿费心维持的状态下开始逐渐崩裂时,父亲渐渐地就放开手由他去了。

他极轻地苦笑一声。

责骂还是打手板都好,只要不叫家长,他怎么样都无所谓。

陶音察觉到荆盛的情绪变得不太对,试探性地问了一句:"你怎么了?"

"没怎么。"荆盛懒洋洋地靠在椅背上,撩着眼皮看放在课桌上的纸页,不自觉地想到上次来他们班门口找陶音的那个男生,心情忽然就变得很烦躁。

如有零落的火星溅在他胸膛一般,长风撩过原野,大火过后的灰烬与碎渣同风一起撕扯飞扬,焦味无孔不入地钻进人的鼻腔。

他潜意识里不想告诉陶音这件事。他与陶音原本处在一种微妙的平衡中,没有外人来打破,可现在不但有人想闯进来,自己还要亲自去递这把钥匙。

想到这儿,荆盛觉得全身都燥热起来,像是有一把火在脏腑下熊熊燃烧着。

·113·

荆盛烦躁的情绪来得莫名其妙，陶音无法推测出原因，也不好打扰他，于是转过身把昨天做过的数学作业在荆盛给的本子上重新写了一遍。

写完后她合上本子，发现封面的姓名处还写着荆盛的名字，两个大字铁画银钩，笔力刚劲，光滑的纸面被雄健笔锋划得陷下去，几乎要擦破纸背。

陶音拿修正带划了两下涂抹掉，在易破的白膜上轻缓地写上自己的名字，覆在"荆盛"这两个字上。

下课后各组组长来收作业，荆盛果然只交了两张纸上去，不出意料被数学老师叫进了办公室。

进去的时候数学老师正在桌前喝茶，见荆盛来了，从一摞作业本中"哗哗哗"地翻找出陶音的那本，递到他眼前的桌面上。

"这原本是你的作业本吧？"数学老师已然知晓事实，只是象征性地问了一句。

那字迹太过明显，他翻过纸页透过纸背就能看见。

荆盛也不准备掩饰，平平淡淡地回答："对，是我的。"

数学老师点点头："那就是陶音没本子，你借给她的。"

"所以，"数学老师向来如炬的目光看向他，"没带本子的是陶音，交纸的是你，那你说我是该罚她还是罚你？"

荆盛亮如夜星的瞳仁静静地与贺文山对视，忽地，他唇边扯出肆意的弧度："老师，我记得你说不准交纸，没说不带作业本要被罚吧。

"交纸的是我，"荆盛笑得无所谓，身上像是有着灿光与烈阳，"那就罚我吧。"

两校联考的前一天，正好是周五，周六、周日连着考两天。

这段时间彭明的学习态度还挺积极，有事没事就坐到陶音前桌问陶音题目。如果他从高一开始就能保持这样勤学好问的品格，那他现在在班里排个中上游绝对没问题。但即使是从现在开始努

力,他不说一本,考个二本也是绰绰有余的。

其实彭明也不是那种一点都不学的学生,有时候上课还是会听一点。上晚自习的时候,陶音也曾偶尔看到过,彭明在写作业,只不过写个十几分钟又放下笔,从书本下拿出压着的手机,开始打游戏。

而且彭明有一种莫名的优越感,也是因为男孩子在理科方面的好胜心,即使本身对这类科目并不拿手,也会自认对于这些考验头脑的学科有天赋、水准高。

所以一开始,彭明并没有专心于掌握基础知识,问陶音的题目都是各类试卷的压轴题。陶音看到题目后,略微蹙了蹙眉,拿起草稿纸演算了十分钟的样子,在公式最下方写下最终答案。

"答案是 x 小于等于 1 加根号 2,大于等于 1 吗?"

"对!"彭明猛点头,歪着脑袋凑到陶音侧面,想看清陶音在草稿纸上写的具体步骤,"怎么算的?"

桌上的草稿纸被抽走,陶音把它夹在了书本之间,叹了一口气,郑重其事地告诉彭明:"这样的题对你来说太超纲了。"

她神情认真,语气凝重:"市面上的卷子都有答案,你既然问我,说明答案上的解析你大概率一点都看不懂,远超出你的水平了。"

"话不能这么说啊。"这番话太过直白,毫不遮掩地将彭明的真实水平解剖得清清楚楚,彭明心里不服,面上有几分难堪之色,"当然是看不懂答案才问你的啊,我看得懂,或者会做的话,肯定就不来麻烦你了。"

心里明知彭明方向走错,以后只会越努力,离正确的方向越远,等撞了南墙回了头,估计时间已经来不及了,陶音感到无奈,又不知该怎样把道理解释透彻,于是耐着性子讲:"看不懂答案也分很多种,如果你单是解析的某个步骤没看懂,你会拿着具体的步骤来问我,而不是一整个题目。"

彭明张了张嘴,又一副要为自己辩解的样子。陶音不想再多费口舌，在彭明极力反驳前直截了当地开口问他："sin(A+B)展开后的公式是什么？"

彭明被陶音猛地一问，有点发蒙，脑中快速思考了一番，不太确定地道："sinAsinB……哎不对，是sinAcosB……"

"sin(A+B)等于sinAcosB+cosAsinB。"陶音替他回答出来，眼睛直直地看着他，"这是基本公式，你先把书上的基本公式背熟，明白它的基本原理，然后再做题，这样比较有效果。"

彭明服气了，自己确实对基本公式记得不清楚，乖乖应下："好，那我背完公式后再来问小桃桃问题吧。"

后来彭明真的开始认真背书上的公式，每节课下课都让陶音抽查。一个星期之后，他还真的将书上的公式背得七七八八。

考试前一天照样没有晚自习，和嘉城一中一样，周五下午也只上两节课。彭明求了一个课间，陶音才同意在学校留一会儿，给他讲一讲考试的要点。

陶音同意的时候，后面一直在睡觉的荆盛忽然拿笔戳了戳她的后背。

陶音转头，看他一副没睡醒的样子，话里裹着困意，含含糊糊地对她说："加我一个。"

恐怕是不愿让自己那一个作业本的补课费浪费，他在截止日期前要求行使权利。

陶音当然无法拒绝。

最后一节课下课铃声敲响后十分钟里，班里人群散尽。

见陶音收拾了书包去了彭明那边，荆盛懒懒地从座位上站起身，手插着口袋什么都没带就走到彭明旁边坐下。

为了方便讲题，陶音坐在荆盛前桌那里。

"数学的话，选择题和填空题的最后一道题，还有最后一道大题，是难度比较大的。"

陶音说着，扫了面前的两人一眼："你们可能还不需要考虑

这些，彭明，选择题的……前五道题，你认真做一下，还有填空题的前两题，后面的前三道大题，你都可以尝试一下。"

彭明低头不断地做着笔记，嘴里时不时地"嗯嗯"应上几句。

反观另一旁的荆盛，双手仍然插在口袋里，桌上不摊纸笔，一副气定神闲的模样。

陶音只当他是来旁听的，无视他的任何举动。

之后陶音又讲了一些关于物理、化学、生物的考试要点，让彭明可以把着重点放在生物上。这门学科背的东西多，是理科中稍微偏文科一点的科目，很多知识点只要背下了就能得分，不算很难。

在一旁一直一言不发、游离于整个复习氛围之外的荆盛忽然插话："讲了这么多理科的，讲讲语文吧。"

陶音心想荆盛还有点自知之明，知道自己理科根本没有学习，对这些科目一窍不通，所以只能在语文上多花点心思。

"语文的话，主要的得分点在作文。作文的话无论写作水平怎么样，只要认真写，没跑题，内容中规中矩，都能在40分左右的。文言文翻译就先不管了，阅读理解同样，认真写，想到什么就都写上去，在答题范围内，没超出空格，多少都能得点分的。"

陶音仔细回想着语文试卷的题目分布和难易点。

"最后就是古诗词了。"陶音顿了顿，又抬眸扫了眼要自己讲语文，但自己真讲了又丝毫不听的荆盛。

他不知什么时候从彭明那里拿了支笔，在指间漫不经心地转动，没之前转笔时那样疾如旋踵的速度与动作，只是慢悠悠地重复着单一的动作，似乎对她说的话提不起半点兴趣。

陶音看着，不知怎么有点生气，干脆彻底不理他。

她又告诉了彭明高中古诗词中哪些是必背的，这么讲了一会儿，彭明心里终于有了些底气，在纸上估了下分，得到结果后大喜过望，惊叹道："哇！这么一算，我这次能考快400分呢！小桃桃你太厉害了！一个月就能把我的成绩提一百多分！"

听到"一百多分"的字眼,陶音下意识地就认为彭明是在痴心妄想。

随便乱蒙考的两百多分和实实在在考的四百多分,差很多。

一个月提高一百多分,几乎不可能。

她在心中考虑着要如何说才能委婉地提醒彭明,希望不要抱太大希望,以防考试时,下笔做题发现没有想象中的顺利,心态会乱掉。

几乎是彭明尾音落地的一瞬间,空气中立马就回荡起旁边荆盛肆意的耻笑声:"你白日做梦呢?"

彭明刚要反驳,口袋里便响起"丁零零"的手机铃声。

彭明只好用凶狠的眼神略微瞪了一下荆盛,以表达自己此刻的心情。从口袋里掏出手机,彭明手指滑动接听键,将手机放到耳边,收起语气:"喂?"

"又要我帮你接孩子啊?不是,小姨,你这孩子到底是给我生的还是给你自己生的?高中课程那么多,你不怕耽误我学习啊?"

手机那边的彭明小姨不以为意地翻了个白眼:"就你那成绩还学习呢?你天天带着我儿子看动画片,不玩得挺开心的吗?"

听到自己丢人的事迹被对方不以为意地捅出,彭明掩住手机底部的传音孔,想快速结束话题:"行行行,我去帮你接孩子,就这样我挂了啊。"

说着他便点下了红色的挂断键。

"小桃桃,我有事先走了啊。"彭明边快速收拾书包边和陶音说,"你也快点回家吧,反正对面那人也不学,不用对他白费心思了。"

他轻巧一躲避开了荆盛砸来的笔,捡也没捡就离开了教室。

陶音收拾好拿出来的教科书,转过身子检查书包看有没有遗漏东西,不期然翻到一张试卷,想到有一道题才做到一半,反正已经在班里待了不少时间了,干脆做完再走。

于是,她拿出卷子和纸笔便开始在课桌上推算起来。

后面有椅子被推开的声音,陶音知道是谁,没去理,只以为荆盛是要去拿书包回家。

脚步声却近了,前方又有椅子被踢开的声音,接着,浓重的阴影覆盖下来,又很快从桌前沿划落,荆盛坐在了陶音对面。

"给我画画重点吧。"

教室空了,静谧的空气中只余他们两个人近距离地相处。他盯着陶音半垂的睫毛细细地看,学校的课桌小,他们离得很近,荆盛几乎能感受到对方身上恬淡的气息。

她皮肤细腻且白皙,鼻子小巧玲珑,眉毛清秀。嘉城地段繁华,高楼大厦鳞次栉比,她却像个水乡古镇的女孩处在其中。

他眼神往下移,仔细地观察到她捏着笔杆的指尖微微有些泛白,嘴唇也稍稍抿起,像是不太想和他说话。

竟有点像在生闷气的样子。

他轻轻一笑,起了点逗弄的心思。

"陶老师,我们两个学生,您不能区别对待啊。"

陶音有条不紊地书写着公式,像是下定了决心不再理他的模样。

荆盛想陶音是气自己不认真听她讲的知识点,眉毛微微挑了一下,有些意外。

在他的印象里,陶音并不是那种计较小气的人,不会为了这样的小事生气。

他转头看了下窗外的走廊,一开始偶尔还能看到窗前穿过的学生,现在却已经空荡很久了:"这层楼的同学估计已经走光了,还不走吗?"

他回头看着陶音,陶音仍旧无动于衷地计算着。

可能是对面的人实在太吵,干扰思绪,草稿纸上的步骤被她画了又画,依然没有答案。

她正揣摩着另一种可能的思维方式和解法,思绪不通中,忽然,

119

有一道比之前更深、更重的阴影，自她侧面沉沉地压了下来。

温热的气息扑打在她的耳侧，陶音感到耳朵和脸颊无法抑制地发起烫来，她知道自己的脸颊一定泛起了血色，遏制不住的那种。

敏感的神经剥夺了一切感官对外界的感受，只有耳边的沉稳气息所带来的感知在无限放大，她似乎听到那人轻笑的声音，下一瞬，男生低哑的气息传入她的耳畔。

"陶老师，"他说，"你怎么都不和我说话啊？"

为了考试的公正，防止学校包庇各自的学生，德永和一中决定将两个学校的同学打乱随机分配考场，每个考场的监考老师都要分别来自两个不同的学校，以确保联考的公正性。

联考的那天已入秋分，寒露将至，气温陡然下降，外面刮起了萧瑟的凉风。

陶音穿了件浅蓝色V领暗扣针织衫，下身搭了条白色长纱裙和黑色板鞋，肩挎着印有小熊图案的帆布包准备出门。

正在厨房煎鸡蛋的魏秋芸探头瞧了眼她，注意到她的穿着，眉毛压下："这才到德永几天啊，就学会打扮了，少花点心思在衣服上，多花点工夫在学习上，这一个两个的都不让人省心。"

魏展颜最近玩手机的时间变多了，吃饭和休息时都拿着手机不知和谁聊着天。魏秋芸因为这事说过她很多次，但都没什么效果，所以最近魏秋芸的心情有些烦躁，看到什么不顺眼的都要说一番。

陶音拧开反锁住的门走了出去，将背后魏秋芸的唠叨统统关在了门内。

考试的时候陶音总是来得很早，她复习了一会儿，抬头想放松下微感酸胀的眼睛时，不经意间发现魏展颜正坐在左前方的位子。

她与陶音隔了一条过道，在第三排。自从陶音转到德永后，她与魏展颜就一直处于一种互不干扰的状态中，几乎没怎么说过

话，自然没相互交流过自己的考场。

没想到就这么巧地被安排在了一起。

语文考试的时候，陶音专心写自己的题，她做语文试卷的速度不快，在交卷十分钟前写完作文，检查了下古诗词的默写后又看了会儿古文翻译，收卷的铃声响起。

休息的二十分钟里，陶音看到魏展颜和右边的男生相谈甚欢，似乎认识。

陶音在嘉城一中时没见过他，应该不是九班的。

或许是其他班的，魏展颜人缘好，广交朋友，即使是认识德永中学的学生也不奇怪。

数学试卷发下来，陶音做数学题的速度比语文要快些，在翻面时，她无意识地往右前方抬了下眼，然后黛眉就微微一蹙。

她看到刚才那个男生在桌下用手比画着什么，魏展颜很快领悟到他的意思，转头在答题卡上快速涂上几个选项。

他们在作弊。

陶音记得魏展颜成绩是不错的，在嘉城一中近八百名的理科生中能排到一两百的名次，不至于沦落到要冒险作弊的地步。

涂好最后一道选择题的选项后，魏展颜放下涂卡笔，刚舒一口气，转头就撞上了陶音略显不解的目光。

她瞳孔剧烈地颤了下，心弦猛地一震。她尽可能地平复着情绪，面上的表情变得古怪，抿着唇看陶音，左手死死地揪着裤腿，拇指指甲隔着布料在食指侧边印下深深一道指痕。

她们就这样对视了几秒，墙上的时钟在一分一秒地走动，陶音抛掉心中杂思，无暇再去顾及魏展颜的情况，移开目光转向卷子反面的第一道大题。

上午的考试结束。

中午回家后，魏展颜一进门魏秋芸就发现她情绪不对，脸色很沉，像是有什么心思，问她怎么了她只说没事。在餐桌上时她一言不发，只冷着脸夹面前的菜。

魏秋芸注意到魏展颜从始至终都没有看陶音一眼，视对面的陶音为空气，心中了然两人又发生了什么矛盾。

接下来还有考试，带着情绪做题效果不好，于是她想间接地化解下。

"陶音，"魏秋芸开口，"上午的考试怎么样？"

"还行，比之前一中的难一些。"陶音回答。

"哦。"魏秋芸夹了一块茄子，放到米饭上，不着痕迹地问，"小颜比你小快一岁半吧？"

作为母亲，两个女儿的年龄她当然再清楚不过。陶音心里澄亮如同明镜，知道魏秋芸想说什么，只淡声回答："差不多吧。"

魏秋芸悠悠地叹了口气，复而将怜爱的目光投到魏展颜的侧脸："小颜之前跟着我吃苦了，没过什么好日子，也就这几年生活才变好点，没过一会儿又把你接过来了。"

说真的，陶音不知道魏秋芸口中的"没过好日子"到底是什么概念。

陶音只知道自己有一个妹妹，和自己的父母一起生活，她每次来都被打扮得漂亮又时尚，她会嫌弃灯绎小镇没有嘉城的夜市繁华，她会认为父母把姐姐丢在这里是理所应当的，她会警惕姐姐抢走只属于她的父爱与母爱。

接下来的几场考试中，陶音都曾瞥见过魏展颜和右边的男生在互相传递答案，也看到几次魏展颜从笔袋里拿出准备好的小抄偷瞄几眼。

他们很幸运地没被监考老师发现。

可能因为是联考，两个学校对这次考试的结果都很重视，卷子批得严谨，出分也就比较慢。一直到10月1日放假的那天，成绩才姗姗来迟地贴在了一中的各个班级里。

德永中学与嘉城一中不同，除班里贴的成绩表，每个学生的分数和排名都会提前公布在校园的大榜里。

陶音的名字遥遥地挂在榜首，但她没挤入大榜前黑压压的人群中，只想等班里的成绩表下来后再看。

直到彭明挥着双手从拥挤的学生中挤出来，看到陶音正背着背包往外走，连忙朝着对年级榜单无甚关心的陶音喊："小桃桃！你是第一！"

陶音停下，转头笑着朝他摆摆手，很淡然的样子，又再次抬步离开了。

回到家的时候，她看到魏秋芸的心情似乎很好，很高兴地在扫着地，看到她回来了，脸上的喜悦表情未褪去半分，笑道："回来了？"

陶音点点头："嗯。"

陶音换好拖鞋，心里猜测魏展颜这次的排名应该很靠前，以至于让魏秋芸这么高兴。

她走到餐桌旁，果然看到上面放了一张魏展颜的成绩单，年级第七十四名，确实进步了不少。

这个分数很高了，如果成绩真的下降很多的话，即使是抄也不可能抄这么多分，估计魏展颜只是有些小性子不服气，想在学习上超过自己，又找不到其他办法，于是就走了错误的途径。

10月1日开始放七天假，陶音从书包里掏出之前荆盛给她的手机，按住电源键几秒，"嗡"了一声，屏幕缓缓亮起，显示出界面。

自从那天之后，她和荆盛还没有说过话，她只记得自己当时心跳加速，最后一道题没解完便收拾书包仓皇而逃。

很久没有点开微信了，图标上红色小点里的数字已变成两位数，她点开看了眼，才发现都是系统消息，而消息下方与"你的大帅哥债主"的对话，还停留在一个月之前。

她以前没怎么和异性接触过。

即使在初中，周围的人情丝懵懂地生芽时，她也只安心读自己的书。

所以她对异性突如其来的接近，会不知所措。在异性面前，她表现得温暾淡漠，实际上是因为她面对异性时，心里总有一股异样的感受，很不自在，她确实不知道该如何与他们相处。

她退出微信，关掉手机，拉开手边的抽屉将手机放进去，拿起一支笔准备做题。

她盯着题目发了一会儿呆，精神怎么也集中不了，最终还是放下笔，拉开抽屉拿出了手机。

按下电源键，陶音点开微信图标，接着点进与荆盛的对话框。

她点了下输入框，手机的软键盘从下方弹出。

陶音看着框里不断跃动的小光标，脑海里却忽然一片空白。

她本意是想问一下荆盛考得怎么样，毕竟给他讲了些考点，也算是付出了劳动，问一下劳动成果应该也是合理的。

但她又想着这样做是不是太过刻意了呢？别人的成绩和她又没有什么关系，这么唐突地问别人，感觉有些不太好。

最主要的是，陶音并不是那种会主动和别人搭话的人，基本上属于别人不找她，她就不会去找别人，维持关系只靠对方的主动，一旦对方放弃主动权，那他们两人之间这关系就算是断了。

就在陶音左右为难的时候，手机顶端的联系人名称下，多了一行"对方正在输入"的字样。

那行字转瞬即逝，又很快重现，终于，白色的对话框从聊天记录的底端跳出来。

陶音只看了一眼，血液流通的速度瞬间加快，她条件反射地将屏幕迅速一关，几乎是惊恐地将手机扔进抽屉里猛地合上，坐在椅子上惊魂未定。

对话框里，只有简洁明了的几个字，利落而扼要：你想谈恋爱吗？

客厅的魏秋芸听到抽屉被倏地关上发出的撞击声，侧目朝屋里问："你干什么呢？什么声音？"

"没，没什么。"陶音掩饰着慌乱，心"怦怦"跳得厉害。

好在魏秋芸没再起疑，只让陶音和魏展颜出来吃饭，没进陶

音房间里查看一番。

陶音答了声"好",起身出了卧室。

"哎,你还真给她发了?"

正午时分,洒满金色日光的篮球场上,还有稀稀拉拉的几个人在比赛着。网状围栏边的长椅上搁着半瓶冰水,凝聚而成的水滴顺着瓶身淌下。

两个人坐在长椅上,彭明拿起冰水拧开痛饮一口。

他喜欢喝冰水,尤其在打完球之后,一口饮下,满身清凉。

旋上瓶盖,他看到荆盛拿着手机,好像在发什么消息。

明媚的阳光正好照在手机屏幕上,灰蒙蒙的,看不清字迹。

彭明眯起眼凑近了些看,待看清荆盛发送的具体信息时,不由得脱口而出这句话,表情十分不可思议。

荆盛稀松平常地关了手机放到一边,彭明却仍然追问着这个话题,不肯这样放过他:"不是,你真不怕你再发消息的时候出来一个红圈感叹号啊?"

一条毛巾从荆盛的后颈绕在宽阔的肩前,他也没拽下,直接拿过一角偏头擦了下脸上的汗:"不是你说的吗?"

他语调平稳,未觉不妥:"你不是说让我间接地问,看她有没有恋爱倾向吗?"

"我是让你问得隐晦些!你倒好,哪个男生都没你来得直接!"彭明气得肺腑快要炸开。

刚刚打球时彭明就觉得荆盛情绪不对,像有什么烦心事,中场休息时就顺口问了下他。

之后荆盛就说了找陶音的那个男生的事,彭明着实有点意外,就这么点小事也值得一直以落拓不羁形象示众的荆盛放在心上?

"直接告诉她呗,陶音也不见得就能答应。"从入学起,陶音除了学习好像就没做过其他什么事,没见她对什么东西感兴趣,不像是会背着家长早恋的人。

荆盛觉得颇有几分道理，他本来也是这么认为的，但又找不到心中那丝不爽的根源，像是有根线细细密密地缠上了他的心脏。

仰头喝了口水，荆盛将瓶盖拧上扔给彭明："答不答应关我什么事？我的眼睛又不长在她身上。"

彭明捏着矿泉水瓶的瓶口处，两指轻巧一翻，装了半瓶水的塑料瓶在空中转了一圈后又稳稳地落到他手上。他抬头吹了个转音的口哨。

彭明大大咧咧地跷着腿，嘴角还带着不加遮掩的笑："要是真觉得无所谓呢，你就直接告诉陶音。"

不知道是不是打球的时候沾到了灰尘，荆盛的脸莫名暗了一个度，下颌不时晃动，像在咬着牙。

"算了算了。"

彭明放下跷着的腿，胳膊弯起，两只手臂随意地撑在大腿上，弯着腰侧头对荆盛道："不和你说这些。或者你旁敲侧击地问问她，问她现在有没有谈恋爱的想法，八成是没有，那就没事，要真有再说，看怎么办。"

荆盛觉得这个主意还算可行，不着痕迹地去探口风也算是替人问过了，总比真把那小子介绍给陶音强。

于是他拿起手机，盯着对话框思索再三，斟酌着用词发：你想谈恋爱吗？

成片的枫树林环绕在篮球场的网框外，秋风一扫，地面的干黄枯叶"沙沙"作响，一片枫叶卷到荆盛黑红色的球鞋边。

不远处传来男生不太清晰的打球声，彭明就看着荆盛再次拿起椅子上的手机，半低眼睫一瞬不瞬地盯着屏幕看。

彭明没说话，又喝了口水。

聊天框显示对面仍然没有发消息来，彭明拍了拍好友的肩，安慰道："没事，也许陶音没看手机呢，她成绩那么好，家里管得肯定很严。"

荆盛没有理会肩上突如其来的沉重感，移动拇指缓缓地在输

入框里打了个"？"发出去。

带着感叹号的红色小圆圈没有出现，看来气氛还没有僵到那种程度。

对面仍然没有任何回复，再看下去也只是徒增难堪罢了。彭明抬腕看了下手表："快两点了，还去不去学校了？"

德永和一中一样，放假前一天的下午都只上两节课，不到四点就放了学。

"去。"荆盛将手机放进宽大的裤子口袋里，起身拉过一旁背包的肩带，很随意地背在一边肩上，迈步离开了。

下午有数学课，不去上的话等开学贺老师又不知道要怎么烦他们，彭明想想都头疼。

去上也好，省得他唠叨。

第一节课是班主任的物理课，他们班的进度有些快了，这阶段的知识点已经讲完。班主任扫视了一下班里排布整齐的座位，很长时间没有变动了。所以他决定牺牲一节课的时间来给他们换座位。

他们班主任很民主，换座位的时候让全班都在走廊拐角的空旷处等着，按照联考的成绩排名一个一个进去选座位。

每个人进去的时候都可以带一个想坐在一起的同学。

陶音看到有不少人聚在一起商量着要带哪个同学，怎样才能让玩得好的几个人都坐在一起。

肩膀忽然被人拍了一下，陶音往后看，是一个女生，他们班的文艺委员，叫周雅韵。

她先是客气地开口问："陶音，你有想要坐在一起的同学吗？"

虽是礼节性地发问，但周雅韵并不觉得陶音会给出肯定的回答。

果然，陶音笑笑："没有。"

"那正好。"听到预想之中的答案，周雅韵心情更加轻松，

"那等会儿你进去的时候,把吕莹洁也带进去吧。喏,她就在那儿,窗户那里,齐刘海的那个女生。"

像是怕陶音不认识吕莹洁似的,周雅韵伸出胳膊指给她看。陶音知道吕莹洁是谁,但还是礼貌地顺着周雅韵指的方向看过去。

"我等会儿让田景山把我带进去,我和吕莹洁坐一起,不打扰你什么的。"

田景山是班里的第二名,周雅韵下手快,直接把最先进去的两个名额给占了。

陶音点点头,刚想说行,一道漫不经心又有些沉闷的声音从背后响起:"谁说她没有要坐在一起的同学的?"

陶音回过头,荆盛背着光而显得寡淡的轮廓出现在她眼前。

秋日稀薄的日光顺着他的身形线条柔缓地流淌下来,他眼皮半耷拉着,唇线弧度平缓,没什么表情地看着她。

周雅韵没想到荆盛会来插话,不想让刚刚才计划好的事落空,她拧起秀气的眉:"谁?她刚刚说没有想要坐在一起的人。"

"哦。"荆盛不冷不热地将目光移向她,冷淡地开口,"那她现在有了。"

周雅韵的话被噎在喉咙里,哽了须臾,她止住争论的势头,只愤愤地转身离开。

陶音想起中午的事,那条消息和一个问号她到现在都没有回,她看上去待人接物都挺周全的,是个能处理问题的稳重性格,但实际上她碰到自己认为棘手的事,最先想到的就是逃避——这个最拙劣的方法。

她双唇不自觉地抿紧,不带情绪地移开视线。

"陶音。"班主任在门口喊她的名字。

陶音忽略掉面前的荆盛,抬步走向教室。

依稀能听到跟在后面的脚步声,不急不缓,陶音意外地发现自己竟然对荆盛的脚步声变得这般熟悉。

等到陶音走进去时,才发现教室里的座位变了。原来窗户旁

单人一座的那两列座位消失了,取而代之的是并排的两列桌子整齐地摆放在教室里。

利落整洁。

陶音本想还坐在原来的位子上,现在只能随便找一个座位坐,于是她挑了一个正中间的位子坐下来。

在她放书包时,荆盛也利落地坐到她旁边的位子上。班主任偏头看了眼他们,没多言语,继续朝走廊拐角处喊人。

"田景山。"

"张乐语。"

选座位的速度很快,空荡的教室里没多会儿便坐满了人。

环视一圈,陶音看到周雅韵和吕莹洁如愿以偿地坐在了一起,偏着头在笑着说些什么。

刚才荆盛和张乐语沟通过了,张乐语答应把周雅韵带进来后,荆盛才强势地替陶音拒绝了周雅韵的请求,而他自己和陶音坐在了一起。

也不是非要和陶音做同桌,就是心里憋着一股劲,尤其是在看到陶音刻意忽视自己后,荆盛那股劲更是不甘消沉地要直接从身体里钻出来。

他知道陶音很大可能是误会了,自己这样唐突地问她,她因为尴尬而不回话也属正常,但他就是咽不下那口气,心口像是有什么东西堵着一般,拽着他往下坠。

之后的一整节课,他都没有说话,陶音不说他便不说,他在等待着她的答复。

一个他明知不可能,但又隐隐期待得到的答复。

抱着这样的情绪,他终于挨到了第二节课下课。

陶音收拾着东西,将课桌上的课本和笔袋一个个地装进背包里。当最后一本习题被她放进背包时,她缓缓地顿住了动作,纤白的两只胳膊慢慢地将背包环住,迟疑地开口:"荆盛。"

荆盛撩起眼睫,从鼻腔里轻轻地"嗯"了一声。

陶音抱着书包的两只胳膊渐渐收紧，犹豫了会儿，最终还是问出口："你中午发的，什么意思？"

荆盛浓俊的眉毛极其细微地抖动了下，语气放平淡道："就字面意思，你别过度揣测，想太多。"

陶音意识到自己可能又多想了，竟没觉得有多难堪，反而是缓缓地松了一口气。

刚才的那一整节课，陶音心里都是提着堆石子上课的，不算多重，只是不上不下地悬在那儿，又沉又坠，浮不起来。

陶音转过头，碧水一样的瞳孔透亮，零星地映着认真的光泽："我不想谈恋爱。"

她目光纹丝不动地看着他，像是一潭清湖静然："我还是想好好读书，没心思去考虑其他什么事。

"那些事情对我们来说还比较早，至少对我来说，太早了。

"而且谁也不能保证，会一直喜欢我。

"所以为了这样的事，耽误前途，我觉得不值当。"

荆盛就这样沉默地听她陈述，等她话音飘落，教室陷入短暂的沉寂后，像是好笑似的，他轻扯了下嘴角。

就在陶音觉得自己话说得有点多了，拉上拉链想离开座位时，一个声音响起："会有的。"

她没听清，问了一遍："什么？"

"没什么。"荆盛起身，还是那副淡漠疏冷的表情，"走吧，学校快没人了。"

第五章

万事胜意

十一假期的几天里，魏秋芸心中舒畅，陶音在家里也多了几分安宁与清闲。直到她们开学的前一天，魏秋芸接到一通从嘉城一中打来的电话，里面传递的消息简单：学校接到匿名举报，德永中学第五考场有考生互相传递答案，一中调取了考场的监控，发现作弊的两个同学中就有魏展颜。

家里轻松愉快的氛围骤然消失，取而代之的是沉甸甸的压抑与冰冷。

翌日早上魏展颜刚走到教学楼里，看到自己的通报批评已经赫然贴在了告示栏的正中央，崭新的纸页在一众陈旧泛黄的通告中尤为醒目，坦荡荡地展示给每个经过此处的学生看。

魏展颜在告示栏前驻足了好一会儿，直到后面的人经过她时脚步变得急促，慌慌张张地往楼上跑时，她才收回目光，徐徐地朝楼梯口走去。

中午的时候，陶音给魏秋芸打了个电话，告诉她自己今天中午不回家了，就在学校随便吃点。

电话里魏秋芸问为什么，陶音随便撒了个谎，说自己朋友联考的题目有很多不会，想在中午的时候让自己系统地教她一下。

她说这话的时候，偏头俯瞰着窗外即将散尽的人流。她听到一直举在耳边的手机里魏秋芸"嗯"了一声，旋即传来电话挂断

的"嘟嘟"声。

又仔细思忖了片刻，陶音再次拨通了一个号码，讲述完毕后合上手机盖，收拾书包后就去了食堂。

魏展颜作弊的事情被捅出，陶音在家里的日子也过得不好。其实她比魏展颜更不希望作弊的事情被校方知道，之前家里那样融洽安宁的气氛才是她真正想要的。

当初陶音那么抵触来到德永，现在想想还挺庆幸的。如果在一中，狄彦和冷菲儿不知道又要怎么为难自己了。

不知不觉地，陶音发现自己好像已经接受，并且有那么一点喜欢上德永了。

权宜之计到底不能长久，下午放学时陶音不能再找借口留在学校。化学老师讲课的速度有点快，陶音没来得及记笔记，只随意在草稿纸上写了关键词，放学的时候再誊抄在书上。

德永和一中的学习规划很像，国庆节后开学的第一天都是没有晚自习的。

她潜意识里不想回家，抄完了笔记又拿出一本物理题册。她初中的时候有在空无一人的教室里做题的习惯，放学走得总是很晚，这个习惯一直到来到嘉城才被改掉。

做完单元的最后一道题，陶音合上练习题，背上背包站起身，向窗外看过去一眼。

天快黑了，校内只有微弱的余晖。

她慢着步子穿过校园，心里静静地思索一些事情。

联考作弊是一定会受到处罚的，自己又被狄彦和冷菲儿视为眼中钉肉中刺，绝对要被他们当作匿名举报的人，自然不会轻易放过她。

只是情况比她预想的还要糟一些。

走到校门口时，陶音抬起头，就看到街边坐着三三两两的不善人群。

陶音盯着前方得意扬扬的冷菲儿和狄彦，察觉到一群人在向她靠近，密密麻麻地把她包裹住，每分每秒都像是有重石坠在心间，压抑感席卷全身，蔓延至她的四肢百骸。

在陶音被人按在地上时，一道尖锐的声音乍然响在耳畔："你们在干什么？"

陶音感到如盏盏鬼火般四射的眼神似乎移开了，围绕在她周边的人群让出一条缝来。

透过那条缝，陶音依稀看见了荆盛的面孔，他似乎是刚打完篮球，身上好像还穿着球衣，在温暖烂漫的绮丽晚霞中朝她走来。

那条缝倏忽合上，陶音没看清他的神情。

荆盛就在那群人的注视下缓步走过来。

围绕的人群纷纷避开，荆盛走到被人群包围住的陶音面前，握着她细瘦的手腕，将她从地上拉起来。

看到熟悉的脸出现在自己的面前，从见到那群人起，到被按在地上一直都没想哭的陶音忽然就忍不住似的，眼眶里一股难以抑制的温热涌上。

强忍着不让那温热液体掉出来，陶音极细微地抽了下鼻子。荆盛原本平静的心里，霎时就像宣纸一样被人揉搓成一团，毫不留情地丢弃在角落里，皱巴巴地蜷缩着，一颤一颤地疼起来。

狄彦认识荆盛，抿着唇，眼底流露出古怪的神色，问："你认识她？"

荆盛目光转向他，面上露出笑意，却仍让人感受不到温度："这些人是你找来的？"

狄彦心里犯起了怵，但还是故作镇定道："回答我的问题，你认识她吗？"

荆盛"哧"的一下就笑了，侧过脸朝陶音勾了勾手，陶音走过去，被荆盛一把搂住肩膀。

他胳膊搭在陶音的肩上，头颈离她很近，刚刚运动过的身躯散发着蒸腾的热气。

夕阳流溢的金屑似的余晖落在他的睫毛发梢上。他向狄彦挑

起一个散漫肆意的笑:"进了德永,就是我罩的人了,给个面子?"

云霞吞没了最后一丝日光,夕阳彻底消失在遥远而无垠的地平线下,天边泛起的靛青色渐渐在铺展的幕布中渲染开。

校门口的人群已经散尽,陶音的书包还背在肩上,绀青色的卫衣下一条杏色的阔腿裤,裤腿松松地垂坠在黑白色的板鞋上,沾染了不少的灰尘。

"走。"荆盛将篮球在指尖旋转了一下,重新夹在手臂间,"我送你回家。"

陶音像是才反应过来一般,怔怔地"啊"了一下,然后开口说:"不用了,有人来接我。"

话音刚落,一辆黑色轿车停在了路边,车窗摇下,露出了驾驶座里江鸿朗的上半张脸。

他朝陶音招了招手:"上来。"

陶音转过身和荆盛说了句告别的话,然后打开后座车门坐了进去。

荆盛记得以前陶音都是自己一个人回家的,没人接,明白过来陶音恐怕提前知道放学会有人堵她。

关上车门的时候,江鸿朗推了下操作杆,车子平稳起步。他先前注意到陶音的裤子弄脏了,单手扶着方向盘问她:"你裤子怎么回事?"

陶音垂目看了眼裤子膝盖处的污渍,声音缓慢地道:"下楼梯的时候没站稳,摔了一跤。"

江鸿朗抬眼看了下后视镜里低着头的陶音,视线移到前方:"前面有家药店,要不要去买瓶药水?"

"不用了。"陶音摇摇头,"摔得不重,穿着裤子,不怎么疼。"

江鸿朗没再说话,只默默地开着车。

下午四点多接到陶音的电话,他还有些意外。陶音来到嘉城的这三个月里,他们的接触少之又少,两人的关系几乎算作陌生人。

德永离家的距离不算太远，陶音一个高中生，不至于让自己特意来接她放学。

他问陶音为什么，陶音说自己身体不太舒服。江鸿朗让她向班主任请个假，自己现在来接她，她也不愿意。

陶音看着车窗外不断向后拉扯的风景，她有意让江鸿朗看到自己被围攻的那一幕，但没来得及。

她知道开学魏展颜被通报批评后，狄彦和冷菲儿是一定会来找自己的。

魏秋芸是看着狄彦从小长大的，对狄彦信任程度高，狄彦几句甜言蜜语就能把她糊弄过去，让她看到自己被欺负的一幕，效果不会很好。

而江鸿朗不一样，他不经常回家，对狄彦没那么熟悉，并且自从那次在一中见到狄彦后，陶音隐隐能察觉到江鸿朗对狄彦流露出的几分不满。

所以她选择打电话给江鸿朗，让他看到狄彦对自己动手的一幕。江鸿朗在电话里说自己公司有点事，接她的时间可能会晚一点，她就在学校里写作业，看时间差不多了才离开教室。

只是百密一疏，陶音没想到狄彦会找这么多人来，也没想到江鸿朗来的时间比她预想的还要晚一点，手机还放在书包里忘记拿出来了。

回到家的时候，饭菜已经在餐桌上摆好了，魏秋芸和魏展颜坐在餐椅上等着他们。

"怎么回来这么晚？"魏秋芸看到江鸿朗身后的陶音，"你爸接你的？"

"我身体不舒服，就打电话让爸爸来接了。"陶音边换拖鞋边回答着。

魏秋芸皱了皱眉头："让你爸接干什么？我就在家不知道打电话给我吗？你爸在公司事多，别总麻烦他。"

魏秋芸的话就像风一样从陶音耳里吹过，仿佛留不下痕迹。陶音只淡淡扫了眼低眸夹菜的魏展颜，说："我也不想麻烦爸爸的，你得问魏展颜，她应该知道。"

魏展颜夹菜的筷子一顿，慢腾腾地收回来，神色自若道："我怎么知道？我一放学就回来了，不知道你在外面做了什么。"

空气中有淡淡的硝烟味，江鸿朗偶尔回家不想看到争吵的场景，打圆场道："好了好了，都坐下吃饭吧。"

吃完饭后，陶音回到了卧室，从书包里掏出荆盛给她的那部手机，给他发了条微信：今天谢谢你了，你没受伤吧？

发完这句话后，陶音转头朝卧室门口看了看，迟疑了下，还是起身走到衣橱前，拿出件秋季睡衣换上。

随手搁在床上的手机弹出消息，陶音点开，是荆盛给她的回复：没事，就胳膊那儿被抓了一下。

消息下面还发了一张胳膊伤口的图片。

那伤痕倒不像是被抓的，看起来有点像擦伤。荆盛碰到自己的时候刚打完篮球，在球场上不小心擦伤也很正常。

陶音脱了鞋爬到床上，关上灯，用被子将自己严严实实地蒙住。手机里又传来消息，陶音躲在被子里看着荆盛发来的信息：好疼，你打算怎么赔偿我？

陶音没将自己的怀疑说出来，在对话框里输入：你想怎么赔？

卧室门从外面被敲响，她稍微惊了一下，魏秋芸的声音隔着门板传过来："陶音，这么早就睡觉了吗？不写作业了？"

"我头有点难受，在床上躺一会儿。"陶音从被窝里探出头应道。

门前的脚步声渐渐远离，陶音再次回到被子里看着屏幕。荆盛只简单地发了一句"算了"。

只是消息的上方还有"对方已撤回一条消息"的一行小字。

陶音没多想，以为是荆盛发错了字才撤回的，回了句"好吧"便关了手机。

片刻后,她在被子里的一片黑暗中睁开眼,掀开被窝打开灯,重新换上了卫衣和牛仔阔腿裤。

她想起江鸿朗接她的时候在车上问她,要不要去药店买药水擦一擦。

药店就在学校十字路口的左侧道路旁,离家不算远,应该是二十四小时营业的。

到房门前换上黑色板鞋时,魏秋芸问她:"这么晚了你去哪里?不是说头有点疼吗?"

陶音正弯着腰换鞋,闻言看了下自己的膝盖,平静地回答道:"膝盖擦伤了,我去药店买瓶药水。"

关门的时候她听见魏秋芸很轻的声音从门缝飘出来:"走路小心点啊,这都多少次了。"

到了晚上,学校附近的区域就先一步进入安静的休眠中,药店里只有老板一个人在柜台那里看守着,也只有陶音一个顾客。

荆盛的那个伤口估计第二天就会结痂,陶音不知道伤口结痂后还有没有擦药的必要,但为表心意还是买了一瓶红药水回去。

第二天陶音起了个大早,到教室的时候一个人都没有。她按下门边的开关,明亮的光线霎时间铺满了整个教室。

她走到自己的位置坐下,从书包侧边掏出还没拆封的红药水,放到了旁边的课桌上。

她看着那瓶红药水,想了想,还是把它塞到了邻桌的桌洞里。

荆盛来得总是很晚,几乎都是踩着铃声进入教室,回到位置就把背包直接甩在桌上,趴在空荡荡的背包上就合起了眼睛。

整整一节早读课过去,荆盛都没有睁开眼,在早读课的朗读声和打闹声的交杂中睡得安稳。

直到第一节课的上课铃声响起,荆盛才微微扇动着眼睫半睁开眼睛,望着即将走进教室的老师,睡眼蒙眬地将桌上的书包放进桌洞里。

他将书包放进去的时候意识还不太清醒,左手背忽然像是碰到了什么东西。

荆盛半垂的眼睫颤了颤,从桌洞里掏出一个小小的盒子。

红白色的盒子上写着"汞溴红溶液",右下角还印有本药品的用途:适用于浅表创面皮肤外伤的消毒。

这就是他的同桌表达感谢的方式,荆盛不着痕迹地牵了牵嘴角。

盒子的右侧还用透明胶带粘了装着几根棉签的密封小圆筒,倒是做得很周到。

他没把盒子拆开,而是把那盒红药水放在了课桌的左上角,上课的时候时不时地瞥它几眼,一节课的心情都很好。

大课间的时候,荆盛下颌搭在交叠在一起的手臂上,侧着脸饶有兴趣地看着旁边低头专心做题的人。

她发丝绾在脑后,额角的几缕散发柔软地垂下来,半遮着她的侧脸,肤白唇红,漆黑瞳仁扫过一行文字,笔尖画出条件。

认真到像是除了学习,周围的一切都与她无关一样。

"哎,"他忽然开口,"药都送了,不打算帮我涂上吗?"

陶音刚好写完那道题,放下笔,转头看向他:"那你把袖子拉上去给我看看。"

荆盛稍微挺起脊背,将左边的袖口拉到手肘上方几寸。

昨天的擦伤果然已经结了淡色的痂,边缘处还透着一点点淡粉色。

"这都已经结痂了,不用涂药了。哎,你——"

陶音话刚说完,荆盛就已经面不改色地将那块刚刚结起的淡色的痂整块掀开,血珠立马从撕裂的伤口处涌出来,沾染上揭离嫩肉的痂。

他若无其事地将胳膊再次放到课桌上,面色从容地道:"现在不结痂了。"

"你是不是……"陶音几乎脱口而出,却一时找不到合适的形容词。

"好了。"荆盛神色倦怠，右侧脸颊枕在手臂上，"帮我涂药吧。"

他转着脖颈将头渐渐埋在臂弯里，用一种只有他自己能听见的气声很轻地讲："我第一次这么费心。"

陶音拗不过他孩子似的脾气，只得拿过他放在桌角的盒子，拆开，从里面拿出红药水瓶打开。

她抽出一根棉签伸到瓶口蘸了一下，然后轻轻地涂在荆盛还在冒着血的伤口上。

药水抹在皮肤上，凉丝丝的，荆盛眯了下眼。

少女擦药的动作很轻柔，像是怕弄疼一个婴儿似的，荆盛很难得享受到这样的照顾。

他脸埋在交叠的双臂下，嘴角不自觉地弯起了一个舒缓的弧度。

这点血流得值了，他在心中无不欣慰地想。

离荆盛答应自己打听陶音口风的日子已经过了快两个月，就在蒲飞光以为荆盛忘了这件事，暗自下定决心准备亲自找陶音表明心迹的时候，荆盛突然出现在他身旁。

当时他正趴在走廊的栏杆上，低头看着楼下覆着薄雪的花坛。冬天花草总是少得可怜，花坛里亮眼的颜色一并凋尽了，只剩耐寒的墨绿叶子深深浅浅地隐在斑驳霜色中。

嘉城的地理位置略有些偏北，这雪下得终归还是早了一些。

他在心中打定主意正要回去时，荆盛悄无声息地来到他身旁，面朝着与他相反的方向，屈起手肘单臂支在栏杆上。

"她口风太紧，我探不出什么。"一片轻盈的雪花慢悠悠地飘到荆盛的侧脸，很快化开了。荆盛稍偏了下头侧目看他，"要不你自己问她？"

"我自己？"蒲飞光站直了身子，手指着自己，迷茫地发问。

"对，你自己。"荆盛从深灰色的工装夹克口袋里掏出一只煤油打火机，拿在手中悠闲地把玩着，猩红火苗伴着盖子的开合声在他指缝间不断跳跃。

微小火光映在他的瞳孔中，说不出的晦暗幽深。

按照荆盛以往的做法，这种烦心事直接就不管了，告诉他那姑娘你别想，有人看上了，估计这小伙子也不敢说什么。

但现在，他觉得有些事，还是要让当事人自己抉择。

但要说不爽也是真的不爽。

"有个条件，"荆盛说着，将打火机收到口袋里，"别把你的花花肠子说出来，旁敲侧击一下就行了，我估计你——"

荆盛竖起一根食指摇了摇："没戏。"

蒲飞光登时定在原地，如同鱼骨头卡在喉咙里，敢怒不敢言，只能眼睁睁看着荆盛潇洒离去的背影。

下节课两个班都是体育课，因为下了雪，所以体育课在体育馆里进行。

今天正好是陶音的生理期，天气冷，她又有痛经的毛病。为了防止肚子痛，她在下腹那里贴了片暖宝宝，又向老师请了假，体育课就坐在教室里做题目。

教室里的空调吹着暖风，整个空间都暖烘烘的。

门口处，荆盛猛地拍了下旁边紧张得不成样子的蒲飞光，十分无语道："你用不着这么紧张吧？就问个题目。"

"况且，"他慢条斯理地说，"她又不会答应你。"

蒲飞光简直想把荆盛的嘴给堵上。看他仍将一本书抱在怀里，努力调整着呼吸，荆盛猝不及防地将教室门推开，拽着一旁还没反应过来的蒲飞光，阔步走了进来。

荆盛拉着蒲飞光的胳膊一路把他拽到陶音面前，语气平静地说："这人有道题不会，想请教你又不敢，我就把他拉来了。"

陶音仰面看了下荆盛旁边那个模样乖顺的男生。蒲飞光被她的目光看得心头一跳，忙低头手足无措地道："你……你好。打，打扰了。"

陶音朝他温和地笑笑："你好。"

荆盛瞥了眼蒲飞光那没出息的样子，背朝着他们摆摆手："你们慢慢讨论吧，我先走了。"

教室门合上了，空气又重归温暖静谧的氛围中。

蒲飞光还站在原地不动，陶音将旁边荆盛的椅子往后拉开一点，对他说："坐吧。"

蒲飞光后背宛如电流窜过，他条件反射地说了句"好"，然后在她旁边僵硬地坐下，手在课桌下局促不安地绞着。

"哪道题不会啊？"陶音问他。

蒲飞光慌乱地将习题册翻到某一页，放到桌上，推向她那边，指着上面打着钩的题目说："是这道。"

这道题是个空间向量的大题目，不难。陶音做出答案后告诉蒲飞光解题方法，他心不在焉地听着。

思路很快讲完，旁边的人没有任何动静，陶音看了眼他："你在听吗？"

"啊？"蒲飞光如梦初醒般回了神，"不好意思，我没太听清。"

陶音也没生气，耐心地又对他讲了一遍。

蒲飞光将习题册平移到自己面前，垂着目光盯着右下角印着的页码，声音闷闷的："我这次联考，成绩退步了不少。"

成绩退步在现阶段确实挺打击人的，陶音安慰他几句："没事的，只要总结了错题，很快就能追上去。"

"我听说你这次考试考了第一名。"像是没听到她的话，蒲飞光自顾自地说。

考第一名不是多稀奇的事，陶音谦虚道："运气好而已。"

忽然想到自己好像没看到荆盛的名次，班里的名次表有两张，陶音就扫了下第一张和第二张的上半页。

那荆盛的名次，应该还是倒数。

"陶音,"蒲飞光鼓足了勇气,"我觉得你很厉害,我……"

然后他就说不下去了,因为他看到面前的少女脸色有一瞬间的明亮,挺意外的样子:"你认识我?"

这样友好的问话,却让蒲飞光顿时像个没扎紧的气球一般泄了气,脊背很快弯了下去。他勉强笑笑:"我们两个班的体育课是同一节,有时候会见到你。"

他的紧张在那一瞬间消失殆尽,面上只留下维持体面的微笑:"看样子你没注意到我。"

"抱歉啊。"体育课上陶音没怎么留意过外班的人,甚至不知道和他们一起上体育课的是哪个班级。

外面的雪下得大了些,荆盛背倚着窗外的栏杆,上面半化的积雪浸湿了他搭在上面的袖子。

在这个位置,他一偏头就能看到窗里相邻而坐的两个人。

那男生还坐在他的座位上。

荆盛太阳穴突突地跳,想不明白自己什么时候变得这么憋屈了。

外面的人心情不畅,里面的人情绪也不算痛快。

蒲飞光不止一次地遇到陶音,他向周围人打听着有关她的一切信息。于他而言,陶音并不只是一个陌生的名字,他单方面地熟悉她,了解她,甚至以为陶音也一定注意到了他。

可在她看来,他只是一个连面都没见过的陌生人。她甚至都不知道他的存在。

蒲飞光出来的时候,看到荆盛靠在栏杆上,头上的鸭舌帽落了薄薄的一层雪,仿佛他们在教室交谈的二十多分钟里,这人就这么站在这儿,动也没动。

"出来了?"荆盛的背部从栏杆那里移开,手插入口袋里,"怎么样?"

蒲飞光受了挫,也没好意思说人家根本不认识他,只说:"她说自己现在不想耽误学习。"

这话倒也没错,是他刚刚在教室里旁敲侧击问出来的。

荆盛点点头,一副云淡风轻的模样:"知道了吧?好好学习天天向上,别整天想些乱七八糟的东西。"

看着眼前这个每次考试都是年级排名倒数的学渣,蒲飞光不知道他这些教育气味浓重的话是从谁那里学来的。

陶音目送着蒲飞光走出教室,低头刚想做几道题,下腹却隐隐传来一阵绞痛。

她手捂着贴暖宝宝的地方,想让那股热意离自己体内疼痛的位置更近一些,好让疼痛得以缓解一些。

皮肤已经感受不到暖宝宝发热的灼痛感,陶音只觉得小腹那里仿佛有一块大石头牵着往下坠。教室里开着空调,空气又闷又燥,陶音仿若置身火海,额角沁出密密的一层细汗。

荆盛回到教室时,就看见陶音捂着腹部,侧脸贴在课桌上。

他心中生疑,走到座位上。陶音的双眼闭着,纤浓的睫毛像是沾了水,几小簇软软地搭在下眼睑,嗓子眼里还不断发出猫一样的呻吟声,裹着琥珀糖浆般的浓腻。

"陶音,醒醒,怎么了?"荆盛伸出手去摇她的肩膀。她的几根发丝粘在瓷白的面庞上,只听她含混不清地咕哝:"别动我。"

看她这副难受的样子,荆盛才依稀察觉到是怎么回事。

陶音勉强将眼睛睁开一条缝,眼前是一团模糊的颜色,她似乎看见荆盛掏出手机在屏幕上操作着什么,然后将其收到口袋里,很快起身离开了。

这样也好。

陶音模模糊糊地想。

不然看她在这里哼唧,太丢人。

最终也不知道是睡过去的还是昏过去的,陶音感到肩膀被人轻轻拍了拍,腹部的疼痛稍有缓解,她勉强半睁开眼。

一盒牛奶出现在她的眼前,耳边传来荆盛的声音:"给你,喝吧。"

陶音轻哼着答应了一声，拿着牛奶的手指软软的，仿佛下一秒就要掉下来。

荆盛看着她的可怜样子，叹一口气，从她手中拿过牛奶，拆开吸管插入铝箔纸中递给她。

陶音感受着手掌处牛奶盒传来的热度，浅浅地吸了一口，痛感麻痹了味觉，没尝出什么味道，也觉不出难喝，只是感到从口腔到小腹都是暖暖的。

这么没什么知觉地将一盒奶喝完，陶音又趴在桌上休息了一会儿，终于在上课铃打响前舒缓了身体。

她后知后觉地对荆盛说了声"谢谢"。

荆盛闭着眼任由生物老师的讲解从耳朵里飘走，轻描淡写地"嗯"了一声。

口袋里的手机还停留在刚刚打开的页面，上面显示着他最近一次输入的内容——

女生痛经怎么缓解？

出来的第一条是喝热牛奶或者红糖水。德永中学的校内超市没有红糖卖，于是他打算去保温柜里拿一盒热牛奶。

谁知道保温柜里的牛奶也不怎么热了，握在手里只能感受到细微的温度，喝起来大概是温凉的口感。

荆盛在保温柜里挑了一盒稍微有些热气的牛奶，结账后直接去了食堂。食堂这会儿还没做饭，灯也没亮，从窗口看进去只有几个阿姨在擦着铁桌。

他询问阿姨能不能煮个开水帮他热盒牛奶，那个阿姨挺和蔼的，满脸笑容，很热心地答应了他。帮他热牛奶的时候，她还带着几分促狭地道："这么大个小伙子还怕喝冷牛奶呀？比姑娘还娇气哟！"

听了阿姨这样拉近距离的玩笑话，荆盛心里不免有些暖意，也学着阿姨的口吻笑道："我不娇气，是我同桌娇气，身子弱，喝不得冷牛奶。"

清早出门的时候，天空已经飘起了棉絮似的雪花，窗外结了别致的冰霜。

　　今天天气冷，温度低到落雪不融化的程度，陶音搬来嘉城的第一年就见到了白茫茫的世界。

　　她踩着"咯吱咯吱"的积雪来到教室，窗前有不少学生围观着外面有愈渐增大之势的飘雪。

　　听他们讨论才知道，嘉城也是不常下雪的，即使偶尔下一次碎粒般的小雪，也很难积起来，基本落到地上就化了。

　　雪越下越大，第二节课时陶音望了一下窗外，白茫茫的一片，玻璃窗上布满了水汽与冰花。

　　语文老师正拿着教科书讲课，说话的时候向窗户看了眼，发出"呀"的一声，她用手里的书朝窗外示意了一下："这雪下得大啊，家住得远的可怎么回去啊？"

　　一番话引得同学纷纷侧头朝窗外看去，不由得发出"哇"的一声赞叹，又开始悄声讨论起来。

　　语文老师维持着课堂的纪律，一节课在同学们的心猿意马中过去。一下课，班里的人纷纷奔出教学楼外，在下面和久违的白雪亲密地婆触。

　　陶音也放下了手中的笔，走到窗户前，看着楼下欢闹地玩着雪的人。

　　有两个男生在雪地里写着什么，字写得很大，用脚画出来的，一笔一画浮现得缓慢。

　　字一笔笔补全，大致的形状出来了，旁边另一个窗户前的女生了然道："噢，是'我要放假'啊，想得真美。"

　　有几个学生拿着雪团到班里去砸人，几个同学惊呼一声，笑着躲开，飞溅出的不少雪沫落到陶音的脖颈里，冰凉的雪水激得陶音全身哆嗦一下。

　　"对不起，对不起。"门口的男生双手合十求饶道，"我不

是故意要砸你的。"

话音未落，那男生惊叫一声，后领口被人揪着直接朝里面砸了团冰得刺骨的雪。

他暗骂一声回头看去，见荆盛墨绿色的围巾上面和褐色羽绒服的肩膀处都沾了不少雪，正神情散漫地看着他。

"不是，大哥，"他和荆盛玩得还算好，说话也没什么顾忌，"你打雪仗还带偷袭的啊，我要冻感冒了就上你家赖着去。"

荆盛做样子似的踹了他一脚："给你个教训。"

上午的最后一节课，化学老师提前讲完了昨天布置的练习题，让同学们在下面自己看书。

上节课有小道消息传出，说积雪太厚，道路上又结了层坚冰，公交车无法行驶，一中已经通知了放假。

他们满怀期待地希望德永也能传出放假的消息。

化学老师搬了把椅子在讲台旁坐着，同学们心不在焉地翻着化学书。离下课还有十几分钟的时候，化学老师的手机像是收到了什么消息。他点开，然后轻巧一笑，将上面的文字用很慢的语速读出来："上午最后一节课结束之后，放假，开学时间等候通知。"

话音刚落，教室里响起一片欢呼雀跃声。

放学铃声响起，同学们以最大的声势收拾好东西冲出教室。教室里经过一片嘈杂混乱，很快又安静下来，学生都走得差不多了。

陶音还在收拾着书包，有几个人走到荆盛旁边，说等会儿要一起去嘉城科技学院玩雪。

嘉城科技学院是开放式的大学，过段日子就要搬去别的地方了，说是校园，但对嘉城的居民来说，其实和公园差不多。

他们说的时候，彭明想起旁边的陶音，对她道："小桃桃，你也一起去吧，也不远，还和你回家顺路。"

陶音原本也是想去外面看看雪景，从小到大，她从没见过这么大的雪。但看他们这一群人，平时也没说过几句话，她有些为难："不用了，我还要把书包放回家呢。"

147

"书包直接放座位上就行了,我们玩过之后再回来取。"彭明解释道。

陶音没有了再拒绝的理由,犹豫着答应了。

一行人沿着积雪的道路走到嘉城科技学院的门口,雪暂时停了,路上有不少人正在清扫着积雪,为车辆开路。

学院的园林里种植了不少玉蝶梅,枝头的梅花全被雪覆盖着,偶尔有树枝承不住积雪的重量,白蝶似的雪沫簌簌而下,如在树枝间飞舞。

阮思雨拉着陶音去堆雪人。陶音戴着绣着白色小花的浅绿色编织手套,连接手套的绳子挂在空落落的白皙脖颈上。她堆了一会儿,将双手放在嘴边呵出一口气。

冰雪快要将她的手指冻僵,阮思雨看着她的脖子,歪了歪脑袋,疑惑道:"陶音,你没围围巾啊?"

其实阮思雨也没戴围巾,只是陶音穿的衣服领子有些低,秀气的脖颈就这么露在凛冽的空气中,看着就很冷。

"早上出门的时候我忘戴了,教室开着空调,也没觉得冷。"陶音回答。

阮思雨"哦"了一声,又低头去堆草坪上的雪。

雪人堆得很高,模样潦草,阮思雨绕着雪人左右看了看,觉得少了些什么,对那边梅林里打着雪仗的男生高声喊道:"哎!那边的!帮我们捡两根树枝!好看点的!"

梅林里有人遥遥地应了一声。过了一会儿,荆盛拿着两根分权的枝条走过来,递给阮思雨。陶音站起来,抖落手套上沾的雪霜,对正把枝条插在雪人左右两边的阮思雨说:"我去那边看一看,马上就回来。"

阮思雨正专心致志地欣赏自己的作品,听到这话后漫不经心地点了一下头。

陶音缓步穿行在覆雪的梅林之中,抬头环视着树枝下隐约透出的一点粉白来。

正巧走到积雪的树枝下,雪团"哗"地扑落到陶音的后脖颈里,陶音再一次感受到了冰寒刺骨的感觉。

她抖了抖后衣领,转身想往回走,不经意间看到荆盛就这么清冷高傲地站在茫茫一片雪地中。

她看到荆盛原本插在口袋里的一只手伸出来,朝她招了招,他戴着墨绿色围巾,一张白脸没什么情绪:"过来。"

陶音抬了下眉头,知道他是在叫自己,于是走了过去。

她停在他面前,个子只到他脖子那里,微微抬眸问他:"有事吗?"

没等到回答,荆盛就已经慢条斯理地解下了自己脖颈上的围巾,他的手掌穿过她颈后的发丝,带着点口袋里焐热的温度,擦在她的脖颈上。

几近被冻僵的皮肤似乎因为那点温热而重新有了知觉,冰冷皮肤下血液缓缓地流淌。

他极细心地将自己的围巾缠在她细白的脖颈上,末了站直身体,寡淡的面容没什么表情,吐出的话语带着浓浓的白气:"借你的,别弄脏了。"

他们玩了一会儿后便一起回学校拿东西。陶音解下脖子上的围巾放在荆盛的桌上:"谢谢了。"

荆盛淡淡地扫了一眼:"直接戴回家吧,这么长时间都戴了,不差这一时半会儿。"

"还不知道放几天假,我在家可能没时间还给你。"陶音说,"况且……"

荆盛猜到了她接下来要说什么,懒散地打断她的话语:"况且你戴着个男生的围巾回去,家长肯定得骂,是吧?"

陶音抿了抿唇,荆盛虽话说得直接,但确实猜中了她心里的顾虑,她无法反驳些什么。

"行吧。"荆盛拿过桌上的围巾,重新围到自己的脖子上,"那你自己回去小心点,雪天地滑,别摔倒了。"

陶音刚要说声谢谢，荆盛又漫不经心地加了一句："免得讹我。"

雪断断续续地下了有一段时间，刚回学校上了两天的课，下午又收到了停课通知。就这么间断地上了几次课，期末考试也慢慢地临近了。

德永期末考试结束后并不直接放假，而是再上两天的课，让老师把期末卷子讲完，出了成绩后才让学生们放假回家。

陶音这次留心看了下荆盛的分数。年级大榜人太多，她没去看，只是在班级名次表的末尾处看到了荆盛的名字。

语文都能考二十九分，这纯粹是没认真做，不然哪怕写个作文也不至于只拿个不到三十分的分数。

下午放学的时候，陶音想去校外吃，选了一家卖早晚饭的餐馆，要了个蛋黄烧卖和一碗皮蛋瘦肉粥，然后坐在一张空桌上等。

正好荆盛和彭明推开门走进来，彭明看到了陶音，和她打了个招呼。点完东西后，他和荆盛一起走到她的对面坐下。

"小桃桃，好巧啊。"彭明看着陶音原本放在桌上的手，在他们坐下后又规矩地放在了腿上，玩笑着试图缓解陶音紧张的情绪，"别那么严肃嘛，你这样简直让我重回考场啊。"

陶音礼节性地弯了弯嘴角，点餐区正好叫到陶音的号码，陶音起身要去取餐，紧接着又叫到了荆盛和彭明的号码，彭明起身拦住了她："你坐着吧，我去拿。"

不知道为什么，陶音坐回去后，看着对面低头独自玩手机的荆盛，反而觉得自在了些。

一碗粥和放在小碟上的一只烧卖被搁在了陶音面前，陶音说了声"谢谢"。彭明爽快地表示没事，又把其中一碗蛋炒饭放在了荆盛前面的桌上。

吃饭的时候彭明找着话题："小桃桃，这次考试你又是年级第一哎！怎么学的？太厉害了。"

陶音笑笑："脚踏实地地学就可以了，没什么厉害的。"

彭明捅了捅旁边吃着蛋炒饭一直默不作声的荆盛，揶揄道："听到没？脚踏实地地认真学习，陶同学的经验，多向人家学学。"

荆盛闻言，从唇齿间发出一声不以为意的哂笑："有什么好学的，我这就是潜能还没完全激发出来。要是激发出来了，什么市第一、省第一，全部不在话下。"

"大哥，"彭明忍不住发笑，"您这次考试考了几分啊这么狂？人家陶音随便两门的分数加一起都比你全科分数高。"

"你别不信。"荆盛平静地玩着手里的手机，慢悠悠地说，"我已经比上学期期末考试进步八分了，成为省第一指日可待。"

听完这话，从头到尾默默喝着皮蛋瘦肉粥的陶音忍不住了。

她放下白色的塑料小勺，看着荆盛寡淡地抬起一双漆黑的瞳，和他对视，说："照你这个速度，"语气缓慢而又认真，"估计入了土，还在水下潜着吧。"

高中寒假放的时间不长，除夕前几天才放的假，正月十五后没几天就要返校了。

寒假二十天左右的时间里，陶音基本都在家里做题目，没怎么出过门。

写作业时，陶音就把那部白色手机压在课本下，偶尔有消息传来她会看一眼。

你的大帅哥债主：马上就除夕了。

你的大帅哥债主：出不出来和我们一起玩？

陶音略掀开课本，在输入框里手指飞快地打了几个字发出去：写作业，不去。

从文字上看态度很冷淡。

自从放寒假开始，陶音给荆盛回复的消息都十分简短，言简意赅地表达出自己的意思，不加任何内容以外的修饰。

陶音也知道这样有些不礼貌，只是放假期间，魏秋芸经常会突然打开卧室门来查看她和魏展颜的学习情况，陶音不得不谨慎以对，以防在除夕前后这几天引发争吵。

中心饭店的包间里，荆盛看到陶音发过来的信息，放在手机侧面的手指按下电源键，"啪嗒"一下，屏幕发出的光亮熄灭。

他将手机随意地搁在面前的桌布上，微靠着椅背，垂目淡淡地凝视着静躺在白瓷碗碟旁的手机屏幕，面上的情绪看起来不太妙。

"她来不来？不来就让他们上菜了。"

包间里喧闹的哄笑声中有人忽然出声询问。荆盛轻扯了下嘴角，语气慵散："不来，让他们上菜吧。"

他身后有一张小桌子，几个人正围着坐在那儿玩扑克牌。彭明弯着腿坐在荆盛背后，手指从左手掌中挑出几张牌，撂在桌子上，别过脸看笑话似的唱叹："一腔热情扑到冰上，冷了个透。"

荆盛眉心重重一跳，几乎掺着齿间的摩擦声从唇缝间挤出简洁的一个字："滚。"

之后几天荆盛就再也没给陶音发过消息，陶音猜想到他可能是因为自己最近的态度而生气了，原本是想和他解释一下的，可荆盛的态度比她之前还冷。

昨天她刚发一句："你是不是生气了？"那边很快传来回复，只不过只有敷衍的短短一个字"没"。

陶音心知荆盛这明显就是有脾气，但他说没有，她也不能死皮赖脸地逼着人家说有。

没几天就到了除夕。

年末这天晚上，江鸿朗的父母，也就是陶音的爷爷、奶奶都来到了家里，还带着几袋自己在乡下种的菜。

他们进门换了鞋，先是笑着拉过陶音寒暄了几句，说她和魏秋芸长得像，性格也沉稳，之后便亲热地去看了魏展颜，问她在学校吃得好不好，什么时候开学，学业重不重。

奶奶一边问着，一边用两根手指轻轻掐了下魏展颜胳膊上的肉，慈祥的双目中盈着些心疼的神色，咕哝着："好像有点瘦了。"

老人都是心地善良的朴实人，对魏展颜也是发自内心地疼爱，即

使不是自己的亲孙女,也是实打实地看了十来年,怎么着都有感情了。

他们问着魏展颜的生活状况,偶尔也抽出些心神来分给陶音,问她一些关于她以前在灯绛镇时的情况。

在灯绛镇的生活没什么特殊的,陶音听一句答一句,也不多说话,二老没提到她时她就揣着口袋低头坐在沙发边上,垂着目光静静地看着自己棉拖鞋上的粉色猫咪图案。

见这孩子有点内敛,不怎么想参与话题的样子,两位老人慢慢地也就不提到她了。陶音在旁边坐着既有些无聊,又有些尴尬,于是起身对沙发上的老人礼貌道:"我先回房间做作业了,你们慢慢聊。"

老人面带着未褪去的笑点头说"好",陶音回到了卧室,将门关上。

客厅大部分的声音被隔绝在门外,嘈杂声不怎么能传到房间里,陶音在书桌前坐下,淡漠地看着窗外的景象。

窗外的夜空像是巨大的黝黑帷帐,边缘伸展向望不到的远方,笼罩住了世间,缀着寥落散乱的点点星光,发着清透的亮光。

像是恍惚间忘了她和那人目前的相处情况,她不自觉地从抽屉里拿出那部手机,点开那人山野远望的头像,给他发了简单的一句:除夕快乐。

消息发出后,她有些怔怔地想起,他们之间还处在一种类似冷战的状态,于是把刚刚发送的祝福撤回,从系统自带的群发祝福文案中选了个比较简短的发去:春节到了,愿你沉浸在亲情的世界里,纵享幸福快乐和吉祥。

发完后,陶音刚想关掉手机屏幕,就看到对方回复了消息。

你的大帅哥债主:?

陶音不知道他这个问号是什么意思,紧接着,对方又发来两条带着明显讥诮意味的消息:

学习学傻了?

要不你看看手机日历上的春节在哪天。

距离春节还有几个小时，荆盛说得确实没什么错，陶音也没生气，心平气和地在输入框里编辑了几句话：

还有几个小时。

就当我提前给你的祝福吧。

我总不能半夜十二点给你发消息，打扰你睡觉。

陶音注视着两人的聊天记录，片刻后，对方没再发送文字，而是传来了一条利落的语音消息。

陶音调高了音量，手指将那条语音点开，而后荆盛那特有的散漫腔调带着点隐隐的讽刺气音，从手机听筒里淡淡地扩散开来。

他声音懒怠地道："你怎么不直接快进到清明节给我上坟呢？"

这话分明是在冷嘲热讽，可陶音依稀捕捉到，他话里那点微乎其微的落寞与消沉。

就好像在这满城合家欢乐的气氛中，某个破落的街道巷口，堆积成山的垃圾袋上蝇虫乱飞，一只落单的流浪黑猫四肢轻巧地跳到垃圾桶的边缘，半蹲着仰望着远处的无言星空和与此地如隔屏障的万家灯火。

幽暗的路灯下，落魄的身形单薄可怜得很。

同情心有些泛滥，陶音想说些什么不动声色地安慰他，门外爆发出的欢笑声却忽然在她耳边炸开，然后就是几个人含笑打趣的声音。

想象中的那只黑猫，似乎在模模糊糊间和自己的身影重叠在一起。

这场景好像发生过不止一次。

自从魏秋芸再婚后，除夕夜就只有陶音和郑桂华一老一幼相伴着过。

老人孤孤单单的，没人来看，对过年的盼望也就淡了些，除夕夜和平常没什么不一样。若非要说些特别之处的话，也就是当晚的饭菜丰盛了些，多加了几道肉菜。

也不是说吃不起，只是就两个人，做得多了也是浪费。过年

要给压岁钱，郑桂华更是连红包都省了，直接递给陶音一张一百元的钞票，让她去买点零食吃。

当时县城里还没禁止燃放烟花爆竹，陶音就搬着椅子坐在屋外，安静地看着从别人家墙头倏地升腾起拖着长尾于半空中忽然炸开的绚烂烟花。

直到后来禁放令实施到了他们这里，瑰丽烟花不再在夜幕中燃起，但陶音除夕晚上坐在屋外看风景的习惯还是没有改掉。没了烟火，她便看星空。若是哪次天空中有雾群星隐去，她便仰头观赏穹顶的黝黑夜幕。

对方许久没收到陶音的回复，发了一句：？

你的大帅哥债主：你给我准备纸钱呢？

陶音被手机传来的消息拉回神，编辑文字：没有，就是。

她很少只发一半的话上去。她在心中体会着那些微妙的情绪，却找不到可以诉说的对象，最终只是输入：就是家里有点闷。

陶音垂下密长的睫毛，手指在输入框中又缓慢地敲了几个字：我感受不到过年的气氛。

这句话发出后，对方许久没有回复。陶音觉得自己那番话有些矫情了，长按话框想撤回，却已经过了时间。

于是作罢，她按下开关键将手机放在了书桌上。

过了好一会儿，手机屏幕发出不太明显的亮光。陶音把手机拿到自己面前，是荆盛迟来的回复。

看清他发的具体内容后，陶音不由得愣住。

你的大帅哥债主：下来。

你的大帅哥债主：我在你们小区门口。

陶音家除夕晚饭吃得迟，魏秋芸和老人们聊了几句才去厨房里准备年夜饭。陶音将手机装到单肩包里走出卧室，对厨房里的魏秋芸说自己去给同学还本书。

在厨房里的油烟"刺啦"声中，魏秋芸转过头不悦地叮嘱了一句："那你快点，马上要吃饭了才想起来还书，这不打扰人家吗？"

"他家里没人，"陶音换着鞋子随口道，"所以才催我还的。"

荣景小区门口，荆盛手插着口袋伫立在凛冽朔风中，旷荡街道上，空气似乎卷起了一丝啸音。

小区保安处的执勤大爷拉开窗户，捧着一杯茶，笑眯眯地问他："小伙子，在这儿等人呢？"

荆盛扬起笑回答："对，等人。"

风刮得刺骨，玻璃杯里的茶冒着腾腾热气，老大爷浅啜了一口，微张的嘴里呼出一团白气："大年三十晚上跑出去玩啊，吃饭了吗？"

"没呢。"荆盛目光注视着小区里的道路，"我们年轻人，都自己跨年。"

老大爷闻言又"呵呵"笑了几声。

北风依旧冷峭，通往小区门口的小路上显出一个人影来。荣景小区里路灯少，没有那种明亮的高杆路灯，灯管全部离草地不过几寸，在路边微微地发着亮光。

陶音注意到门口的荆盛，不知道他站了多久，一路小跑着过去。

"你怎么来了？"陶音下半张脸藏在米白色的围巾里，微喘着气问他。

荆盛看着她散落在围巾边缘的发丝，面无表情地将自己常戴的黑色鸭舌帽摘下，不轻不重地按在了她的头顶。

"今天我头七，"陶音的视线被突如其来的帽檐挡住，以致看不清面前人的神情，"飘过来看看你。"

帽子有些大，戴在陶音头上松松垮垮的。陶音用手扶着帽檐，露出一双清澈的眼睛，眉头总是不自觉地微蹙，平日里总给别人一种不太开心的感觉。

往日里看惯了她的这副神情，可此时荆盛只是觉得，在年末这个时间点，在即将迎接新的一年的日子里，她露出的不该是这样的表情。

他胳膊从陶音耳侧绕过去，在她脑后调整了一下帽围的大小，

使它能刚好扣在陶音的额头上。

从门卫处老大爷的方向看过来，就像是男孩把纤细的女生搂在怀里似的。

调整好帽子后，荆盛的胳膊从她的面庞边放下，后退了一小步的距离，低头端详了她片刻，然后自然地抬起一只手，用两指捏了捏她的脸。

"别总哭丧着一张脸啊。"他的话音在空中轻微浮荡，被冷风裹挟着飘散在陶音的耳旁，"我还没死呢。"

保安亭小窗口后的老大爷喜闻乐见似的，笑眼里多了几分促狭之意："原来在等女朋友啊，我说怎么除夕大半夜的跑这来。"

荆盛闻言也没有要解释的意思，只又将手插进兜里，不声不响地在那里站着。

倒是陶音反应过来，向老大爷解释道："不是，我们只是……"

"债务人关系。"

荆盛忽然出声，将她原本要说的话堵了回去。

陶音张了张嘴，心里觉得好像是这么回事，便也没去否认。

老大爷感叹时代变迁，自己的年龄也大了，越来越搞不懂年轻人的想法了。

既然搞不懂，便不必去管，老大爷端着玻璃茶杯，另一只手朝他们挥了挥："那你们玩得开心点，回来别太晚了。"

两个人也朝老大爷晃了晃手腕，简单地告别了几句。

陶音原本以为荆盛是通过聊天看出她心情不好，于是想带她出来在小区门口散散心。

可这一段路走得很长了。

荣景小区这边比较僻静冷清，附近的两个中学都是近几年才搬过来的，虽然最近学校周围多了一些餐馆门店和街边小吃，但仍比不上城市中心热闹繁华。

陶音的脸被冷风刮得隐隐有些发痛。她见荆盛既没有掉头回去的意思，也没有要开口说话的迹象，于是微仰着脖子问他："我们还不回去吗？"

荆盛闻言偏过头，垂下眼皮反问："回去？"

好像他根本就没考虑过回去这件事一样，陶音黑白分明的眼珠沁出点怀疑，不解道："难道你不打算回家的吗？"

荆盛转回视线，插在口袋里的手温暖活络，他耸了耸肩，说话的语气不以为意："回不回家都一样，不如待在外面。"

每年的除夕，荆盛几乎都是这么过的，家里的空气太过沉闷，雾一样地压在人的心口，环境孤寂得让人提不起一点兴致，偶尔传来的一点声音，也只会是父亲的呵斥与责骂。

这样的家庭，让荆盛没有一点想待在那里的理由。

陶音意识到，荆盛可能是今天和父母发生了些矛盾，心情也不是很好，所以就找她一起到街上转转。

她抬起长翘的睫毛问他："你和你父母吵架了吗？"

吵架倒也没吵，他和他父亲的相处一直都是这样，相看两厌，彼此都不太理会对方。有时候他父亲也会主动骂他几句，气氛一直都不怎么和谐。

荆盛一想到这些事心头就横生烦闷，如同有数不尽的藤蔓在他胸腔间肆意延伸，攀爬着密密麻麻地包裹住他的肺腑。

他伸出一只手揉了揉眉心，掩不住烦意："没有，我是叛逆少年，你见过哪个叛逆少年喜欢回家的？"

"叛逆少年"这个称号被他扣得坦荡，像是根本不在意。

陶音对那个家虽然也谈不上喜欢，但到底还没叛逆潇洒到荆盛这个程度。

他们又往前走了一小段路，陶音顿住脚步，神色有点郑重地对他道："我真的要回去了，他们马上要准备好晚饭了。你也回去吧，别让父母担心。"

荆盛一向利落的眉眼间染上了点意外的神色，问她："你还没吃饭啊？"

"还没吃呢，我给你发消息的时候，家里正好在准备。"陶

音如实回答。

"哦。"荆盛的回话不冷不热。

陶音没心思再去揣测他话语里的心情,别过身向他摆了摆手:"那我先回去了,你一个人在外面也不要待太晚。"

她刚往前走了几步,就听见后面的荆盛迈着步子向她走来的声音:"你真要回去?"

他在离她几寸的位置停住,陶音转过头,不明白他为什么这么问,轻轻点了点头。

小道上光线昏暗,路灯只有首尾两盏,灯光轻轻洒落在地面上。荆盛背对着灯光,脸上泛出的几分不自然的表情因为背光更为看不清楚。

"你刚才不是说,家里没有过年的气氛吗?"他偏着头,掩去了脸上大部分的情绪,"所以我才想,带你去市中心,感受一下过年的氛围。"

荆盛说完这略有些难以启齿的话后,许久没听到陶音的回答。他藏好那份微不可察的羞赧神色,转过头,看到陶音正表情微愣地望着他。

以为陶音大抵是要拒绝了,他故作不耐烦地"啧"了一声,说:"算了,不去就不去吧,反正……"

他刚想说自己只是心血来潮,不是特意要带她去的,随即就听到陶音浅淡的嗓音:"那我和家人说一下,让他们不用等我了。"

听到这个意外的回答,荆盛不免有些错愕。他看着陶音从帆布包里掏出翻盖手机,按下一串按键,而后将手机放在耳边。

电话被接通,陶音先是对里面的人喊了声"妈妈",然后再缓缓说出自己打这个电话的目的。

"我同学要我在他们家吃年夜饭。"陶音撒谎已经很熟练了,脸不红心不跳地说,"他家里没人,所以邀请了好几个同学来他家,一起办跨年晚会。"

之后她又和电话里的人絮叨了一阵。可能是大年三十气氛比较融洽,电话里魏秋芸的声音听起来裹着些轻松的调子,也没说什么就同意了她的请求。

陶音挂了电话,抬起一张白净的脸,对荆盛说:"好了,我们去什么地方?"

荆盛还在回味陶音给她妈妈打电话时说的理由,闻言笑着道:"去街摊上,那里有不少人在办晚会。"

荆盛又想到陶音刚才打电话时用的手机,问她:"怎么还是用的这部手机?不是借了你一部?"

那部手机也在陶音的帆布包里,陶音怕被别人看到,就把两部手机都带着了。

"我没和家长说那件事。"陶音也没想隐瞒什么,"说了会被骂,所以我的手机卡是在两部手机间轮换着用的。"

说到这儿,陶音却想起了另一件与这相关的事,转过眸子问:"我给你的那部摔坏的手机,还能修好吗?"

这么久过去了,陶音都快忘了这件事,这次问他原本也没抱什么期望,只是忽然间想到还有这一件事。

"哦,那个啊。"荆盛的声音变得散漫,"还不知道,过几天我再找人问问看。"

陶音不想再让荆盛白折腾,于是说道:"修不好就不用修了,里面也没什么重要的东西。"

"啊。"荆盛眼睛松散地半眯着,"可是我闲得没事干啊。"

嘉城中心的街区果然格外热闹,各大商场都在放着有关过年的满盈喜气的音乐,街道上的小摊前人声鼎沸,热闹非凡。木杆上悬挂的灯笼发出暗红的光,映亮了陶音澄净的一双眼。

荆盛指了指前面围着一群孩子的摊子,问:"要吃棉花糖吗?"

街市上气氛热闹,陶音的情绪也被带动起来,没了往常略显僵滞的神情,脸上盈着笑,点了点头,轻声道:"嗯。"

来买棉花糖的孩子很多,两个人礼貌地让小孩子先买,在摊前等了有一会儿,最后选了一个原味的棉花糖拿在手中。

之后又买了一盒章鱼小丸子和一杯藕粉,章鱼小丸子的摊主给了他们两根扦子,陶音把其中一根给荆盛,让他插着吃。

两排摊子中间有一条小道,人与人之间摩肩接踵。走到稍微不那么拥挤的地方,荆盛想去插一个小丸子,却发现盒里只剩一个了,于是作罢。

陶音感受到荆盛的视线,于是把盒子朝他那边举了举,说:"这个你吃吧。"

荆盛将手里的扦子随手扔进一旁的垃圾桶里:"算了,就剩一个了。"

陶音将盒子重新移回自己身前,用扦子插起最后一个小丸子,伸手举到荆盛的面侧,示意他接过去吃。

眼底拿着扦子的指尖细白,甲盖明透,一小截皓腕从宽厚的羽绒服袖口里露出来,细得仿佛一只手便能拧断。

见他没有动作,陶音又将小丸子拿得离他近了点,声音在人群喜悦的喧嚣中显得有些温软:"吃吧。"

荆盛的嘴角弯起了一个不太明显的弧度,他俯下脖颈,散发出的气息与陶音无限拉近,他咬下扦子上插着的丸子,直起腰背,将丸子吃进口中,慢慢地嚼着。

陶音因他突如其来的举动停止了所有思绪,怔怔地钉在原地,孤零零的一根扦子还举在半空中。

"味道还行,"荆盛给出了评价,"就是有点腻。"

前面有老婆婆在卖平安符,灰白的霜丝掺在黑发里,脸上的皱纹流溢着慈祥的光彩,手里端着的簸箕里放着样式各不相同的平安符,几个年轻人在旁边兴致颇高地挑选着。

陶音将扦子放在盒里,合上盖子,一起扔进了垃圾桶里,然后目光望向卖平安符的方向,对旁边的人说:"我们去看看平安符吧。"

旁边的人点点头。

陶音注意到荆盛的双手一直放在口袋里，而且他每次出门都围着围巾，应该是挺怕冷的。

两人走到老婆婆边上，正好有两个年轻人挑选完离开，腾出了空位给他们。

说是平安符，其实也不知道究竟是不是，囊袋里塞满了香料，散发出怡人的馥郁香气。平安符颜色各不相同，上面绣的祝福语也不一样。

陶音从里面挑了个紫色的，上面绣着的是"金榜题名"四个字。荆盛对此付之一声嗤笑，调侃她连过年想的都是成绩，到了高三准变成个戴着眼镜的书呆子。

"那你要不要？"陶音抬起眼，问他，"买回去可以当香袋。"

荆盛往那簸箕里扫了一眼，弯下腰拿起一只。老婆婆多看了一眼，笑道："万事胜意，这个好。"

荆盛也对老婆婆笑笑，掏出手机付过钱，和陶音一起往回走。

离开了吵闹的街市，外面依旧灯火通明，荆盛刻意放慢了脚步，不紧不慢地走在陶音后面。

走到半路，陶音感到肩上挎着的帆布包传来轻微的晃动，好像被人在后面施加了一些轻微的力量。

她微微侧过头，见是荆盛在帆布包的拉锁处系着什么，不明所以地问他："你在做什么？"

话音刚落，荆盛已经弄好了，手又插进口袋，走到陶音身边："没什么，就送你一句祝福。"

陶音不明白他话语里的深意，用手拉过肩上的帆布袋，低头看到链条末尾的拉锁处，不知什么时候坠着一只小香包。

正是荆盛方才买的那只，绿色的，上面用金色丝线绣着四个美好的文字：

万事胜意。

第六章

有迹可循

入春后天气渐渐回暖,3月中旬的时候,班主任通知,过一段时间要举办和一中的篮球联谊赛。

班里有不少人欢呼雀跃起来,不全是为了看篮球,也是为了比赛时放的那两天假。

陶音记得荆盛篮球打得很不错,偏头将目光转向他,见荆盛撑着半张脸垂着眼皮,一副兴致缺缺的样子,问他:"你不喜欢打篮球吗?"

"没说不喜欢。"荆盛拿着橡皮一下一下地抛着,神色寡淡,"他们太弱了,打得没劲。"

这人全身上下仿佛都长着反骨似的,举手投足间总是不经意地透露出点轻狂的态度。

陶音对比赛也没什么兴趣,放假对她来说无非是换个地方做题,就习惯性地轻"噢"了一下。她翻过几页习题集准备做题,顺带着问:"所以你不参加吗?"

橡皮稳稳地落到荆盛的手里,他放下撑在下颌处的胳膊,带着些撩拨的语调问:"我参加的话,你去看吗?"

草稿纸上已经列出了道道算式,陶音闻言,手中的笔微微顿住,她后知后觉地抬起眼眸看他,下意识地问道:"我去看你就

参加吗？"

话一问完，陶音立刻就意识到自己的问话有多么不合时宜，好像别人参加比赛就为了她来看似的，随即垂下头继续默默地书写着算式，还故作无心地掩饰道："你不想参加就不参加吧，我也不一定……"

"你去看我当然参加啊。"荆盛掀起眼皮，语气理所应当，当他的视线与陶音抬起头望来的目光相撞时，甚至还如同没有揣测到对方心思似的抬了下眉毛。

陶音的心跳忽然微微地乱了一下，又很快稳住。她不冷不热地发出个表示自己明白了的语气词，笔下字迹不停。

比赛在上午进行，清早陶音将煎鸡蛋夹进两片土司里，放了两片生菜，抹了点沙拉酱，当作三明治吃了。

要出门时，魏秋芸叫住陶音，让她等一下魏展颜，吃完早餐后一起走。

她说这话的时候，魏展颜正好从卧室里走出来，穿着粉色的白斑点睡衣去卫生间洗漱。

餐桌上的闹钟显示的时间是九点十四分，时间还算充裕，陶音回到餐桌上等魏展颜从卫生间出来，穿好衣服、吃完早餐后一起去嘉城一中。

魏展颜从卫生间出来后又去卧室换了衣服，没吃早饭便到门口换鞋子。

"你不吃早饭吗？"魏秋芸问。

"不吃了。"魏展颜换好鞋子后，拿过鞋柜上的钥匙，"我得早一点到观众台上占位置。"

她开门走出去的时候没把门带上，在门前示意陶音出来。

陶音也拿起鞋柜上的钥匙走出房门。在门即将合上的时候，魏秋芸对着门外的人嘱咐道："那你在外面自己买点东西吃啊，不吃早饭对胃不好。"

165

来嘉城这么长时间，陶音还是第一次和魏展颜一起出门。两人一路上沉默无言，只管走着自己的路，并不看身旁的人一眼。

　　气氛比第一次和荆盛一起走路时还要沉寂，却没让陶音滋生出半点的紧张和不适感。

　　途中经过几家早餐店，魏展颜都没有要去买东西的意思，只目不斜视往前走，根本没打算停留。

　　她们到场地的时间不算早，空位已经不多了，正好有并排的几个空位，两人便坐了过去。

　　两方队员已经到齐，各自在篮球场边上和队友们互相交流着什么。陶音坐的位置有点远，加上她本身就有点近视，并不能看清台下队员的面貌和神情。

　　但可能是荆盛身形太打眼，往那儿一站陶音便知道是他。

　　他后颈上搭着一条毛巾，也不参与队员们的讨论，或许是看惯了的关系，陶音几乎可以凭空想象出他脸上那散漫轻佻的神情。

　　周围人声嘈杂，看台上坐着的有不少女同学，大多在兴奋地讨论着场上队员的长相。有戴着工作证的学生向观众席上的人一一发着塑料拍手器，陶音接过，不经意间听到后面有不少讨论荆盛的声音。

　　好像上次的篮球赛让荆盛在一中也名声大噪起来，陶音从后面的议论声中得出这么个结论。她们在说荆盛上次比赛有多帅气。

　　比赛开始的哨声划破篮球场的上空，德永和一中学生们的加油声一同震响云端。因为学生是自愿观看的，所以学校并没有划分区域，一时分不清究竟谁的声势更大，只知道全场拍手器霎时"噼里啪啦"地响彻在灿阳碧空之下。

　　德永的球队穿的是白衣红边的队服。一开场，荆盛的进攻趋势就十分明显，他宛如一头迅猛的猎豹，篮筐便是他眼中的猎物，在浓翠丛林中越过并逼退一切与他争夺食物的捕猎者，朝着他的目标直奔而去，眸里凝着桀骜的目光。

　　场上没人能与他对峙，每一道层层垒砌的墙壁都被他轻易毁

·166·

塌，又是一个漂亮的灌篮！

他落地后，没有去抢从篮筐坠落的球，而是转过身面朝着陶音那边，向她不羁地挑了下嘴角，无声地说了些什么。

周围的女生们开始激动不已地尖叫起来，有的按捺不住心情开始摇晃着身旁的同伴：

"啊啊啊——他对这边笑了！他刚才是不是说了些什么？不行我遭不住了！"

陶音看不清荆盛的具体表情，只知道他往这边看了一下，自然不知道他到底说了些什么。

荆盛刚才说的其实是个问句，只有三个字，十分轻佻。

他问的是："帅不帅？"

陶音对篮球赛并没有什么兴趣，此番来看也只是鬼使神差，在观众席上坐了半晌，无聊感便漫出来了。

她无意中扫了眼旁边的魏展颜，意外地发现她居然目不转睛看得很专心。明明以前江鸿朗在电视上看篮球赛时，她都是回屋用平板播放综艺打发时间的。

陶音又往篮球场上望了一眼，发现一中的队伍里有名队员很像狄彦，激起了斗志般身体一直紧逼着荆盛，却次次落败。

陶音正看着，不远处传来"让一让"的声音。彭明从过道挤过来，挥着手臂对陶音喊："小桃桃！来这边！这边有空位！"

陶音向他那边答应了一声，别过头对魏展颜说："我同学叫我去那边，你先自己在这边看吧。"

她想冷菲儿至少是会和魏展颜聚在一起的。

魏展颜没有理她，倒不像是看比赛入神以至于没听见，陶音也没管，起身朝彭明那边走过去。

彭明招呼陶音坐到特地留着的空位上，而他刚要坐下，就听到他们班的班长喊他去搬矿泉水。彭明对那边喊了声"来了"，随即转而对陶音抱歉道："小桃桃，你先在这儿坐着啊，我去帮他们搬下水，马上中场休息了。"

陶音点点头:"好,那你小心点。"

他走了之后,陶音百无聊赖地观看着篮球场上的战况,德永领先不少,但一中也没有就此放弃的架势,仍然斗志昂扬。

兴趣刚泛上来一点,一片昏沉的阴影忽然罩住了陶音的整个身躯,陶音未来得及抬眸,那人影便掠过她,径自在她旁边坐下。

陶音偏首,眸色微微一动,没想过会是喻风迟。

半年没见了,他还是之前的模样,面容苍白到透出冷感,眉骨锋利地隆起,却因无血色的面庞削弱了锐感,像一把冰制成的脆弱刀片,稀薄的几分寒气全然凝在刀锋上。

"好久不见了。"喻风迟对陶音说,面上仍旧冷淡没有表情。

陶音笑笑,声音温和:"好久不见,没想到你也会来看篮球赛。"

喻风迟没有顺着陶音的话题继续下去,而是将目光落在远处的篮球场,反问她:"德永中学怎么样?"

顿了顿,他又添了一句:"学生是不是比一中的好一点?"

问题下的深意很隐晦,陶音知道他是想通过这个问题打探自己在德永还有没有被孤立的情况,随即浅笑道:"是好一点,我挺喜欢他们的。"

言下之意便是同学们都很好,与自己相处得也很愉快。

听到陶音的回答,喻风迟半年来坠在心上的石头总算是放下了,剩下的那份歉疚使他并不期望能够立即得到谅解。

"那就好。"喻风迟的声音轻得在周围的嘈杂声中飘扬,隐在阵阵的喝彩声里。

两人陷入短暂的沉默,喻风迟的胳膊搭在腿上,弯着腰正欲开口找个话题,肩膀却被人警告性地用手收紧。

"兄弟,"彭明刚给中场休息的队员们发了水,在下面仰头就看到一个不认识的人坐在陶音身边与她交谈着什么,笑容温煦的脸上敛着刺,"你坐的是我的位置,麻烦你起开一下。"

喻风迟在肩膀被握的一瞬间抬头,目光并不友善,在听到彭

·168·

明的解释后,他敛起锋芒,慢慢起身对陶音道:"我先走了。"

陶音向他摆了摆手。

彭明坐回原来的位子,一边认真地观察着场上比赛的状况,一边递给陶音一盒芝士酸奶:"不知道你爱喝什么味道的,黄桃口味的被女生分走了,就剩这个。"

班里用班费买了水和零食,但零食参赛队员没几个吃的,基本都进了女生肚子里。

陶音低声说了声"谢谢",不知道彭明为什么忽然就有些不太高兴。

"荆盛和我说你应该更喜欢黄桃口味的多一点。"彭明转过头朝她轻轻笑了,平素旷达的眼瞳里有点点明光灼灼地闪烁着。

这次荆盛的猜测错了,陶音不太喜欢黄桃酸奶,而是喜欢燕麦的,芝士酸奶她刚刚尝了一口,也比黄桃的好喝一些。

陶音拧上酸奶盖子,看着场上的荆盛防住狄彦在倒计时结束前的最后一次进攻,开口:"芝士的也挺好喝的,我对这些比较随便。"

裁判吹响的比赛结束哨声划过在场的每一位观众的耳膜,白衣红边的队员们欢呼着簇拥在一起,赢得了满堂的喝彩。

最高的那声欢呼之后,学生们余兴未消地笑着起身,将手里的拍手器放到栏杆那里的纸箱里,慢慢地离开观众台。

彭明朝场上的荆盛做了个他俩之间专有的手势——两指轻抵在额角上。

荆盛注意到后,扬着头也回了个相同的手势,整个人风光无限。

这排的人几乎走光,彭明和陶音拿好东西也准备离开观众席,出口外拥挤的人群里又逐渐出现不小的骚动。

门口的人停滞不前围在那里,场内的人群不知情况依旧蠕动着要往前拥。门口有人被后面推挤的人潮挤得急了,尖着嗓子朝后喊:"都别挤了!有人晕倒了!"

陶音和彭明停下步伐,看着拥挤的人群中缓慢站出来三个女生,中间的那个女孩似乎意识涣散,旁边的两个女生肩上分别搭着一只手臂,费劲地将她从圈里移出来,准备把她送到校医务室。

那女生的身子转过来时,陶音看清楚她的面孔,是魏展颜。

她没吃早饭,可能有点低血糖。

有男生看到了,上前想去帮忙,却又因性别不同无从下手,最终还是选择把魏展颜背在背上。

人群自动让开一条道,男生刚想背着人冲出去,刚结束比赛的狄彦正好走到这儿,注意到他背上的人,眸色一凛,一个箭步冲上前将魏展颜夺到自己背上,吼着让前面的人统统让开,跑的时候还不忘拍空回头焦急地让魏展颜撑住。

陶音在一旁看着狄彦背着魏展颜冲出门口。荆盛将拧干的毛巾朝后一甩搭在肩上,走到两个人的旁边:"哎,走了。"

这一声将陶音的神思稍稍拉回来,意识到自己是应该去关照一下的,眼睫飘忽地不时扇动,神色清醒又透着些犹疑不定:"你们先走吧,我去看一下。"

未等彭明询问情况,陶音便一路小跑着穿行于人流间。

"走。"荆盛凝视着逐渐淹没于熙熙攘攘的人群中的背影,对旁边的彭明说,"跟过去看看。"

荆盛方才想起来,刚刚背人跑出去的那个男生,就是之前在校门口堵陶音的那群人中的一个。

校医务室的走廊外,陶音他们三个在医务室的门口等着,彭明从侧面看见陶音的目光一直落在门上,安慰她道:"别担心,你妹妹肯定没什么大事。"

从彭明的角度看不清,站在他们对面的荆盛却将陶音面上的表情捕捉得完全,她的神情很淡,眼神空无一物,只是在出神。

"不过你妹妹心也挺大啊,居然和堵你的混混关系还挺好。"

来的那一路彭明只听荆盛说了这么一件事,自然无法理解魏展颜和狄彦的关系。

陶音没说话,白墙砖的凉冷透过单薄的布料传入脊背,寒凉,

但不刺骨。

在他们沉默时，门把手发出"吱呀"一声，狄彦打开门出来，抬眼看到对面的陶音，怒意灼上眼眸，"砰"地一甩门："你就这么照顾小颜的？她没吃早饭你不知道吗？那么个大活人坐你旁边你看不见吗？"

狄彦的暴怒对陶音没什么震慑力，她如实回答："我没和她坐一起，有同学喊我，我就和他们坐一起去了。"

"你是不是有病？"狄彦的双眼似要燃烧起来，仿佛陶音刚才的那番话是上好的酒精与汽油，"你还有脸来？为什么要让小颜离开你的视线？说！"

眼看着他好似要揪住自己的衣领，陶音凝神静气，做好随时抬脚踹上去的准备。

旁边的彭明却忽然被狄彦的话逗笑了，毫不留情地奚落道：

"你这人可真有意思，她一个十六七岁的人还要陶音寸步不离地看着啊？你要这么不放心不如直接把她拴在裤腰带上算了。多大人了自己不知道吃早饭吗？别说陶音只是她姐姐，就算是亲妈也不可能把饭一口一口地喂给她吃。"

狄彦被彭明讥讽得气急，一时又找不到话来回击，只得冷哼一声，将目标重新放到陶音身上，目露凶光地上前一步。

陶音目光瞬凛，脚踝略动了动，面前暴怒的人却忽然被掀翻在地，她的表情在一瞬间变得怔忡：这是冲动的玩腻了？改成碰瓷了？

这样的想法在她看到荆盛的脸后消弭，他眼神冷淡地俯视着吃痛得用手捂着后脑勺的狄彦，从表情来看很不愉快，有淡淡的低沉感泛上面庞。

"上次的警告，"他唇线平直，漠然发问，"还不够？"

狄彦阴狠的目光从荆盛面上剜过，转而落在陶音素净的面孔上。

"可以啊。"没有回答荆盛的问话，他不遗余力地讥讽着陶音，

171

"这才转去几天啊，就有人帮你了，德永的人眼光都是这么差劲的吗？在一中像泥巴一样所有人都怕沾上的人，在德永居然成了香饽饽？"

——像泥巴一样所有人都怕沾上。

荆盛一边的眉很轻地挑了下，询问的话语却似有嘲弄的意味："泥巴一样？"

"是啊。"狄彦见状，以为自己的话点到了荆盛的心里，轻描淡写地讥笑着陈述，似是很有把握能再一次摧毁陶音在周围人眼中的所有形象。

"她原来就是灯绛那个小地方的，外婆死了逼着爸妈把她接回来，在一中的时候名声就不好。"

他慢悠悠地站起身，轻笑着拍了拍身上的灰尘，慢条斯理地继续往下说："为什么大家都不愿意接近她？还不是她自己作风有问题，这样的一个人，谁沾上都是晦气。"

最后一个字话音还未落地，荆盛生生地截断了他紧接的话语。

这里是医务室，禁止吵闹喧哗。陶音环顾了下四周，好在没看见有人出来，陶音放下心，上前轻轻拉了下荆盛背后的衣角：

"算了，"她朝转过身来的荆盛稍稍摇了摇头，"不要在医务室争吵。"

荆盛低头看她，眉眼淡漠，下颌利落宛如切冰凿雪，凝着一点遗留的浅淡日光，亮得耀眼灼目。

从校医务室出来后，已经中午十二点多了，学生几乎都走了，校园里空荡荡的，只余铺洒着的明媚春晖。

他们从校门口出来，缓步走在原先的那条绿荫道路上，柏油路面树影婆娑，风游叶摇，飒飒有声。

往前再转几个路口，就会看见派出所的标识，陶音就是在这里遇见的那个小男孩。

眼前熟悉的景物让彭明生出了感慨："阿盛，咱们上次就是在这儿找我弟的吧？"

荆盛仿若未闻,继续朝前走着。

"然后就和小桃桃在派出所遇见了。"彭明回忆着那时的情景,"那时我们在这儿找了一会儿,后来你留在这儿继续找,我去别的地方看看。"

他想起什么似的,转过头问陶音:"小桃桃,你是在什么地方遇见我弟的啊?"

陶音的神思还沉浸于往日在一中读书的时候,被他猝不及防地拉回来,神色间有一瞬的茫然:"啊……就是在这儿。"

当时陶音没察觉有什么,现在回想起来却觉得挺奇妙的,一个三四岁的小孩子,走丢了一点都不怕,还会直接拽着她寻求帮助,没有一点慌乱感。

彭明闻言,隐隐觉得有些不对,复而问荆盛:"阿盛,那次你在这儿找我弟,没看见他吗?"

荆盛和他们隔了一段距离走在前面,仿佛对他的话根本没在意,淡声回道:"没看见吧。"

顷刻间,彭明脑海里忽然划过一个十分不靠谱的猜想:或许那时候荆盛已经和他弟弟遇见了,但由于自己这位兄弟见色起意、居心不良,所以很没人性地弃自己年幼不能自理的弟弟于不顾,为的就是能上演一出冤家重逢的戏码。

但这个念头很快被他否决——荆盛还不至于心机成这样。

荆盛虽然看上去带孩子挺不靠谱的,但也不会真的拿小孩子的安全开玩笑。

另一边的荆盛与他们拉开不小的距离,两侧的风景沿着绿荫遮蔽的道路向身后不断延伸,再往前走一小段路,就是陶音被小男孩拉住书包的地方。

当时彭明与荆盛分开之后,荆盛在茂盛的梧桐树下看到了他们要找的小孩,也看见了在盛夏灿烂的光斑与叶影交错下缓步慢行的陶音。

她穿着白衬衫和藏青色的百褶短裙,黑皮鞋,未着长袜,两条又细又长的小腿在日光的照耀下白得几乎发亮。

所以他蹲下来,对着那三四岁的孩子笑道:"小孩,看见前面那个穿裙子的姐姐了吗?皮肤很白的那个。"

小男孩转过头,伸着脖子寻找着荆盛口里说的姐姐,然后点了点头。

"记住了,"荆盛指着陶音,侧着脸贴近小男孩,"她是哥哥的朋友,但是我们吵架了,等会儿你就拉住她,说你走丢了,也不记得家长的电话号码,让姐姐送你去派出所。"

他说着,手掌轻轻拍了拍小男孩的头顶:"别怕,哥哥等会儿就在路边的树后面看着你。"

之后他一路跟着陶音和小男孩来到了派出所,车停在门口,他给彭明发了个信息:找不到,来派出所吧,我在门口等你。

走到路口,往右的一条道正好通向美食街,那里各类小吃、饭店应有尽有,是很多学生聚餐会选择的地方。

正好也到了饭点,彭明提议:"要不我们今天中午一起在外面吃吧?正好有几个朋友说要来。"

"去哪儿?"荆盛问他的声音松散。

从校医务室出来,荆盛的情绪就一直算不上高昂,一路上都是一副很淡漠的样子,似是对什么都提不起劲。

"就那边的美食街。"彭明回道,又转身对陶音说,"也不远,就穿过这条路,转个弯,就到了。"

陶音难得没拒绝,而是从口袋里掏出那部水蓝色的翻盖手机:"那我先给妈妈说一声。"

刚用手机按键输了几个数字,她手指却顿了一下,最后按下删除键将显示出的数字全部删了,转而点进了信息的小框。

陶音用自己不熟悉的九宫格艰难地输着文字,然后点击发送。

合上手机盖,她将手机放回口袋里:"走吧,我们吃什么?"

像是诧异于陶音的转变,彭明愣了下,而后恢复过来,回答

她道:"还没确定,我问问他们,你想吃什么?"

"我都行,"陶音没什么要求,出来吃是因为魏展颜上午晕倒,回到家魏秋芸肯定又要把责任归咎于自己身上,陶音疲累,只想出来躲一躲,"别太辣就好。"

最后他们决定去吃火锅,三个人是最先到火锅店的,进到包间里,他们提前点了一份鸳鸯锅,牛油微辣和番茄的。

他们坐在座位上等了一会儿,依然没有人来。

已经下午一点了,彭明用手机催着他们快点来,对面的人纷纷回道:马上,再等一会儿,就快到了。

有人表示自己有点事,可能会来得晚一些,让他们先点自己想吃的菜。

彭明按下手机侧面的电源键,关掉手机,将桌上的菜单推到陶音面前,笑容重新浮现:"小桃桃,他们说还有一会儿才能到,让我们不用等他们,你看看有什么想吃的。"

陶音将彭明推过来的菜单移到自己面前,目光轻浅地扫过几行菜名,最终在末尾处的甜品区停住。

"我要一份红糖糍粑。"陶音开口说。

"行。"彭明用目光示意陶音自己勾,继续问,"再看看还有什么想吃的。"

陶音又看了一会儿,在香芋地瓜丸前面的小框里画了个钩。

荆盛盯着她拿着笔杆打钩的白嫩手指,不由得轻扯嘴角嗤笑一声:"你这,不如我们仨直接去对门的甜品店?"

桌子中央的火锅微微地冒起了泡,微辣的那一半牛油底料早已融化,似是须臾后便会沸腾。

陶音俯下身去寻找火锅的开关,将电磁炉的温度调到最小,然后坐起身,垂着眼睫回答他:"他们还没来,总不能让别人吃剩的东西。"

既然涮煮的菜不能下锅,那么提前点了也没意义,陶音是这么想的。

甜品这种一份好几个的应该没事，陶音对这种东西没讲究，觉得应该和饭店里点的小食一样，都是几个人分着吃的，提前吃几个也没事。

"你想太多了。"

听她说完原因后，荆盛脸上露出不以为然的表情，黑瞳透着轻慢："就他们，就算是你吃成剩菜大乱炖，他们也照样乐得开心。"

正说这话时，包间的房门被打开，几个人笑着说些来晚了之类的话，喧嚷着进了包间。

陶音在不熟悉的人进来的那一瞬间感到有股不自在的感觉漫上了全身的神经。

她低头，默默地拆开小盒的包装纸，将里面的两截小木棒插进筷子的空隙里。

后面进来的人陆续在桌前坐下，服务员端着盘子推门进来，将彭明点好的菜一一放在桌上。

彭明招呼着，将菜单依次在桌沿传递："都看看还有什么想吃的，勾完之后给我。"

小包间里空间不大，五六个人坐在一起，氛围显得热闹又亲密。火锅氤氲的热气缭绕在每个人的脸颊之间，包厢里开了冷气，室内冷热空气交杂。

他们三个原本并没有坐在一起，但是在来人之后，座位相互调换了下，荆盛坐在了陶音旁边。

他屈着手指轻轻搭在白盘边，骨节清晰，手背上的青筋微微隆起，在包厢洒落的灯光下泛着淡薄凉意。

他没说话，陶音也就不主动与他交流，目光徐徐游走在包厢里，不着痕迹地掠过坐在桌边的人们。

来的人中有荆盛和彭明初中的同学，看到陶音，笑着问两人："哎？今天带了一个新朋友过来啊，什么时候认识的？给我们介绍一下啊。"

锅底已经重新煮开,大家拿着筷子纷纷将盘里的肉片和蔬菜滑进去。

陶音从微辣牛油锅里捞了一片娃娃菜出来,刚咬了一口,嫩黄的菜叶吸满了火锅红彤彤的汤汁,辛辣的汁水流入嗓子,她小小地呛了一下。

她尽可能地忽略掉别人提到她的话题,伸手去抽包装袋里的纸巾,等着彭明将自己简略地介绍给别人后默默吃菜。

尽可能地降低存在感,给人呈现出一种不善言辞的形象,陶音心里是这样预想的。

彭明笑着开口,嗓子里还未发出一个字音,便被荆盛散漫的声音打断。

陶音感觉头顶忽然被覆上什么温暖的东西,压着她的发丝轻轻地揉了揉,一道松散的声音从侧上方洒下来。

"她,"她听见荆盛的低笑声,"帮我补课,给我抵债。"

小包间里的人群似乎有刹那的哑言,片刻后又哄笑开来,说荆盛现在变得没皮没脸了,居然欺负起了小姑娘。

他们来的是一家川渝特色的火锅店,即使是微辣,锅里也铺满了鲜红的整根辣椒。陶音吃了一片娃娃菜就受不了了,用纸巾擦干净筷子,没再去动红油锅,转而吃着番茄锅里的东西。

朋友之间吃火锅不讲究,漏勺从红油锅里拿出来后又想直接从番茄锅里捞菜吃,被荆盛用筷子轻抵在了半空。

拿漏勺的人目光中夹杂着不解,荆盛收回筷子,放在餐盘上,正好有服务员进门来收他们下完菜的菜盘。

放盘子的矮木架就在荆盛后侧,服务员弯腰将空了的盘子抽出来,刚抬起身,一只空盘被递在她眼前。

她愣了一瞬后接过来,顺着方才伸出的手臂往上看,一张很有少年感的帅气面庞撞入她的视野。

"不好意思,"荆盛的模样很年轻,散发着独属于学生时代的青春气息,"能再帮我们拿一个漏勺吗?"

177

服务员点点头，答了一声"好"，然后转身出门了。

刚刚拿漏勺的男生这才反应过来，丝毫不收敛地揶揄："哎哟，盛爷，心什么时候变得这么细呀？"

陶音刚咬了一口煮好的牛肉丸，猝不及防被里面的汁水烫了一下，想去拿水壶倒一杯水。

她微微起身伸出胳膊，不经意间抬眸，瞥见了荆盛唇边微不可察翘起的弧度。

清亮的眼瞳似是颤了颤，她听见了荆盛风一样轻飘飘的声音。

他说："没办法，谁让陶妹妹娇气，难养得很。"

这一席话的温度比房内蒸腾而上的火锅热气还要暖，温热白浪直攀上陶音的耳郭，隐约泛出几分红意。

从火锅店出来后，他们互相告别，各自回家。

回到家的时候，魏秋芸罕见地没有出言责骂陶音，只坐在沙发的最侧边冷着脸，听见她开门的声音也无甚反应。

她看着在餐桌边默默收拾碗筷的魏展颜，以为是母女俩发生了什么矛盾，本想开口问下情况，又觉得自己还是不多惹事的好，换了拖鞋准备回到房间。

主卧的门忽然被打开，江鸿朗拉着门把手从卧室里出来，看到刚进门的陶音后，他原本阴云般的脸勉强笑了下，说："陶音回来了。"

陶音停住步伐，面朝着江鸿朗的方向轻"嗯"一声。见他与自己打了招呼后又关门回房，陶音的双眉不解地抬了抬，不知道他们夫妻之间发生了什么。

餐桌那边的魏展颜收拾好桌面，轻步走到陶音后侧，靠近她的耳朵压低声音说："江爸回来后，两个人不知道因为什么就吵起来了。"

魏展颜说完就回了房间。陶音怔怔地看着她离开的背影，目光停留在她随手关上的房门上久久不曾移开。

印象中，这好像是魏展颜第一次不带任何敌意地主动和她说话。

她收回视线，准备回卧室，却被客厅沙发上的魏秋芸冷不防地叫住。

"刚吃完火锅，去洗个澡。"客厅处传来的声音很淡，"不然家里都是火锅的味道。"

没有责骂的话语，这让陶音很不习惯。

她应了一声，到厨房打开热水器。去卫生间的途中，她无意识地侧过脸，隐约看到魏秋芸的眼角亮晶晶的，似乎有一滴很小的东西闪过。

由于魏秋芸平日里给陶音留下的都是刻薄的印象，陶音一时竟没反应过来那是泪。

是哭了吗？

淋浴头洒落的热水顺着陶音的脖颈、脊背汩汩淌下，白雾样的热浪团团包裹住她。陶音靠着浴室的冰凉瓷砖思考着这个问题，水滴滑落，长睫将垂未垂。

真不像她，那样不会轻易低头的人，居然也能在她脸上看到眼泪这种东西。

明明之前对待人生中的不幸，都是将怨气直接发泄在自己身上的。

陶音又想到今天魏展颜主动凑近自己说的那句话，总觉得那时魏展颜的语气，掩着点旁人难以察觉的不安和恐惧。

想来江鸿朗和魏秋芸的感情一直挺不错的，魏展颜应该很少看见他们争吵的场景，又经历过一次父母离婚的变故，对此害怕也是正常的。

洗完澡后，陶音擦干净身上的水，穿着睡衣走出来，回到自己的卧室。

她从帆布包里掏出手机，想问荆盛火锅是不是AA，如果是的话每人多少钱，刚点开微信，最上面有一条新消息：恭喜你们已成为好友。

头像是一片星海，陶音这才想起来上午在篮球场的观众席上，她和喻风迟互相加过好友了。

是不是该说些什么？

她这么想着，迟疑地在输入框里敲下"你好"这两个字。输入法弹出一排表情包，她选了一个小猫挥手打招呼的表情，发了出去。

过了几分钟，对方也回了一句"你好"，接着又发来"有事吗？"的询问。

陶音：没什么事，就是忽然想到还没和你打招呼。

对方发了一句"这样啊"，然后询问起了她在德永的近况。

陶音如实回复，只是避开了和荆盛相关的事情。两人就这样不温不火地聊了一会儿，最后陶音以要写作业为由结束了话题。

倒不是为没话可聊而随意找的借口，到了高二下半学期，学业比之前要繁重不少，到了高三时间应该会更紧。

陶音在学习上一向表现得比较超前，具有很强的自觉性，能清楚地了解各个阶段的状况并将其落实到实践中，能制定自己的规划。

窗外的天光渐渐被玫瑰色的流云遮掩，陶音收起笔帽，合上书本，忽然意识到自己还没问荆盛火锅钱的事。

她点开荆盛的头像，在输入框里输：我们吃的火锅是 AA 吗？

荆盛就好像手机不离身一样，在陶音的信息发出去的下一瞬，对话框里就出现了他的回复：是。

这时陶音才恍然发觉，自己竟已经占荆盛便宜占习惯了，聚完餐的片刻里居然没有付钱的意识。

她隐下心中的那抹难为情，发消息：多少钱？要不我转你，然后你再给别人？

荆盛的消息准时送达：看我备注。

陶音视线移向手机顶端，荆盛的备注还是原来那个："你的

大帅哥债主"。

对话框又弹出消息,陶音转移目光,看向他新传来的消息。

你的大帅哥债主:刚吃饭的时候说了,补课抵债。

陶音即将进入高三,这学期课程繁重,课间休息时更少离开座位。她有时沉迷于某道难题,上课后才发觉课桌上的水杯已经空了,想着先忍一节课,等下课了再去接,可一旦拿起笔,低头翻开习题集,就总是忘了接水这回事。

旁边的课桌发出动静,是荆盛离开了座位。

陶音并没有注意,须臾后,接满水的玻璃杯"咚"一声轻响,被一只具有少年骨骼的手放在她的桌角。

陶音抬眸看到杯里灌满的水后,微微一滞,转眸看向旁边若无其事地闲闲坐回座位的荆盛。

他穿着银灰色的薄卫衣,帽兜懒散地搭在脖颈后面,全身散发出慵懒的风格,仿佛整个人都在春光中透露出一丝倦怠之意。

这时,陶音才迟缓地意识到,又一个夏天,正在以一种缓慢的姿态悄然来临。

在不久后的将来,香樟树下的蝉声又将再一次响彻校园。

她向荆盛道了一句谢,然后拧开杯盖,慢慢地喝了一口。

之后荆盛若是看见她正埋首在草稿纸上书写,桌上杯里的水低于杯身中间时,就会主动起身拿过她那只有着紫色兔耳朵的小水杯,到教室后的饮水机那儿帮她装满水,再放到她桌沿的一角。

陶音中午放学回到家的时候没看到魏秋芸,而是江鸿朗在厨房里翻炒着菜,"刺啦刺啦"的声音充斥着双耳,她忽然闻到一丝淡淡的煳味。

"江叔叔。"

她放下书包,拉开厨房的玻璃门,走到正在炒菜的江鸿朗旁边,低头看见锅里刚被锅铲翻上来的青菜有点焦黑。

"是不是炒煳了？"

江鸿朗腰上围着印有广告的黄色围裙，正将锅里的青菜盛到餐盘里，闻言他有些不好意思地笑笑，说："好像是有点，但应该不碍事的。"

盛到盘里的青菜看上去还好，只煳了一小部分，应该不影响吃。

陶音说了一句"这样啊"，然后又问起魏秋芸："妈妈她去哪儿了？"

"你妈今天身体不舒服。"

不知道是不是错觉，陶音看到江鸿朗在听到自己的问题后，肩膀好像稍微顿了一下，说出的话仿佛是从齿缝间挤出来的，胳膊有一点抖。

陶音没再去问具体情况，他们两人这次吵架的时间有些长，一直到昨天，还都处在冷战的阶段，互相之间都不说话。

到底发生了什么她不知道，但魏展颜之前问过几次，都被他们冷冷地敷衍过去。

其间魏展颜也和她抱怨过，说多大人了还要弄冷战这种幼稚的东西，不知道是怎么想的。

中午陶音和魏展颜吃着江鸿朗做的饭菜，味道还能将就，咽下去不费事，但绝对和好吃沾不上边。

看着她们吃饭的样子，江鸿朗也能明白自己做出的饭菜水平怎么样，带着笑意的脸上有些愧疚："不好意思，没想到我的厨艺退步这么多，下次带你们去外面吃吧，要是怕耽误时间，点外卖也行。"

"下次？"

魏展颜闻言抬眸，小鹿一样灵巧的眼眸里透着意料之外的茫然："妈妈的病很严重吗？有没有看医生？"

"看了。"

江鸿朗用抹布将餐桌上的残余扫进垃圾桶，陶音帮着将餐盘包上保鲜膜放进冰箱。

·182·

"医生怎么说？"魏展颜有些担心。

"医生说没什么大碍，多休息就好了。"江鸿朗神色很淡然。

魏展颜放下心来，拎起自己的书包朝卧室走，却在开门前忽然停下了脚步，向江鸿朗说道："江爸，您和妈能不能别吵了，我整天在学校都忙不过来，回家还要看你们的冷脸，真的受够了。"

陶音将冰箱门关上，隔着半开着的玻璃门，她听到餐桌那里的江鸿朗低低地发出了一声"嗯"，不知道是不是应付。

下午上学的路上，陶音口袋里的手机振动了一下。她单手拿出手机解锁，发现喻风迟给她发来了一张物理题的照片，还有一句话：

这题目挺难的，最后几个步骤我没太看懂，你要不要试试？

陶音在输入框里打了个"好"发出去，然后将手机关掉放回口袋，准备回到教室后再仔细看看喻风迟给她发的难题。

加了联系方式后，她和喻风迟的交流多了一些。两人经常讨论彼此觉得有价值的题目，互相之间发的消息基本都围绕着学习，没怎么提过别的话题。

毕竟高二下学期了，两个人都是比较自觉的优等生，探讨题目也能给枯燥无味的学习增添点乐趣。

这次发来的题目确实比较难，课间的时候陶音便会拿出来思考。

她曾经对喻风迟说过，给她发题目最好不要把答案也一起发过来，不然她有时候会忍不住去看。

放学回到家后，陶音在卧室的书桌上将题目重新顺了一遍，思路变得有些明朗，笔尖开始在纸张上游走。

写出最终答案后，陶音将自己的答案与解题过程拍了照发给喻风迟，之后就把手机放到一边，翻开自己整理的英语词汇去背单词。

这么背了一会儿，陶音才想起刚才解出来的题目。

打开手机,她发现对话框里的聊天记录仍然停留在自己十几分钟前发过去的图片上,于是点了两下喻风迟的头像,屏幕底部显示——

我拍了拍"喻风迟"

喻风迟还是没有回复,陶音猜想他应该是正在做题,于是没有再发消息。她刚将单词书翻到刚刚在背的那一页,旁边的手机屏幕忽然亮起。

她点开,对话最下面是喻风迟发来的消息:你好,小迟出门了,手机忘在家里。

陶音错愕了一下,没想到会等来这样的回复,于是也规规矩矩地发:好的,我知道了。请问您是谁?

我是小迟的妈妈。对方发信息的速度比较慢,很像打字不太熟练的样子。

她在输入框里打下"你好",准备点击发送,对方的消息先一步传来:

你是小迟的朋友吧?我以前听小迟提起过你。

手机屏幕的顶部,"对方正在输入"持续显示在联系人名字下方,陶音将输入框里的文字删了,耐心等待着对方的消息。

过了许久,那边终于发来信息:小迟以前从来不说学校里的事,也没什么朋友,我一直怕他这样会出问题,后来听他提到你的名字,说你是他原来的同学,成绩优秀,人也好,我很开心。

我看到他经常和你讨论题目,有时候半夜还在给你发一些题,真是不好意思了。我说过他几次,不知道现在还有没有半夜打扰你。

阿姨就是想谢谢你,愿意和小迟成为朋友。

陶音看着对方发来的一条条文字消息,眼睫渐渐垂下,打字的手指悬在输入框的上方,半晌才输入几个字发出去:

没有,阿姨,喻风迟他很好。

这几天魏秋芸在家静养,偶尔从卧室里出来时,脸上血色很少,

面色的确不太好看。

陶音其实会做饭，简单的炒菜是没有问题的，算不上多好吃，但也还行。

但江鸿朗还是每天带她们出去吃，或者是点外卖。魏展颜仍然纠结于他们吵架的事，有时还会责怪陶音为什么一点都不在意父母的矛盾，说她情感淡漠。

每当这时，陶音也不说什么。魏展颜看得浅，总以为就是小打小闹，过一阵总会好的，陶音却明白他们两人之间的矛盾不是那么轻易能解开的。

她能看出来，江鸿朗并不是对他们这个家庭很有感情的人，即使工作回来也很少和她们交流，这不是用在外工作累能够解释的，他的样子很像她之前放学后对于回家的态度——心生抗拒而又不得不回。

包括现在也是一样，妻子生病不照看，只带着两个继女出来吃，却并不关心在家的妻子的饮食。

矛盾是必然的，或早或晚罢了。

大多数家庭也都这么糊糊涂涂地过着，说不上哪儿不好，就是觉得整日都是在烦躁郁闷中度过，没有喘息的时刻。

德永那边的街道没有卖早餐的小摊，绝大多数摊贩都拥到一中那边去谋生，学生多，生意一直都很好。

陶音和魏展颜都是自己上学，魏展颜每天在早餐摊买早饭，陶音有时起得早就给自己煎一个鸡蛋夹在吐司里，抹上沙拉酱当作早餐，时间来不及就直接拿两片面包去学校，用来充饥。

这天早上，闹铃响起后陶音仍然有些困，关了闹钟继续睡了一会儿，醒来时已经有些晚了。

她想从冰箱里拿两片面包，却发现从烘焙坊买回来的面包片已经在昨天吃完了，于是作罢，穿好鞋袜后背上书包出了家门。

走在通向德永校门的路上，前方路边居然有零散的几个早餐摊，两三家都卖着鸡蛋灌饼，铁板上的油将饼皮煎得金黄焦脆，散发着诱人的油香，有几个人正在摊前买早餐。

陶音不爱吃太油的东西，于是继续往前走，刚走几步，经过一个卖饭团的摊子，摊桌干净整洁，各类东西很整齐地摆在摊侧，她注目停下来。

那阿姨的年龄看上去不算很大，脸上有几条细纹安静地爬在眼角，笑起来却格外慈祥，问她要不要买个饭团。

陶音点点头，转身走到摊桌前。

"要不要加什么东西？火腿肠要吗？"

"不要火腿肠。"陶音轻摇下头，扫视一番桌上的东西，想了一下，道，"要一片里脊。"

掺着黑米的饭团用纸包紧后被装进塑料袋里，阿姨将饭团递给陶音，陶音说了声"谢谢"，然后手伸进衣服口袋里想掏出手机付钱。

今天穿的衣服口袋有些大，陶音的手伸进去后没碰到手机，又在口袋里摸索了几下，手指终于碰到滑到角落里的机身，指下的触感却不太对劲。

机壳很厚，是那部翻盖手机。

陶音的心顿时往下坠了些许，手指在口袋里略微缩起，明白自己带错手机了。

平常她都是把触屏手机放在口袋，翻盖手机装进书包里的，今天走得有些着急，竟忘了将昨晚才用过的触屏手机一起带走。

她抬起眸，面色很是歉疚地对阿姨说："对不起阿姨，我好像忘带手机了。"

阿姨了然似的轻"啊"了一声，陶音心里更生出几分局促不安来，目光变得有些躲闪："那个饭团，我能不要了吗？或者我明天带钱给您。"

那阿姨闻言，很快笑起来："咳，算了，拿去吃吧，觉得好吃下次再来啊！"

说着便将装着饭团的塑料袋挂到了陶音手上。

饭团用料很扎实,挂在陶音指节上沉甸甸的。陶音有些受宠若惊地接受着陌生阿姨突如其来的好意,闻言眼神重新转回到那位阿姨的脸上,神色怔怔地略点了下头。

德永中学管得没有一中严,虽然也不允许学生将早饭带到班里来吃,但很少会有人来查。

来到班级时,还有几分钟就要开始上早自习。陶音在座位上将装饭团的塑料袋拉下一半,咬了一口里面包着的紫色饭团。

糯米饭很香很黏,外面的海苔还是脆的,第一口就能吃到里面的馅料。

陶音在位置上吃了几口,随后将塑料袋重新扎结实放进了桌洞里,又拿出语文书翻了几页,开始检查古文里还有哪些地方是自己还没有背熟的。

后来陶音才听说为了市容的良好,嘉城各地区已经不让摆摊了,一中那里小吃摊密集,城管经常来查,于是就有几家摊位先一步搬到了德永。

荆盛略微转动脖颈,斜睨轻睐了下陶音,目露轻淡之感:"你边吃边背不行吗?早读课只有五分钟下课。"

陶音闻言,眉头微抬,简略地环视下四周,做与学习不相干的事的学生不少,但几乎没看到有人在嘈杂的读书声中若无其事地吃着东西。

"早读课好像不能吃东西吧?"她目光看向荆盛,迟疑道。

"不能?"荆盛不以为意地反问一遍,下颌凌厉,嘴角挑起一丝哂笑,"这也没班规啊。"

陶音被他的话堵得哑口无言,竟找不到什么话来反驳。班规校规应该是有的,不过的确没在他们眼前出现过,所以陶音也不知道里面具体规定了些什么。

"没事,"陶音不去与他争论,低下脖颈去看课桌上摊开的课文,"我可以大课间的时候吃。"

"就你这吃饭的速度，"荆盛未见收敛，仍不依不饶，"放学也不见得能吃完。"

虽然荆盛这么说，但那个饭团还是在大课间时被陶音吃完了。

放学背着书包往家走时，陶音的思绪有些缥缈，她恍惚间想到自己昨天似乎只将那部触屏手机放到书桌上就睡觉了，不记得到底有没有把它收回抽屉里。

如果魏秋芸上午去过她的卧室，看过她的书桌，那么那部触屏手机很可能就会被发现。

离入夏的日子越来越近，温度不断升高。陶音走在暮春和暖的柏油路上，四肢却渐渐发凉，步伐不自觉加快，期望能早点到家查看一番。

回到家后，陶音换好拖鞋就去往卧室，连肩上的书包都没有摘。

她大致扫视一下桌面，并没有看到触屏手机。

打开书桌的抽屉，小巧的白色手机正稳稳地躺在牛皮封面的线圈本上，陶音暗暗舒了一口气。

还好，昨晚是放回了抽屉里的。

既然放在抽屉里，被魏秋芸发现的可能性就大大降低了。魏秋芸不是那种很爱窥探孩子隐私的人，也从来没有私自打开过陶音的抽屉。

下午去上学的时候，陶音留意了下路边，没看到有摊位。

看来钱只能明天还给那位阿姨了，陶音垂目想。

以前在学校的时候基本不会收到什么消息，陶音也就不怎么将手机拿出来，现在她经常在大课间时和喻风迟交流题目，所以平常下课也会看一眼手机。

陶音并没有注意到旁桌的人瞥向她的眼神中夹杂着些情绪。

喻风迟拍过来的答案中有一个步骤陶音觉得很巧妙，她手指滑动退出与喻风迟的对话框，点开下方的浏览器，在搜索栏里输入那个方法的名称。

刚输了一半，一个女生在陶音身后用手指点了下她的肩膀，陶音侧身回过头,睫毛往上翘着,染着微光,晕出些微的模糊暖色。

后桌的女生下巴搭在课桌上,低眸看着陶音手里拿着的白色手机,说:"原来你有手机啊。"

她从桌洞里掏出自己的手机,输入锁屏密码:"你好像不在班级群里面,之前曾嘉运想拉你进群,后来看你好像没带过手机,就没说,刚刚他让我把群号发给你。"

曾嘉运是班级群群主,全班同学基本都在群里。

女生手指滑动联系人那列,直至底部:"我好像还没加你,你把你的二维码打开一下,我加一下你。"

陶音打开名片二维码后,将手机屏幕放到女生眼底,女生扫完后向她发送了添加好友请求。女生看到状态显示已同意后,向陶音推送了群。

陶音请求加群的消息发送后,那边很快同意。

女生看到群内显示了新成员后,说了声"好",脖子缩了回去。

陶音转回身,将手机放回桌洞里。

她偏过头,见旁边的人趴在桌上像是又睡着了,侧面正对着她,长睫薄薄地覆在眼下,额前的碎发有些蓬乱,睡着了的样子比平时增添了几分安静乖巧。

"还真难得。"后面的女生毫无征兆地开口,手撑着脸,眼皮半耷拉着,一副漫不经心的样子,"他以前经常逃课,困了逃,嫌无聊也逃,天天下课就和一群人混在一起,现在居然变老实了,在桌上趴着也能撑到放学。"

陶音想起最开始时孟清枫发给她的照片,少年的睡颜笼在天光下,她犹疑地开口:"他以前应该,也在班里睡觉吧?"

"也睡。"那女生回答,"偶尔,很少,不像现在这么多,大多情况都是逃课。"

她说完,稍微回忆了一下:"好像从你转来之后,他就不怎么逃课了,就只是睡觉。"

这么一说,陶音确实想起来,刚转来德永时,荆盛好像说过自己的声音挺催眠的。

原先她只当他是随口一说，现在看来居然是句实话。

上课铃声响起，陶音和后面的女生坐正身子。须臾后，物理老师手臂夹着书本和三角尺走上讲台。

课程开始。

差不多过了两个星期的时间，那个女生很突然地给陶音发了一条链接。

章忆柳：咳咳！记者小章在此采访一下，请问作为风波当事人，你是什么想法？

后面还跟了个戴墨镜小黄脸酷酷的表情。

陶音和章忆柳加上好友后就没有互发过消息，陶音不知道她说的是什么事，手指点开对话框里的链接，屏幕跳转到另一个界面。

是德永中学的贴吧，帖子的主题是：一中传疯了的CP我居然现在才知道。

帖子的第一条就是一张图片，拍的是上次运动会时，陶音和喻风迟一起坐在观众台上的画面。

照片虽然有些模糊，五官看得不是特别清晰，但角度找得很好，不仅能看出图上的两人样貌都很不错，而且还将那种年少青春的氛围感把握得恰到好处。

图下还配了一行文字：这就是德永和一中的联姻吗？

文字后面的小黄脸捧着脸颊眼睛泛光，一副十分憧憬的模样。

陶音细眉跳了跳，手指往下滑，跟帖者众多。

小新的蜡笔：这张图！简直神了！这不妥妥的校园言情小说即视感吗？

旺旺小小酥：男女主颜值都很能打哎，这两人中有一个人是德永的？男的女的？都叫什么名字？

要瘦15斤：女的，两校联考第一知道吧？就是她。那个男的叫喻风迟，在一中挺有名的，寡言少语高岭之花，成绩贼好。

泡咖啡：从不关心排名表的学渣表示不知道，女的叫什么名字啊？哪个班？

要瘦15斤：叫陶音，班级我没注意，好像是六班吧，她原来也是一中的。

废柴老学长：是六班，我见过她，我们班就在他们班隔壁，我们班老师天天夸她。

旺旺小小酥：哇！长得好看，成绩又好，这还让不让人活了？这就是人与人之间的差距吗？

要瘦15斤：她本人长得也好看，气质特别好，很白，比例也非常优越。

废柴老学长：就这么跟你们说吧，人家脸就长得好，唇红齿白的，杏眼，脸很小，表情一直很淡，不太爱说话的样子。

草莓星星糖：哇哦，两个冷淡系，这对我先嗑为敬！

…………

帖子滑到页面的最下方，显示一共有好几十页。有人发了自己与一中朋友的聊天记录，其中夹杂着一中不知道哪个群里的聊天记录。

陶音表情微妙地看了几页，退了出去，有些无可奈何地轻叹口气，点开和章忆柳的聊天，在输入框里打下字：这传得……有点离谱了。

她继续敲着键盘：我和他在一中就是普通同学关系，也没怎么说过话。

章忆柳对此不以为然：别管你和他到底说没说过话，反正现在一中已经传开了，德永现在也差不多，班级群刚刚也在说这个事。

陶音的眉又略微地抽了一下，没想到谣言都已经传到班里了，自己却一点动静都没察觉到。

加了班级群后手机每天都会收到很多消息提醒，陶音索性开启了消息免打扰。之后即使班级群的名字持久不衰地一直挂在界面首条，陶音也没有点进去看过。

她踌躇着，有些犹豫地点开顶部的班级群头像，里面果然有不少人在艾特她。拉到第一条艾特她的消息，她手指往下翻，群里讨论激烈，有几人强烈请求她这个当事人现身说话。

点击输入框，陶音本想解释自己和喻风迟什么都没有，在一中时两人都没怎么说话。

手指刚打下几个字，她又考虑到群里现在的话题已经变了，在说些别的杂事，自己突如其来地又提起这个话题，有点欲盖弥彰的感觉。

陶音心里犯起难，思忖片刻，还是删了。

谣言这种东西，大多数人都是跟风看个新鲜，过个几天，新鲜感就淡了，那些传言也只被人遗忘在不起眼的某个角落里。

翌日，陶音特意将闹钟定得比平常早一些，在快到德永校门时望见了路边那个熟悉的推车，陶音撑着遮阳伞走过去。

她来得比较早，摊前还没有人，那位阿姨正将桌下的食材、用具一一拿出来，在桌面上摆放整齐。

正值春夏交接之际，阳光已然挥洒斑驳，照在肌肤上的感觉不再舒适，丝丝如蚁蚀般的麻痒感从裸露的四肢处传来。

阿姨从忙碌中抽出空抬眼看了下她，笑得细纹皱起来，手上的动作不停："这么早？等一会儿啊，马上就好。"

陶音也微微一笑，示意阿姨不用着急。

摊位布置好后，阿姨戴着塑料手套从旁边的木桶里挖出一团糯米饭，压在铺好的海苔上，推抹均匀，问她："要加什么？"

"还是里脊吧。"陶音站在摊桌前回答。

阿姨动作利索地将饭团包好，放进塑料袋里递给陶音，笑着说："五元钱。"

陶音用拿手机的手接过饭团，指节钩着塑料袋，按下手机的电源键，举高扫了一下摊位上的二维码，转了十元钱过去。

没有出现到账的提示音，应该是没有设置。

阿姨也没抬头问她，只是埋首做着刚刚过来的那个学生的

饭团。

于是陶音主动开口提示她:"阿姨,钱我刚刚转过去了。"

那阿姨猝不及防听到声音,一抬头,见陶音还没走,笑着点点头,表示自己知道了。

来到班级门口,教室里还没有人,六班班门紧闭,陶音推开门走进教室,放下书包坐到自己的座位上。

看来谣言还并不算严重,至少陶音上完半天的课都没感觉到有谁投来异样眼光。

她记得在一中时,魏秋芸来学校的那天,她正因魏展颜摔下楼而遭受狄彦的咄咄质问。

提及自己经常晚上出去时,班里那些别有深意的怪异眼神混杂着种种不堪低笑,不约而同地从四面八方向她扫射而来。

今天她特意将闹钟的时间定得很早,并不仅仅是为了买早餐顺便将昨天的钱还给那位阿姨,更主要的原因是,她其实有点害怕。

从昨晚入睡时开始,她的胸腔内就仿佛有个小棒槌不轻不重地击打着,心跳声持续不停地响在沉寂房间的一片幽暗中。

内心原本隐匿的那股不安感在此地无限滋生,丝丝缕缕地攀缠上四肢百骸。

可能是最近过得太好了,过惯了好日子,那些稀松平常的讥讽和漠视便显得恐怖起来。

承受不了走进教室时,周围学生纷纷投来的复杂眼神,她选择早一点到班级里。

目前看来,是她多虑了。

班上的同学并没有发生什么变化,还是和以前一样做题打闹,没有多少人的注意力放在她身上。

她就和往日一样平静地过了半天,只有在上午最后一节课开始之前,有个女生很突然地来到她座位旁,笑容甜滋滋的,问她的话却很莫名其妙。

"陶音,"她话语间情绪欢快,继而压低声音,垂下脑袋,看向陶音的眼睛弯成月牙,"你喜欢什么类型的男生啊?"

被她毫无征兆地这么问起,陶音细眉微蹙,对她的问题有些不解:"喜欢的男生?"

"对。"女生很确定地点头,眸光间似乎很期待她的回答,"别说你没有啊,我告诉你我不信。"

喜欢的男生类型啊……

这对陶音来说确实是个很陌生的话题。

陶音从小到大就没什么异性缘,基本没和男生接触过,上学时都在认真学习,没怎么注意其他的事。

"嗯……"陶音静下心仔细思索,尽量在心中构建出一个最符合大众喜好的男性形象,"就,性格温柔的,比较有耐心的,然后善良、努力上进、成绩好,大概就是这样的吧。"

陶音自顾自地说着,没察觉到旁边那人变得愈渐凝滞的脸色,眉骨处的锋利感明显,嘴角似笑非笑地细微抽了下,漆黑眼底的晦暗一览无余:"你这是,按照我的相反特征择偶的?"

"这……"陶音抬眸看着他,语气有点游移不定。

"其实,"她好心安慰道,"你也没那么差,不用这么贬低自己。"

彭明坐在荆盛前桌的桌子上,闻言没忍住,毫不留情地笑出声,桌子被他拍得"砰砰"响:"对对对,阿盛你没那么差,做人嘛,最重要的就是自信。虽然你成绩差、脾气还不好,但千万别自暴自弃啊。"

"滚!"荆盛压着火朝彭明扔过去一支笔,合着眼,眉头不停抽动。

彭明被砸了一下也不恼,仍笑得前仰后合,从停不下来的笑声中勉强抽出空隙告诉陶音:"从小到大,像你这样对荆盛的评价,我还是第一次听到。"

那女生一开始没敢说话,后来也忍不住笑了一声,心里已经确定了那个答案。

根据陶音的回答，一中的喻风迟应该是她喜欢的类型。虽然性格冷了点，但和温柔什么的不冲突，听说也挺善良的。

像那样的男生，对人应该是双重标准，对别人一个样，对自己喜欢的人又是另一个样。

放学铃声敲响，老师讲完黑板上的题目宣布下课，学生们在一片嘈杂声中收拾好书包离开教室。

陶音将桌上的书本收进书包，拉上拉链，刚想起身背上时，手机忽然响起新信息的提示音。

点开消息，果然是喻风迟。他给陶音发了一道临市的月考题，让她下午到学校再看，并提醒她快高三了，学习强度变大，要注意休息。

陶音将书包放在腿上，两只胳膊稍稍环住它，双手捧着手机回信息，脸上泛着淡淡的笑。

正当她给喻风迟回复最后一条消息时，耳边忽然传来旁边的人倨傲冷淡的声音："我借你的手机，就是让你用来和别人聊天的？"

陶音闻言愣了一下，移开视线，继而回忆着很久之前荆盛将手机借给她时说的话。

好像是说用来讨债的。

想到这里，陶音发觉荆盛好像好久没有提到关于债务的事了，以至于她都快忘了自己目前背负的债务人身份。

陶音自觉理亏，默默地按下手机电源键，轻轻地将手机放在课桌上，声音低得有些心虚的感觉："没有，我就聊了几句……"

这是从初见陶音的一年以来，荆盛听到过的她说的第一句软话。

少女平常的声线清冽如水面浮冰，又轻又凉，此时却混杂了些柔软在里面，仿佛被和暖春风裹挟着送入他的耳边。

窗外灿烂的阳光洒进来，他抬头偏目看她，嘴角扯起轻淡哂笑，轮廓的棱角宛如镀了层柔暖的光。

热烈初夏在这一刻来临。

口袋里的手机忽然传来"叮当"两下清脆响声,荆盛掏出来滑开屏幕,看到消息后,情绪变得略有些低沉,不太开心的样子。

"怎么了?"陶音注意到他表情的细微转变,开口问他。

"没什么。"他淡淡回道,若无其事地收起手机,"走了,接我的人还在校门口等着。"

平常时候荆盛和自己一样,都是自己回家的,陶音没想太多,也起身跟在荆盛后边走出教室。

离校门口还有一段距离时,陶音便注意到校门前的路边停了辆看上去很有格调的黑色轿车。

陶音对车子一向不太了解,只觉得那辆轿车混在其他车子里显得十分突兀,洗得崭新的黑色车身泛着亮,很是醒目。

踏出校门,她看着荆盛迈着悠闲步伐,表情寡淡地朝那辆车的方向走去。驾驶座的车门打开,下来一个头发半白的爷爷,很和蔼地朝荆盛招手。

她看到荆盛停在那位爷爷的面前,那位爷爷慈眉善目,连脸上的皱纹浸的都是温柔的光泽。

他们交谈了几句,仿佛只是说些在学校的情况,而后便上了车,车子稳稳地离开校门口。

看上去应该是荆盛的爷爷,陶音想。

不过荆盛家里好像没那么有钱,或许那辆车子其实并不贵。

肩膀忽然被人拍了一下,陶音回首看去,是彭明。

"小桃桃,怎么还不走?"

"啊,没事,这就走。"陶音回过神来回答。

彭明偏头看了眼那辆扬长而去的黑车,明白陶音刚才想的事,笑着告诉她:"那是私家车司机,很正常。"

彭明以为陶音误会刚才开车的那个人是荆盛的爸爸,好奇他为什么看上去年龄那么大。

陶音听到彭明的解释后,心中了然。

原来荆盛爷爷的职业是私家车司机，那么刚刚那辆车应该是雇主家的，拿来接自己的孙子仿佛也很合理。

魏秋芸和江鸿朗还是没有和好的迹象，魏秋芸身体恢复好后，江鸿朗基本上就不怎么回家了，偶尔回来一次，两人便会爆发出巨大的争吵。

"离婚"这两个字仿佛是锁住话闸的铁链，每次吵架彼此必须将其狠狠地掷在地上，否则便无法说出任何一句话。

夫妻感情的破裂对魏展颜影响巨大，每当摔碗砸筷的声音混合着激烈的骂语响起时，魏展颜都会靠墙蹲下紧紧捂住双耳，尽量咬牙抑住抽泣声，单薄的肩背止不住地颤抖。

陶音对此的态度则显得平静很多。

有时江鸿朗怒气攻心摔门而去时，魏秋芸会对着那"哐当"关闭的防盗门骂声凄凛，骂了几句后，由于得不到回应，燎原怒火在心口堵着无法疏解，她便转而将标靶甩到一直静默不语的陶音身上，所有铺天盖地的谩骂声朝她砸来。

"我们在这儿又吵又摔的你就在这儿干坐着？"魏秋芸指着沙发上的陶音大骂道，眼睛通红泛着泪光，"我养你就是养了个废物！看到我们吵起来了还不知道报警吗？就和个愣子一样坐在那儿！什么用都没有！"

彼时陶音正在餐桌旁将他们摔碎的杯碗扫进垃圾桶里，她没去理会身后魏秋芸的咆哮声，走到沙发旁拎过自己的书包往卧室的方向走。

"以后别把门关着了！"魏秋芸不肯放过她，双颊因情绪过于激动而发热泛红。

陶音停步，魏秋芸在她身后冷笑："别以为我不知道你天天都在房里做什么，你以为你那部手机我没看到吗？本来想着你大了要给你留点自尊心，现在我看你压根就没有这种东西！那手机是谁给你的？什么样的同学能送你这么贵的东西？来！你今天就给我说清楚！你这手机怎么来的，还有你和那些男生的聊天是怎么回事！"

今晚的攻击对象彻底转变，陶音攥着书包带的手指不自觉地缩紧，红润的嘴唇抿得薄如一线。

她沉沉地舒出一口气，侧过身，望向魏秋芸的眼神凝重："你看我手机了？"

魏秋芸丝毫不退，锐利的目光紧盯着她，冷哂一声："你到底是长大了，翅膀也变硬了，也不知道你现在住在这儿花的是谁的钱，还好意思在这儿质问我有没有看你手机。"

"妈，"陶音听到自己用一种极度冷静的声音这样说，"这本该是你的义务。"

这本该是你和陶经国、江鸿朗，所有人的义务，所有人来到这个世界都是因为不得不来，没有谁是自愿的。

一句话将先前的所有粉饰挑破，魏秋芸宛若脚被铁钉猛扎般地全身一颤，提高嗓音叫起来，直直对着陶音的指尖锋利，伸着的胳膊微微颤抖，削薄的肩膀仿若战栗在瑟风中："我生你养你还错了吗？现在我连个手机都不能看了是不是？行！滚！现在就给我滚出去！给我滚！"

陶音身材细瘦，被魏秋芸推得连连往后退去，散落的发丝在白皙的肩颈处晃动，身子险些没有站稳。

肩前的几缕发丝垂下来，遮住陶音此刻的表情，空气自这一瞬仿佛停滞了相当漫长的一段时间，压抑的偌大客厅内只能听到三人轻微的呼吸声。

"自己滚，"魏秋芸手指对着房门，沉着语调给出她选择，"或者我踹你出去。"

陶音终于抬起澄澈的一双眸，几缕头发微微贴在她的脸庞上，眼角泛红，神色异常冷静。

她肩上还背着未放下的背包，就这么凝着眼神看了魏秋芸片刻，别过身，拧动门把手，离开了。

走出单元楼的一瞬间,习习夜风拂过她的脸庞,陶音方才觉得自己的双颊烫得厉害,双目干涩,眼圈那里胀得发痛。

　　她无处可去,无人可依。

　　她神思恍惚地走出小区,保安亭的老大爷还记得她,扬声问:"小姑娘,这么晚还出去啊?"

　　她缓慢抬眸,茫然地应了一声,漫无目的地游走在街道上。

　　街上灯火通明,车水马龙,道路两侧的路灯隐在繁密树叶下溢着微弱柔光,一切都是那么温柔美好。

　　行走的路人三三两两,她泛凉手指攥着肩前的一条书包带,低目独自游荡,不知要去向何方。

　　她这么走了一会儿,空荡一片的脑海里,突然浮现出初来嘉城时,自己机缘巧合下走入的便利店。

　　她也不知道为什么会突然想到这个地方,自己此刻仿佛置身于某条幽暗隧道,四周漆黑不见一物,而就在她失神抬眸的那一刻,前方远处仿佛悄然出现星点般的幽微灯火。

　　许久没有光临了,她对记方向向来不怎么擅长,凭着记忆中留存的印象走去。

　　便利店早已迁移,玻璃门紧闭,两个竖式把手用铁链锁着,旁边的墙壁上张贴着"吉屋转卖"的通知。

　　她黯了黯眼神,转过身准备往回走。

　　街道的另一侧有个熟悉的声音忽然叫住了她,每个转音都清晰地流溢着温柔,在这夜里添了一丝人情的气息:"小姑娘,怎么这么晚还不回家啊?"

　　陶音因这声音回过神,神色微怔,目光淡淡地垂下,不知怎么回答。

　　方才喊住陶音的是卖饭团的阿姨,她现在应该是收摊了,推着摊车向陶音的方向走过去。

　　两人的距离近了些,她看清了眼前小姑娘好像刚刚哭过的面庞,笑了笑,两人一起沿着街道走。

她们走了一段路，直到两旁路灯逐渐减少，昏暗从眼前的无边处蔓延而来，身后的光线不断削减，只有树梢月亮盈盈发着亮。

陶音坐在路边草坪的石沿上，双臂微微抱住膝盖，阿姨在她的旁边坐下，摊车就停在她的身旁。

"怎么了？"那阿姨笑着问，"这么漂亮的小姑娘怎么还愁着一张脸啊？"

陶音勉强牵了牵嘴角："没什么，就是父母吵架了。"

"噢，吵架了啊。"那阿姨轻叹了一声，摇摇头，"父母吵架，受伤的还是孩子。

"人啊就是这样，都说孩子不懂事，其实有些是不懂事的父母，偏偏怪罪到孩子身上。小孩也苦，学校忙着学习不说，家里的事也要操心。"

陶音没说话，只是低头看着脚边的石子，默默地听着。

许久没听见旁边的人发出声音，阿姨转过头，眉目浅浅地看着陶音轻笑："你是德永的学生吗？几年级了？"

"高二了。"陶音垂着眼睫回答。

"高二了啊。"那阿姨觉得很巧，"我家孩子正好也上高二，学习很紧张吧？小迟——呃，我家孩子，每天都做题到很晚。"

陶音注意到阿姨提到她孩子的名字时，话语间转瞬即逝的难堪，像是在极力掩藏着什么，却不小心流露了出来。

可陶音还是听到了，那句"小迟"。

她记得几天前的晚上，手机屏幕里的笨拙信息间断弹出，字里行间处处诚恳朴实，称喻风迟为"小迟"。

电光石火间，陶音明白了什么。

她怔怔地望着面前那双慈爱的眼眸，可能是历经年岁的原因，她眼里的通透光亮被蒙上浊尘，不再烁动，只淡淡地笼在那里。

"你的孩子一定很优秀。"陶音动了动嘴角说。

"对，他很懂事。"阿姨并不否认，很了当地应声，"就是没投好胎，来了我们家。他爸去得早，我也没什么本事，这辈子

谁也没欠，就是对不起孩子。"

不知为什么，听着阿姨这番话，陶音的眼泪几乎又要流下来。

"其实大多数父母还是心疼孩子的，咱们的运气也不至于那么差，真遇到一对不像话的家长，是吧？"阿姨笑笑。

陶音看着前面静谧的灌木，无数小虫在柔柔的月光下绕着低矮密叶飞旋。

"阿姨，"她轻轻开口，眼角还挂着泪，声音有些哑，仔细听还听出点掩饰不住的哽意，"我能抱一下您吗？"

阿姨没说话，只是微笑着向她张开了双臂。

陶音的胳膊绕到阿姨的背后，没敢太用力，只是轻轻地搭着，须臾后便松开。

回到家已经是一个小时以后的事了，魏秋芸坐在沙发上冷哼："你还有脸回来？"

之后也没再说什么，只是让她快点去洗澡，洗完后做做题，然后早点睡觉。

第七章
撑场子

桃生枝上

叶隙间的斑驳光影落在校内的道路上,夏蝉不知疲倦地长鸣,此时是6月中旬,再过两个星期左右便要进行期末考试。因为即将跨入高三的行列,学生间传来小道消息,称暑假只放不到二十天。

教室后排的学生互相笑骂学校,纷纷扬言要去给当地的教育局写匿名举报信。

彭明劝他们知足常乐——毕竟升高二的那个暑假,两个学校都不到9月便开了学。

最近几天网上忽然兴起了星座的潮流,章忆柳看了几次解说视频后便痴迷于此,特意买了几本此类的书整夜翻看,经常在班里根据星座为同学解说这一周的运势。

"白羊座……恋爱运旺,这周是表白的最好时机,说不定因为你的主动而与命中注定的人碰撞出爱情的火花。"

章忆柳课桌上摊开一本复古样式的星座书,她坐在桌前,正兴致盎然地为旁边的陈凡柔读着与她的星座对应的那行文字。

陈凡柔将自己的椅子搬到章忆柳的课桌旁,她坐在上面听着章忆柳的解说,脸颊渐渐红了,嘴角也不自觉地抿出一个羞涩的笑容。

"哎哟!我们小柔柔也要来桃花啦。"章忆柳揶揄地用肩膀碰了下陈凡柔,陈凡柔笑着做出要打她的样子,两人就这么闹了一阵,之后陈凡柔就回到了座位上。

章忆柳又闲散地翻了几页星座书，陶音刚好从卫生间那里洗完手回来，坐到位子上时，章忆柳忽然兴起，问她：

"哎，陶音，你是什么星座的啊？"

对星座这种东西陶音不太关心，侧身回答道："8月22日，没查是什么星座。"

"8月22日啊……"章忆柳念着，两根手指翻动书页，"嗯，狮子座的最后一天。"

"我看看啊，事业运爆棚，在最近的考核中会获得很好的成绩。"

章忆柳读完仰天长叹一声，重重垂下头，目光看向陶音，百无聊赖道："看来这次期末考试，你又得是年级第一了。"

荆盛大课间时出去了，彭明坐在他的座位上，闻言侧过头，眼神间夹着丝怔忪，问："小桃桃，你的生日是8月22日啊？"

陶音看出他眼神的不对劲，不明白8月22日这个日期有什么好惊异的，又突然想起第一次和荆盛去便利店时，他说的那句"8月22日，真不是什么好日子"。

"那看来我没办法给你过生日了。"彭明看着陶音点点头，叹了一口气。

傍晚放学的时候，荆盛依旧被那辆黑车接走。车子在夕阳的橙色光辉下远去，消失在转角处。

彭明抛起一把钥匙，在半空中稳稳接住："走吧，一起回家。"

陶音点了下头，转身和彭明一起往相反的方向走。

路上，彭明忽然问陶音："小桃桃，你最近有空吗？"

"怎么了？"陶音反问。

"马上我生日了，你帮不帮我过啊？"彭明平日里总是吊儿郎当的，但他长相阳光，笑起来时，很误导人。

马上就要期末考试了，复习的时间很紧张，陶音没直接拒绝，而是委婉回答道："不太确定呢，等到时候再看吧，我尽量。"

"好。"彭明笑着一口应下，"到时候带你去看看荆盛家的大别墅。"

大别墅？

陶音停下脚步，错愕着神情问："大别墅？"

"是啊。"彭明似乎有些理解不了陶音提出的问题，回答得理所当然，"好几栋呢，不止在这里，不住人，就空着。"

这样的回答有点超出陶音的认知，她怔怔的，隐约意识到，在嘉城这个寸金寸土的城市，能买下几栋大别墅，应该是挺有钱的。

具体的富裕程度，陶音想象不出来。

或许是那种，买房就像买手机、平板、笔记本电脑之类的东西，不需要考虑？

大概猜测出陶音不自然反应的原因，彭明忽地笑了："不会吧？你不会不知道荆盛家多有钱吧？"

"德永最富的纨绔公子，一来就给学校捐了两栋楼，图书馆都是他家翻新的。"彭明细数着荆盛刚来德永时所发生的惹人注目的事情。

虽然入学的阵仗非常高调，但他本人十分淡定，开学的那几天就只坐在自己的座位上，很少说话，对什么都冷脸相待，后来才在彭明的引导下和一群张扬的学生熟识。

彭明和荆盛从小相识，他们的父母是生意场上的长期合作伙伴。彭明知道荆盛和他父亲的关系一直都不好。

彭明小时候挺害怕荆盛父亲的，每次看到他父亲板着一张脸过来，就会乖乖地站好打招呼道："叔叔好。"

不知道怎么，荆盛生来就浑身长满刺，他父亲发火的时候，旁观的彭明都被吓得不敢说话，可荆盛毫不收敛地出言嘲讽，惊得彭明汗毛根根竖立。

荆盛五六岁时没了母亲，听说在她的葬礼上，荆父冷静得一滴眼泪都没有流，脸上找不到一丝难过的神色。

荆父好像不喜欢荆母，年轻的时候有颗朱砂痣鲜明地烙在心口，多年抹不掉。

家族联姻，惨。

那天是 8 月 22 日，处于四季中最热的一段时间，炽热的天光炙烤在荆盛的皮肤上，几乎灼干了泪水，让人感受不到任何疼痛。

他知道，荆盛讨厌夏季。

讨厌聒噪不息的蝉声，讨厌天边高挂的烈日，讨厌一中路边参差交错的梧桐叶，讨厌——8 月 22 日。

荆盛生在 8 月 19 日，也是盛夏时期，自从荆母离开以后，他几乎不过生日。

彭明只把陶音送到荣景小区门口。陶音拧动钥匙打开门，看到将近一个月未回来的江鸿朗正在客厅里，白瓷砖铺就的地板上遍布碎片。

陶音的出现没能打断他们的争吵，江鸿朗执意要离婚，魏秋芸声声控诉着自己嫁入江家这么多年，每日不辞辛劳地洗衣做饭变成黄脸婆，最后竟成了他口里殚精竭虑也要摆脱的拖累。

一片嘈乱之声。陶音没去管，换上了拖鞋，默默地走到靠坐在墙边哭泣的魏展颜身边。

眼前的乱象在她的视线中不自觉幻化出了光怪陆离的残影，她平静地漠视着一切，不知道是不是天花板的吊灯光线太刺眼的缘故，她视野中两人争吵的画面逐渐模糊，眼里仿佛蒙了一层雾。

"车子、房子都给你！两个孩子你带走！我什么都不要！"

"你想得美！"魏秋芸凄声叫道，"小颜跟我！陶音你带走！你还真以为你那点财产够养两个孩子呢？"

"你放屁！"江鸿朗气得脸颊通红，瞳孔中皆是恨意，"那两个不都是你的孩子吗？哪个是跟我姓的？你妈死的时候你说要把她接回来，现在不想要了就丢给我，我脑子有病吗？"

他们毫不顾忌地直接在孩子面前争论抚养权的问题，陶音的目光落在远处角落的虚无地方，忽略掉不断传来的刺耳声音。

"为什么又要抛弃我……"耳旁隐约传来魏展颜掺杂着哽咽的颤音，抖得宛如风中残叶。

"我已经被丢下过一次了。"她哭着道，喉间的声音不再呜咽，

她几乎是痛哭出声,眼泪大颗大颗地流过脸庞,"为什么还要丢下我?我已经……已经很努力,做个……做个让大人喜欢的孩子了,为什么,为什么……"

她哭到最后,嗓子眼里几乎发不出声音,背部一颤一颤地抖。

陶音站在蹲坐着的魏展颜旁边,靠墙的身影几乎形销骨立,眼周泛着淡淡的红,在晶莹发亮的双眸映照下,显得破碎不堪。

她偏头看了眼魏展颜,没说话,谁也读不懂她眼中的情绪。

那天夜里,她和魏展颜直到很晚才入睡。第二天上学时她几乎是踩着铃声进入教室的,差点迟到。

陶音带着还不太清醒的头脑坐到座位上,荆盛偏过头,扯着嘴唇对她轻笑:"今天怎么这么晚?早上有虫子爬到头上了?"

"啊?"陶音意识有些迟钝,"什么虫?"

荆盛随意地笑笑:"瞌睡虫。"

一句玩笑话。

不过陶音今早确实困得厉害,早读课时读书的声音渐渐微弱下来,她头一点一点的,弯长的眼睫困倦地垂落着,半遮住清浅的眼睛。

荆盛看着她勉强支撑着眼皮的样子,眉头抬了抬,放下手中随便拿起的书,从桌洞里掏出一小瓶风油精。

在眼睛即将完全合上的时候,陶音一边的太阳穴忽然传来了十分提神的清凉感觉。

她猛地睁开眼睛,转头看去,荆盛一只胳膊搭在课桌边缘,垂着的手拿着一小瓶绿色的风油精。

他为她涂风油精的手指还在半空中举着,垂目看了她一会儿,若无其事地收回手,转身坐回课桌前。

本来还有些疲乏的陶音在看到荆盛的动作后,神志很快清醒了过来。

他在给自己涂风油精?

陶音有些疑虑似的蹙了下眉,又觉得好像没什么可纳闷的,于是重新看了下自己昏昏欲睡时朗读的课文题目,将上面的生僻

207

字在纸上又默写了一遍。

　　上课时困意还是不受控制地泛出来，陶音强迫自己集中注意力，但还是效果甚微，就这样半梦半醒着好不容易挨到大课间。

　　铃声刚一敲响，陶音便将头埋在臂弯间沉入睡眠。

　　荆盛注意到她趴在课桌上的动作，知道她今天困得厉害，倒没想到她能这么快睡着。

　　他又移过目光看了下她课桌右上角的水杯，水快要见底了。他在心里叹了一口气，拿过那只水杯，起身到教室后为她接满水。

　　灌水的时候他稍微走了下神，没注意到水已经顺着杯壁漫出来了。他很快松开按着饮水机开关的手指，神色如常地将杯盖拧上。

　　手被溢出来的水淌湿，他回到座位上时，问别人借了几张卫生纸，擦干手后又用剩下来的纸巾将杯身的水渍擦干净。然后他动作轻微地将水杯放到了陶音的桌上。

　　他侧目看过去的时候，眼神正好能瞥见陶音熟睡中露出的小半张脸，清晰的眼睫毛软软地落下一小片阴影，脸颊白嫩到没有任何瑕疵。

　　柔软的头发散落在少女纤薄的肩背上，呼吸声浅弱，宛若一只通体雪白的初生小猫。

　　他眼神一瞬不瞬地凝视着她，慢慢地也俯下脖颈，将自己的下巴轻轻地搭在课桌上，微偏着头。

　　一绺头发从她的肩膀滑落，轻柔地垂到他的手背上。

　　他垂眸，用手指轻轻捏住。旁边有肆意打闹的男生经过，少女埋在胳膊里的发丝动了动，似是被吵到，荆盛回过头，眼神变得冰冷，目光看向过道上制造动静的人，声音低沉地警告："闭上嘴。"

　　那几个人闻言明显愣了一下，本以为自己吵到了那位不好惹的德永霸王，转眼却见到荆盛旁边正在熟睡的陶音。

　　见鬼。

　　他们这样想，还是识相地走远了。

　　陶音仍然在熟睡着，荆盛坐在座位上百无聊赖地闲闲把玩着

· 208 ·

手中的那支黑笔。

眼角余光中忽然有女生的身影走过来，踟蹰着在他的身边停了下来。

他漫不经心地掀起眼皮。

陈凡柔正站在荆盛面前，眼神犹疑不敢看他，神情怯生生的，仿佛有什么难堪的事情羞于开口。

"怎么了？"见她期期艾艾不知如何开口的样子，荆盛在她发言之前出声问她。

陈凡柔正在心里默念着早已打了无数遍的腹稿，刚要发出气声，被荆盛的问话小小地惊了一下。

"没……没什么。"

准备好的台词一刹那都说不出口了，陈凡柔慌乱地摆着手解释，说话声渐渐弱下去。她慢慢地低下头，手指无意识地绞着自己的衣摆，支支吾吾地问："那个，我们能去个没有人的地方说吗？"

"没人的地方？"荆盛重复了一遍她的问话，放下笔看了眼教室黑板上方的挂钟，"还有几分钟就要上课了，要没什么事的话就在这儿说吧。"

"啊……那下节课呢？"请求被拒绝，陈凡柔的语气有些虚，"下节课你有时间吗？"

荆盛侧过脸看了下睡在自己旁边的陶音，嘴角不自觉地弯起一个自己都难以察觉的弧度，眼眸里仿佛含着很浅的温柔笑意。

陈凡柔见他须臾间的神情转变稍稍地愣了一下，眼神不自觉地随之偏移至他的目光所在，落到少女散落在桌上的发丝上。

教室里乱哄哄的，因为荆盛刚才的那声警告，他们周围鲜有人经过，仿佛在吵闹的教室里辟出了另一个独立的小空间。

在那短短几秒钟，又或是更短的时间里，陈凡柔忽然就像是被电流窜过肢体，一瞬间火星迸溅。

她明白了什么，却又好像没完全明白。

双唇嚅动了一下，陈凡柔仿佛还要出声说些什么，却无意间发现荆盛身侧那个本应沉睡的纤细身影，似乎稍稍地动了动。

于是她还是没有将那句话说出口。

上课铃打响时，她回到自己的座位上，心里却莫名地轻松很多。

也是在上课铃敲响的同一时刻，陶音从胳膊里半睁开明亮的一双眼。

彭明的生日陶音到底还是没去。

期末考试结束后，魏秋芸和江鸿朗最终还是走进了法院，魏展颜和陶音都由魏秋芸抚养，车子和房子全判给了魏秋芸，并让江鸿朗每月都支付一定的生活费。

在这不到二十天的暑假里，魏秋芸的精神状态变得越来越不好，她比以前更诅天咒地，渐渐地还对陶音动起手来，后面更是演变成了动辄打骂。

那份从儿时带来的怒气甚至常常会殃及魏展颜，她也是在这年暑假真切地遭受到陶音曾经的境遇。

陶音的眼泪几乎都含在了这段时期，她并不常哭，被打完后擦擦眼，神色又恢复如常。

被打的时候疼吗？其实不太疼，魏秋芸动手时虽然是用了狠劲的，但打在身上不算太重，至少没有小时候被打手板时疼，还不至于哭。

所以为什么在挨打时，自己的眼泪总是不受控制地溢出来呢？陶音也不清楚，苦笑着将此解释为自己变矫情了。

这年的酷暑中，魏展颜和陶音稍微握手言和了一小段很短的时期，后来不知怎么突然对陶音恨意高涨，家里的三个人，几乎分崩离析。

陶音不知道该如何形容自己经历的这段日子，直到很多年后读到一本书，里面有一句话是这么写的：

"为什么活着，怎样去活，大多数人并不知道，也不去理会，

但日子就是这样有序或无序地过着,如草一样,逢春生绿,冬来变黄。"

她看到时觉得形容得十分贴切,觉得自己应该早点读到。

这年开学是7月21日,他们正式进入高三的行列。

等所有人都走进班里后,班主任先是组织各科课代表收了作业,然后在讲台上与他们说了一些关于进入高三要警醒的事项。

教室的前门挂上了高考倒计时的纸板,上面画的数字是"325"。

第一节课,班主任用教室里的投影仪放了一部有关高考的纪录片。

高考的考场外,无数家长站在拉起的横条外,看向考场的眼神殷切期望,镜头掠过他们手里举着的牌子和手臂里捧着的鲜花,上面印着的字句大多是对高考生的鼓励。

在镜头匀速移过的画面里,陶音不经意地瞥见了一张牌子上的话,和其他牌子上的句子都不一样。

它上面写的是:无论你考得怎么样,爸爸、妈妈都很爱你。

那一瞬间,陶音的眼泪几乎又要不可抑止地落下来。

荆盛兴致缺缺地看着影片,眼神察觉到陶音面上那细微的神色,问:"你怎么了?"

"没什么,"陶音尽量做出从容淡然的模样,"就是想到马上要高考,有点紧张。"

荆盛闻言,不自觉地哂笑:"你紧张什么?你不是次次都年级第一吗?"

"那也不能保证我高考的时候不会出现意外。"陶音平静地回答道,"到时候,还不知道家里会不会同意我复读。"

荆盛对此完全不能理解,认为她的担心实属多余。

纪录片又放了一会儿。

旁边的荆盛看着银幕里考试结束铃敲响后,无数考生在校门开启的那一刻欢呼着奔涌而出,眼中的情绪复杂,忽然开口问陶音:"你高考完了之后,会去哪个大学啊?"

"现在还不知道,"陶音如实回答,"看那时候的高考分数吧。"

"会留在嘉城吗？"

听到这个问题后，陶音有些沉默。她低睫缄口了片刻，然后轻轻开口回答："应该不会吧。"

她说完这句话后笑笑，继续道："到时候就要和班上的同学分别了，以后的生活也会有很多人离开吧。"

荆盛没说话，只是神色散漫地用手撑着下颌，朝着她稍稍抬了抬眉。

见他似乎没再有其他反应，陶音坐正身子，打算将纪录片的最后一小段认真地看完。

"我不会。"拉上遮光窗帘的微暗教室里，狭小的课桌空间里能感受到两人微弱的气息，她听到旁边荆盛轻缓而真实的声音，飘荡着似有若无的散漫。

"你不想，我就永远不会离开。"

黑板前的银幕上纪录片正好播放到末尾，荆盛的最后一丝尾音飘入她的耳里，陶音眼眸微眯，似是对自己方才听到的话感到难以置信。

放学铃声敲响，陶音合上课本，略微整理下桌面后，从书包侧边的口袋里拿出饭卡，准备去学校食堂吃饭。

现在她越来越不想回家，晚上放学后都要在教室里写很久的作业，有时会有斜晖穿过窗户从她的桌角悠缓滑下，日色渐晚。

意识到已经很晚，陶音才不得不收拾好书包，缓慢挪动着脚步往家的方向走。

第二天中午，陶音拨开食堂门口的透明帘子，走进去。彭明正在旁边的窗口排队买果汁，转头的时候看到她，朝她打招呼："小桃桃，你也来食堂吃饭啊？"

陶音的眼神并不在他的身上，闻言回过神，"嗯"了一声。

她注意到荆盛正戴着黑帽站在排队买饮料的队伍几步外，等着彭明买好后过去。

她不由自主地回想起去年的那个夏天,他也是戴着这样一顶帽子,张扬肆意地出现在她的生活中。

彭明买好饮料后从窗口那里走过来,递给陶音一杯西瓜汁和一根没拆封的吸管。陶音正要拒绝,荆盛走过来,将彭明递过来的西瓜汁抽走,然后伸出另一只手,递给陶音一杯柠檬水。

陶音看着白色饮料中漂浮着的半个小青柠,微愣了一下,鬼使神差地伸手接过。

透明的细吸管穿过塑料杯封,冰酸的液体滑入她的口腔,学校里的柠檬水甜味稍淡,酸味更浓,冰凉刮舌,她只能小口小口地喝。

她记得荆盛请自己喝的第一杯饮料就是街边奶茶店的柠檬水,酸味浅淡,更多的是沁人心脾的甜味,消暑解热,成了她来嘉城后为数不多舒心的回忆。

既然正巧碰上了,便索性一起吃饭。

他们来得不算早,食堂里已经有很多人了,只有打菜的那个窗口排队的人还不算多,于是他们去筐篮那里拿分隔的铁制餐盘,排队打完饭后找了个有空位的桌子坐下。

彭明利落地用吸管戳开杯封,发出"砰"的一声响。他吸了一口,尝到里面纯甜不带其他杂味的西瓜汁,有些郁闷地小声自问道:"女生现在都不爱喝甜的饮料了吗?早知道就买两杯柠檬水了。"

喝饮料是为了解渴,西瓜汁太甜,不如不喝。

荆盛拧开矿泉水的瓶盖,微微仰颈喝了一口,继而旋上瓶盖将塑料水瓶放到餐盘边。

"别人不知道,"他半睁着疏懒的一双眼,语气漫不经心,"她不喜欢喝纯甜的。"

"啊?"彭明倒是不知道荆盛什么时候对陶音的喜好谙熟于心了,他毫不掩盖地扯着戏谑的笑,打趣道,"哟?你什么时候这么了解小桃桃了?你俩是不是背着我天天见面呢?"

"吃你的饭去。"荆盛不轻不重地朝他掷下一句,陶音只是垂首默默地吃着自己盘里的饭菜。

三人就这么无言地吃了一会儿，荆盛忽然毫无征兆地开口打破沉默："你上学期中午不是回家吃饭的吗？开学这几天怎么都是在食堂吃的？"

"啊？"陶音缓慢抬起眼，而后又垂下去，"没有吧，就是有的时候想吃食堂了……"

拙劣谎言她越说越没有底气，最后她索性闭上嘴，默默地夹起一片土豆放在饭上。

吃完饭还很早，教室里还没有几个人，陶音回到班里后就趴在课桌上睡觉，一副恹恹的样子。

荆盛和彭明中午去了趟篮球场，到了后才发觉没带球，又转而回了教室，一进后门就看到陶音伏在课桌上的背影。

"我怎么觉得小桃桃最近有些不太对劲啊。"彭明犹疑道，"感觉她总是没精神的样子。"

荆盛没回话，只是神色平常地朝着陶音的方向微微抬了下眉，阔步走了过去。

坐到座位上，他伸手轻轻推了下陶音的肩膀，看到伏在桌上的陶音有所动作后，悠闲地将胳膊分别搭在前后两张桌子上，面色清冷地看着她："说吧，你最近怎么了？"

陶音从胳膊中疏懒地抬起头来，她没睡着，只用一只手臂撑着额头由着思绪任意发散，忽而听到荆盛这样问她，下意识地偏头"嗯？"了一下。

"你最近这个脸色，"荆盛面无表情地伸出一根食指，在自己的一侧脸颊上轻轻指了一下，"看起来比之前的我还厌学。"

"啊？"陶音的神思还有些飘荡，略微迟疑地问，"难道你现在不厌学吗？"

"不厌啊。"荆盛漫不经心地轻扯嘴角，漆黑瞳仁映着很微弱的光，"盛爷我勤奋好学，和那些不学习的坏孩子不是一类人。"

陶音无言，直起脊背，从书包里掏出一本数学练习题，翻到书角折起的那一页，拿起桌上的一支中性笔，将笔帽套在笔尾上，

开始在题目上勾画已知条件。

"没什么,"她边画着横线边说,"家里产生了一些矛盾。"

荆盛侧着身,用手撑着下颌看她,等待着她的下文,她却没有继续说下去,只留了个模糊的概念供人猜想。

没等到她接下来的声音,荆盛就保持着这个姿势静静地看了她片刻。见她仍没有开口的意思,他的眼神平静无澜,有如古井深处的一汪寒水。

忽然,他开口喊她,悠悠荡在空中未落的尾音很淡:"陶音。"

陶音闻言,徐徐向他抬起澄净的一双眼眸。

"咱俩什么关系?"

突如其来的问话让陶音一时感到无所适从,她想了一下,不确定地迟缓道:"同学?"

听到她这样不痛不痒的回答,荆盛毫不挂心地笑了:"这么生疏啊?我还以为咱们的关系可以再进一步呢。"

陶音又思索了一下,通过他们之前的相处重新定义两人的关系:"朋友。"

荆盛对她再一次的回答不置可否,只是用手轻轻地朝她的桌洞那里指了指:"给了你手机,就要好好利用起来啊,有什么事就发消息给我,盛爷一定第一时间过去给你撑场子。"

话音落地后,他又笑了,侧过脸对她道:"咱们不是朋友吗?朋友之间就要懂得互帮互助。"

这么一说,陶音忽然发现,从始至终自己好像未对他提供过什么帮助。

从最开始的便利店,到之后在医务室和狄彦发生冲突,一直都是荆盛单方面地帮助自己。

彭明还好,至少帮他补过一次课,而荆盛,她是真的没有回报过什么,连欠款都一分没有还。

"说起来,"她有些难以开口,"好像一直都是你单方面地帮我。"

"单方面的帮忙那不叫朋友，"荆盛回答得漫不经心，说话的语气很是坦然，"那叫追人。"

不清不楚的回答瞬间就将两人之间的气氛升温到了无法言说的境况中。

陶音只故作平常地"哦"了一声，转过身继续在草稿纸上做题。掩在松散垂落的发丝里的耳朵，慢慢地染上了一些颜色。

这学期，狄彦和冷菲儿开始频繁地出现在她家，总是会在她写作业时不加收敛地发出动静，像是故意的一般。

冷嘲热讽也从不会少，陶音的精力从暑假时便迅速下降，无法再分出更多的精力应对他们恶意的话语。

她能清楚地感受到自己学习的效率比起之前两个学期，已经降低了很多。

月考考完第一场后，她的情绪便很消沉，她知道自己这次的成绩一定很不好看，几个科目的最后一道大题都没有写，间或夹杂着几道看错数据的题目。

高三学习时间很紧，下午考完后晚上还要来学校上自习。

晚自习时陶音没有像往常那样做题目，而是问同学借了一本杂志看。

荆盛发觉她的反常，转着笔问她："怎么了？居然不学习。"

陶音心不在焉地翻着桌上刚借的杂志，拥挤的文字一个都没有进入眼底，声音掩不住沉闷："没考好。"

"一次没考好而已，有这么失落吗？"两人对待学习的态度有很大的差别，荆盛无法理解她对考试的看重程度，安慰她道，"以后还有考试，下一次考好就行了。"

这次的试卷批改得比较慢，班主任说大概两三天后各科成绩便会全部出来。

最后一节晚自习开始前，陶音的手机忽然发出收到新消息的提示声，陶音微微惊愕了一下，发现是自己忘记打开静音模式，又庆幸还好是在课间休息时间，不然被值班老师听到一定会被警告。

点开消息,居然是许久未曾联系的孟清枫发来的,聊天界面上聊天记录还停留在去年的这个时候。

孟清枫发来的消息紧张中又透着隐约克制的疏远与客气:陶音,你好,请问一下你知道喻风迟最近怎么样吗?

说来也奇怪,喻风迟最近也很少找她,给她发的题目也都不是课上老师出的,每次自己问他时,他都回答是资料上的题。

陶音回复:我不知道,他最近没怎么联系我,怎么了吗?

孟清枫很惊讶的样子:你不知道吗?他都请假几天了,说是生病了,可是我们班里都在传,应该是受伤了。

陶音一向对传言保持慎重的态度,沉稳地向孟清枫求证:为什么?

屏幕顶上的那行"对方正在输入中"持续了很久,最终孟清枫才像是下定决心一般发来了几个字:听说和狄彦有些关系,好像有同学在小巷外看到了。

这条消息发出后过了几秒,她估算陶音应该看完了,立马点下撤回。

孟清枫:千万别和别人说是我说的,不然狄彦找到我就完了。

孟清枫:他现在特别讨厌你,在学校属于谁都不能说你一点好。喻风迟嘛,你知道的,所以就……

这两条消息和上一条一样,陶音刚刚读完,便立刻消失,变成了三条"已撤回"的提示。

陶音从暑假开始便苦苦维持的那根细弦,"啪"的一声,就此绷断了。

从来到嘉城到现在,这一年中所受的所有冷眼与讥讽,同学的孤立和以前在班里沸沸扬扬的不堪传言,顷刻间全部涌入耳里,嘈杂到几乎要刺破耳膜。

荆盛正坐在她的旁边,两只白色的蓝牙耳机被黑硬碎发隐约遮挡住。

似乎是感受到她的目光,他抬手摘下一边的耳机,微微向她

217

偏过头来,用淡淡的眼神询问她有什么事。

"荆盛,"她唤了声他的名字,清凌凌的目光直直望向他,语气少见的坚定,"教我翻墙。"

夏夜的风在星点寥落的墨色天空下透出几分凉意,校园后墙墙角处杂草细长,夏虫不见踪迹地在此处鸣叫。

脚踩在草地上传来"沙沙"声响,拨开杂乱的细草,两人最终停在了许久无人打理的墙边的碎石旁。

"你真要爬?"在前方的荆盛侧过脸向她确认,"这算是旷课,被抓到绝对会被贴在楼道的告示栏里,你想好了。"

陶音站在他的身后,环着手臂,抬头目测了一下围墙的高度,觉得还算安全,不至于受伤,她点点头,语气依稀能听出几分铿锵:"翻。"

"行。"荆盛没再说些阻止她的话,抬步走到一处墙根,从阴影覆盖下的草丛边,踢出一块被野草遮掩的方形水泥块,中间还插着几根被折断的钢筋。

"等会儿我翻过去,你个子矮,踩在这上面吧。"荆盛一边用鞋子将水泥块摆正一边说。

陶音视线下移,看向那块边角掉落的水泥块,问:"你不踩吗?"

问话的时候,荆盛正高抬手臂抓住墙头,闻言从胳膊后面露出一双带有哂笑意味的眼眸:"你是不是对我的身高有点误解?"

他说着,手臂借力,脚踩在墙上灵巧一蹬,身子倏地如轻燕一般跃上墙头,背影被清亮月光勾勒出恣肆的形状。

"我,肩宽腿长,逃课翻墙从不需要借助外力。"

一件违反校规的事经他口说出像是很值得骄傲的样子。陶音没有接话,而是抬步站到了水泥块上,伸手攀住墙顶,学着他的样子准备使力。

她蓄力一翻,没翻上去。

陶音又试了几次,还是没能成功,双足每次都滑落到那水泥块上。觉得自己这样不行,她低眸四下看了看,问墙头上的人:"这里还有能垫脚的东西吗?"

"没有了。"墙头上的那人懒怠地回答她,"学校为了防止学生逃课出去玩,把四周墙边的草丛都清干净了,就他们偷藏的这一个水泥块还没被发现。"

"哦。"陶音放弃寻找新垫脚石的想法,再一次抬臂试图尝试,未果,又一次落到水泥块上。

荆盛一只手臂搭在蜷起的膝盖上,半垂着眼见她多次尝试未得结果,嘴唇一抿,轻"啧"了一声,声音微微拖长了说:"喂,你行不行了?"

"这个石块太矮了。"陶音放下双臂,又目测了一下自己与墙头间的距离,"我用不上力。"

在脑中回忆了一下荆盛刚才翻上墙头的动作,陶音总结出经验,双手举高重新放在头顶的墙头处,胳膊正准备用力,小臂却忽然被一只骨节明晰的手握住。

她略微错愕地抬眸,荆盛在微光映照下的面孔俊逸,薄唇发出简单利落的一个字:"翻。"

陶音闻言照做,那只手的力道大得惊人,几乎是直接把她拉上墙头来。

"你在上面先别动,我跳下去后接你。"

他说着,并没等陶音回答,轻巧跃下墙头。落地的下一秒,他听到身后有人跳落的声音响起。

他回过头,见陶音已然从墙头跳下,稳稳地站在他的身后,衣着干净,并未沾染上灰尘,应该是和他一样直接跃下来的。

他稍微朝她笑笑:"爬墙不行,身体还挺灵活。"

荆盛又问:"之后去哪儿?"

这个问题陶音没想过,今晚要荆盛带她翻墙头也并不是为了旷课去什么地方,她迟缓地思索道:"回家吧。"

话一出口,她就后悔了。

从目前她和魏秋芸的相处情况来看，逃课回家是一件无法想象的事情，她不敢保证自己现在回去魏秋芸不会直接将茶几上的水杯摔在她脸上。

与此同时，荆盛发出了和她的忧虑截然不同的问话："回谁家？"

陶音决心放弃向他解释，移开话题："没事，我也不知道去哪儿。"

荆盛侧目对着她笑："你不知道去哪儿还让我带你翻墙头？你这是，乖巧少女到了叛逆期。啊，忘了，你也不算乖巧。"他转回头，用两只手指捏起额前的一小绺黑发，"逆反着呢，就是外表看不出来。"

这是陶音第一次从他人口中听到说自己逆反的评价，她先是怔愣了一下，随即下意识地想反驳，又忽然觉得荆盛的评价好像不无道理："好像，有时候是这样。"

她有时候是挺逆反的，只是表现得不太明显。

"是吗？"荆盛嘴角微微上扬，像是有了些兴致，挑了挑眉，问她，"哪些时候？"

陶音想了想，应该是小学的时候。

她被英语老师针对过，具体原因她至今也不曾知晓，只简单向荆盛叙述几句。

"后来呢？"他们两人沿着道路不紧不慢地往前走，荆盛跟在她身后，听完她的叙述后，开口问她。

"后来刚上初中的时候，我在一家超市里遇到了她。"陶音说这些事情的时候没什么表情，"她在我身后，我没看见她，她喊的我。"

陶音古井无波地陈述着那天发生的事情。

"外婆说我不懂事，见到曾经的老师也不知道打招呼。"

荆盛笑了，像是预感到接下来会发生有趣的事，于是问："然后你怎么说的？"

"我没说什么。"陶音面色平静坦然,"我就说:'对不起,我没认出来,没想到才过去几天你就老成这样。'"

荆盛闻言爽朗地笑出声,评价道:"猛,果然够叛逆。"

将自己的那些经历说出口后,陶音也不自觉地笑了一下:"叛逆的代价就是,回去后被外婆用藤条打得差点写不了字。"

德永校门对面是一家医院,荆盛和陶音进到里面,在一处亭子里坐下。

"现在是九点四十八分。"荆盛看了下手腕上的黑色手表,"就在这儿等他们晚自习结束?"

夏季时,德永的晚自习都是到十一点才结束,距离下课还有一个多小时。

他们在长椅上坐了一会儿,慢慢觉得有些无聊。荆盛收回空空落在不远处草株上的目光,向陶音提议:"在这儿干坐一个小时也挺要人命的,不如我们玩点游戏?"

陶音抬起目光:"什么游戏?"

"真心话大冒险。"荆盛回答,"这你应该会玩吧?"

陶音点点头,只是他们只有两个人,总觉得玩这个游戏不太合适。

"人少更好,不会尴尬。"荆盛这样解释。

他们石头剪刀布,石头对上剪刀,荆盛赢了。

想想还是真心话最为简单,陶音选了真心话。

他收回握拳的手,看着她的眼神好整以暇,仿佛一定要想一个难以回答的问题挤对她。

陶音心中的不祥感愈浓,开口略微请求地说道:"别为难我啊,不然我会不回答的。"

荆盛撑着下颌轻轻调笑,游离气音全飘在寂寥无边的夜里:"怎么还耍无赖呢?"

最后,他还是选择暂且放过陶音,从脑海中抽出一个不算难回答的问题:"你最想去的城市是哪里?"

陶音仔细思索了一下,脑中却空荡荡的,没有答案,只好如实回答："还没有。"

"不是吧？这种问题你都不愿意回答。"荆盛挑着尾音笑,"不带这样的,太过分了。"

"真的没有啊。"陶音笑着解释,又思考片刻,回答,"应该是离这里比较远,然后大学也比较好的地方吧。"

荆盛在微弱灯光下的眸子似乎暗淡了那么一瞬,问她："一定要远吗？"

陶音迟疑着,点了下头。

"行。"荆盛的声音重新扬起,"大不了那时我也举家搬迁。"
又是一句不当真的玩笑话。

一轮问话结束,下一局,陶音赢了。

看到猜拳结果后,陶音意识到该自己发问了,但一时又想不出有什么难答的问题。

"快点啊。"荆盛等待着她的提问,"不至于一个都想不到吧？我在你眼里什么样,你爱的人不爱你怎么办,你最受不了别人对你做什么,有没有喜欢的异性？很多啊。"

陶音几乎是下意识地问道："那你有喜欢的异性吗？"

话音刚落,空气瞬间进入了一种微妙的滞涩气氛中。

周围杂草中的鸣虫仿佛在此刻失去了声音,轻微的呼吸间似是只能感受到彼此的存在。

"啊,不是。"陶音急忙掩饰,脸上的神色有些不自然,"换一个吧,那就……什么样的异性会让你产生好感？"

这样的掩饰好像并没有将情况改善多少,反而将两人之间的问答变得更加困窘。

窘迫归窘迫,陶音没再开口否认什么,她确实有点想知道荆盛会喜欢什么类型的女生。

她默默回想着荆盛每次出现在她面前的形象和场景,张扬恣肆,很少有女生的存在。

可是,一想到在自己眼里风光无限的人,有可能暗地里也会默

默地关注并喜欢别人,陶音就觉得心里泛起了一种十分异样的感觉。

仿佛被新鲜的柠檬汁水浸了下,有点发酸生涩。

认为自己仍然无法承受即将得到的答案,陶音在最后一刻改变了话题。

"算了,换一个。"她说,"你喜欢什么花?"

这个问题是她没有经过深思熟虑,情急之下随意问出口的。

虽然微微低着头,陶音却能感受到荆盛始终落在自己身上的视线,仿佛真的在认真考虑她的问题。

最后她听到他冰薄荷水般的声音混着一丝轻嘲响起。

"我喜欢处于花期开得最浓烈鲜艳的那种花。"荆盛的目光不偏不避地望向她,"开到糜烂的那种。"

浓烈、鲜艳,似乎都与她无关。

远处德永放学的铃声响起,将两人各自游荡的心神拉回来。

荆盛站起身,问坐在旁边长椅上的人:"到点了,回去拿书包吗?"

陶音也站起来,听到医院围墙后的街道上传来放学后学生们的混乱说笑声和自行车骨碌碌的车轮滚动声。

"不拿了。"想着自己今天回去应该也不会学习,陶音回答道。

荆盛照常将陶音送到荣景小区的门口,两人分别之际,魏展颜正好从不远处走过来。

好像是很意外荆盛会出现在自己小区门口,魏展颜眼眸怔了怔,正想上去攀谈几句,却偏头看到了站在荆盛对面几步外的陶音。

魏展颜的脸色很快又沉下来,转眸看向荆盛的眼色也变得不如初始。她没有理他们,迈步向前绕过陶音,连一个眼神都没有留给陶音。

荆盛看着魏展颜离去的方向,问:"刚走过去的那个,是不是你的妹妹?"

他们在医务室有过一面之缘。

当时狄彦正和他们犯冲,医务室的门被打开,魏展颜让狄彦别在这儿惹事。

223

"是。"陶音说,"她和我关系不太好。"

荆盛站在门外的身形松散,漫不经心地看向里面,嘴角轻哂:"看出来了。"

"走了。"他背过身的时候随意地向她挥了下手,懒怠地抬步往回走。

陶音也回过身,向灯光昏沉的家的方向走。

魏展颜并没有给陶音留门,陶音从牛仔裤的口袋里掏出钥匙,插入锁孔拧开门。

客厅开着灯,却没有人,魏秋芸应该在卧室里没有出来,陶音没作声,只是侧目淡淡地瞥了眼主卧紧闭的房门,神色漠然地回了自己房间。

关上门,她走到自己的壁柜前,打开柜门,在收纳暂且不穿的衣服的木格里一层层地翻找,终于从里面翻出已经一年未穿过的一中校服。

白衬衫,藏青色的百褶短裙,青春的气息扑面而来。

陶音情绪却没有任何起伏,随意地将衣服扔到床角,好像并不为之前的高中生活产生怀念。

她又走到自己的书桌旁,从最下方的抽屉里找出自己在一中时的校牌,色泽还很鲜亮,像刚印出来的样子。

确实算是新的。

校牌上的自己扎着高马尾,目视着前方微微扬起嘴角,仿佛前方有无限的光亮汇入她的双眸。

她只看了这么一会儿,而后将它放入百褶裙的口袋里,将裙子和衬衫叠好装进自己常用的那个帆布袋。

拿着薄睡衣走入浴室,陶音淋着莲蓬头洒下来的热水,垂着眼眸想明天的课表。

明天上午魏展颜他们班的早读课应该是语文老师值班。

第二天陶音带着帆布袋出门,经过一栋正在拆迁的建筑工地

时，进去挑了块红砖，用塑料袋包着放进肩上的帆布袋里。

回到教室，她将帆布袋挂在课桌的侧边，开始早自习。

高三的第一节课改成了励志演讲，课间休息只有五分钟，学生们没在班上多停留，下课铃声打响便走出教室去往操场。

"你还不走吗？"彭明走过来喊荆盛一起去操场，荆盛低沉地应了一声，起身注意到同桌还没有动作，于是开口问。

"等我把这页的单词背完。"陶音轻声回答，目光没从单词本上移开。

荆盛看惯了陶音这副学习最重要的模样，并没起疑，只随口提醒了一句："那你快点，马上上课了。"

之后荆盛便和彭明一起离开了教室。

最后一位同学从前门走出去，教室静了，陶音默默地合上正在看的那本英语词汇书，拿起帆布袋拎在肩上，起身从教室后门离开。

她今天穿得很简单，印着黑色线条的白底T恤和宽松牛仔短裤，上面系了一条浅棕色的腰带。

走到昨晚荆盛带她来的萧索墙边，她像昨晚荆盛那样将那块水泥块从草丛里踢出来，然后从帆布袋里掏出那块红砖，竖着靠墙放在水泥块上。

她目测了一下，高度应该刚好合适。

她正要踮脚踩上去，身后冷不丁响起一句话："教导主任来了。"

陶音吓得差点踩空，一回头，看见荆盛双手插兜，吊儿郎当地看着她，脸上带着懒洋洋的笑容。

"好学生也翻墙啊？"他笑吟吟地说。

陶音惊讶："你怎么在这儿？"

这个点，他不应该在操场上听励志演讲吗？

"我不在这儿，怎么能抓你的现行呢？"他俯身从地上捡起那块红砖，脸上笑意更浓，意味深长地看着她，"还带武器呢。好学生，你想去干什么？"

"胡说什么，"陶音的脸红了，不知是不是气的，"这是我

225

拿来垫脚的。"

"垫脚?"

他点点头,随手将红砖扔了。

"有我在还垫什么脚。"

说完,他的手往上一勾就上了墙头,然后朝她伸出一只手。

"上来吧。"

陶音站在原地没动,仰头看着他,神色复杂:"荆盛,我真有事,不是去玩的。"

他"哧"了一声:"我也没说是陪你去玩的啊。"

"那你跟着我干什么?"

"撑场子。"

"什么?"陶音一愣。

他却不再继续这个话题,像是不耐烦似的,耳垂诡异地红了,那只修长的手依然固执地伸在半空,动了动。

"快点啊,手都伸累了。你要么麻利点上来,要么我去报告教导主任这儿有人翻墙。"

一直都是被人打小报告的人,这回竟主动做起要打小报告的人。陶音一时无言以对,犹豫半天,最终还是抓住那只手,用力一拉,她轻松地越过墙头,随后稳稳地落在路边上。

她翻腕看了下手表,还剩四十多分钟的样子。

魏展颜他们班第二节是体育课,从德永到一中,时间应该来得及。

沿路找了一个公共卫生间,陶音去里面将自己的衣服脱下来,挂在厕所门上,而后换上一中的校服走出来。

荆盛看见,吹了声口哨:"一中的校服不错啊。"

藏青色百褶裙下的双腿笔直纤细,极具青春感,属于在人群中会让人情不自禁回头的类型。

"快走吧。"

陶音将换下来的衣服折好放进帆布袋,带着他往一中的方向走。

等到了一中的时候,第一节课已经快要结束,一中的大门紧闭,

门卫的脸从小窗里露出来。

"怎么这么晚才来？"门卫拿着笔，抬眸问面前这个模样清秀的女生。

"我睡过头了。"陶音平静地回答。

门卫仔细打量着眼前这个女生的面孔，觉得有些熟悉，移开目光扫了眼女生胸前挂着的校牌，恍然想起来："噢！想起来了，你是不是丢过好几次校牌的那个同学？"

陶音丢校牌的频率过于频繁，门卫对她有些印象。陶音闻言点点头回答："对。"

"那你后面这个男同学呢？"

"他……"陶音往后看一眼，"他是我们班的同学。"

"也睡过头了？怎么连校服也不穿？"

陶音正不知怎么开口，身后的荆盛就替她回答了："叔，我的校服昨天被家里的阿姨洗坏了，您就通融一下，让我进去呗，再不进老班要罚我站一天了。"

他笑嘻嘻的，俨然一副没脸没皮的坏学生模样。

门卫对着他顿时没了方才对着陶音时的亲切脸色，将手中的笔和登记簿转向他们："来，你们俩在这上面写上姓名、班级和班主任的联系方式，等会儿我要打电话问的。"

陶音没有多言，拿起笔如实地在上面填写自己原来的班级和班主任的联系方式。

荆盛跟着她填了一模一样的，至于名字就瞎编了一个。

"行。"门卫将笔帽合上，将校门开了一条缝，"进去吧。"

陶音道了声谢，两人走进一中校园。

裙子很不方便，她找了个卫生间又换上原来的衣服，此时第二节课已经开始，校园内非常安静。

走到高三（9）班的教室外，里面零零散散有几个趁着体育课溜回教室的人。

狄彦他们三个正好就在其中，和陶音猜测的结果一样。

魏展颜到了高三学习紧张，提起过体育课会和别人一起回到教室学习。既然魏展颜在教室，那么狄彦和冷菲儿一定也在。

陶音推开教室前门，敲了敲门板，教室里的几人应声抬眸，看到站在教室门前的人时，皆是一愣。

"狄彦，出来一下。"在他们反应过来之前，陶音提前开口，叫出了那个他们想都未曾想的名字。

她看着坐在窗户旁正和同学笑骂的狄彦，面色寡淡自若，又添了一句："找你有点事。"

狄彦最先反应过来，脸上浮现了对陶音惯有的兴味哂笑，起身对刚刚一起玩闹的男生丢下一句"等我一下，马上回来"后，便朝门口的陶音走去。

见到门口的荆盛，他愣了一下，随即泛起冷笑。

冷菲儿和魏展颜也跟着走过来，陶音只淡淡地扫了几人一眼，便转身走向楼梯口，仿佛并不在意后面的人有没有跟着，自顾自地下楼。

来到一棵高大的香樟树下，陶音从容地将肩上的帆布袋靠着树干放好，再直起身的时候，淡声问："喻风迟是你打的吗？"

"是啊。"狄彦回答得敞亮直接，仿佛是认为眼前的人对他根本构不成任何威胁，反而很乐意看到她愤恨而无能为力的模样。

陶音没有愤恨，面上仍然是那副事不关己的淡漠表情，只稍稍点了点头，仿佛在表达自己明白了的意思。

就在狄彦对陶音这种反应产生好奇时，下一瞬，陶音几乎是以迅雷不及掩耳的速度闪进他的眼底，不给对方任何反应的机会。

她的力道不算重，甚至很轻，却让狄彦隐约感受到威胁的味道。

"别动。"她的声音很轻，微风一样拂过他的耳畔。

像是感受到她的警告，狄彦果然停止了所有动作。

似是想到了什么未解决的事，陶音稍稍抬起脖颈，长睫淡淡扫过身侧几步远的两个人。

冷菲儿和魏展颜被陶音方才的动作惊得瞠目结舌，竟站在原地分毫未动，此时被陶音安恬的眼神这么一扫，双腿更像是生了

根般扎在地上。

"应该也有你们的份吧?"陶音平静地开口,两人闻言瞬间精神紧绷。

"那道歉吧。"陶音此次来原本也没想将两人怎么样,只是提醒她们以后做事别太过分,"打了人,说句对不起,不亏。"

魏展颜到底是陶音的亲妹妹,虽然一开始确实被陶音震慑住了,但很快恢复过来,尽量使自己看起来从容地说道:"凭什么?我们又没动手,你犯不着找我们吧?"

狄彦不会无缘无故去找喻风迟麻烦,他做的所有事的出发点几乎都是魏展颜,没有魏展颜的暗示或者其他的表达,不会发生这种事。

"看来你们没听清。"陶音目光仍然淡淡的,却并没有放在他们身上。

"我再说一遍,"陶音看向前方两人的眼神展现几分寒意,"道歉。"

她回头俯视着狄彦,眉头稍稍抬起,开口:"'对不起'这三个字,应该不需要我教你吧?"

狄彦被陶音突如其来的那副强势模样骇住,咬牙挤出那难以启齿的三个字:"对……对不起。"

"向谁道歉?"

狄彦几乎咬牙:"你。"

"还有?"

狄彦眼睛里的怒火要烧起来,却只能回答:"喻……喻风迟。"

"嗯。"陶音声色轻淡,"那记住,回去和他说。"

第八章

站在我身边吧

校园里十分安静，场面一时陷入僵持。

魏展颜和冷菲儿对视一眼，都看清了彼此的犹豫。

她们忌惮的不是陶音，而是那个靠着香樟树而站的少年。虽然他看上去神情淡淡，甚至连站姿都有些松散，仿佛只是偶然路过来看热闹的看客，但事实上，他的目光一直专注地集中在陶音身上，就好像随时警惕着，一旦有什么变故，他就会立刻出手。

两个女生最终还是向陶音低头认了错。

陶音在得到两人的道歉后，松开扼住狄彦脖颈的手指，松缓地站起身。

谁知狄彦刚一得到释放，眼里凶光毕现，迅速伸手就要去拽陶音散在肩后的发丝。

荆盛敏锐地察觉到狄彦的动作，及时握住狄彦的胳膊向后灵巧一扳，状似轻松地按在狄彦的后肩上，使他不得不微弯下腰。狄彦肩关节处疼痛感猛地袭来，动弹不得。

"打不过就算了。"嘲讽的声音从狄彦背后传入他的耳朵，荆盛轻嗤，"连偷袭这样的招数都用在柔弱的女生身上。"

他说着按着狄彦的手腕向前轻轻一推，顺势松开手。狄彦往前趔趄了几步后站稳身子，眼神虽狠，但不敢再有动作。

课堂结束的铃声响在校园的空中，教学楼里传来学生纷杂的脚步声与说话声，一楼的各班级门口不断有学生走出，移下台阶结伴行走在不远处的花坛间。

"下课了。"荆盛收回望向教学楼的目光，对陶音道，"走不走？"

"走。"陶音回答。

他们依次经过站在一旁的三人，无一人阻拦。

两人从一处僻静的墙角，翻墙而出。回到德永，依旧是翻墙而入。

他们虽彼此不提，但都心照不宣，两人这次是一定会被通报批评的，惹出的事不算小，接下来等待他们的处罚会很严厉。

既然已经旷了课，并共同闯下大祸，接下来的课索性不去上了，两人一路无言地游走至无人的篮球场。

球场边还有个被人遗忘的篮球，应该是回收的时候没注意到。荆盛俯身拿起那个篮球，转头问陶音："打篮球吗？"

陶音看着荆盛手里的篮球，又转眼看了下一旁高耸的篮筐，回答他："我不会。"

荆盛朝她笑："我教你。"

篮球场在上课期间的景象与平日正好相反，偌大的场地一片寂静，所有器材被一种淡淡的恬适感笼罩着，阳光从球筐中心斜穿而落，洒在旁边红色的塑胶跑道上。

荆盛投出的篮球从球筐中心落下，在地面弹了几下后滚到陶音脚边。

陶音俯身将球拾起来，拖着脚步走到离球筐近一些的地方，一副神色怏怏的模样，似乎思绪并不在球筐上。

她略略跳起来，心不在焉地将球往一个方向投出去，果然没有投中。

篮球碰到铁质的球筐边缘，在空中划出一道漂亮的弧线，滚动着弹出球场外。

陶音的手腕松松地搭在短裤边，长翘的睫毛微微耷拉着，侧

着身子目光落寞地看着缓缓滚到操场外的那个篮球。

荆盛也没去捡,就松闲地将两只手插入裤子口袋,脖颈伸直,微垂着目看着面前不远处的陶音。

两人都不发一言。

操场上只有篮球弹落地面的沉闷声响。

"说说吧。"长久的沉默后,最终是荆盛缓缓开口,将两人之间缄默的气氛缓慢舒展开,"怎么突然逃课去一中打人啊?"

在此之前,陶音无论做什么事都很好地把握着分寸,很会审时度势。之前狄彦带人在德永校门口堵她的时候,陶音没有意气用事与他们发生正面冲突,尽量敛起自己身上的锋芒。她从没迟到过,不病到一定程度不会请假,而昨天出人意料地要他教她翻墙,当时荆盛就隐约察觉到她不对劲了,见她今天早上拖着不去操场,就特意等到人走光后,偷偷跟着她,果然看见她要翻墙。

"我不是要去打人。"陶音的语气波澜不惊,"我只是要他们向我的朋友道歉。"

陶音不想承认自己打架,所以自欺欺人地掩饰。她之前确实没想和魏展颜、冷菲儿动手,但对于狄彦——她就是抱着动手的目的去的。

"朋友?"荆盛的睫毛略微动了动,"喻风迟?"

没预料到能从荆盛口里听到这个名字,陶音微微有些错愕:"你认识他?"

"不认识。"荆盛不疾不徐地抬步走到那个篮球边,捡起后经过陶音身侧,停在正对球筐的位置,跳起抬臂将篮球投进去,"在学校贴吧上看到的。"

是那个传着陶音和喻风迟绯闻的贴吧。

陶音没想到荆盛也会关注这种八卦消息,觉得有点意外,但面上还是一点不显,连说出口的话都是平平淡淡的:"哦,是那个无聊的八卦帖子。"

入夏的日光十分炽热干燥,面前少年背影的双肩处被略带些金色的光芒漫过，却显得有些孤寂和落寞。

他转过身来，朝着她笑笑："对，是那个无聊的八卦帖子。"

"他是你在一中的朋友？"她听到荆盛问。

"不算。"她回答，"在一中的时候我们不熟，后来……也不算关系特别好吧，就，还行。"

她说的话模糊笼统，本以为荆盛会继续问她关于自己与喻风迟的事情，可荆盛没有追问下去，而是淡淡地将话题略过，换了个看似毫不相干的问题："你之前说的话还算数吧？"

"啊？"陶音一时没有反应过来，"哪句话？"

荆盛半抬着眼睫凝视着她的双眸，面上还是原来那个冷淡表情："我还是想好好读书，没心思去考虑其他的什么事。"

他重复着之前陶音在教室里对他说的话。

"那些事情对我们来说还比较早，至少对我来说，太早了。"

陶音想起来了，她是说过这样的话，只是不明白荆盛为什么忽然提起。

"我是说过。"陶音不太能理解，"怎么了吗？"

"没怎么。"荆盛的语气漫不经心，"就是怕你忘了。"

陶音一时有些哑然，避开目光时心里方才渐渐意识到荆盛此番话语仿佛隐着些别的情感，还未来得及深思，背上顿时被两道冰冷锋利的视线刺中。

转过身，荆盛和陶音同时移目看过去。

空旷安静的校园里，魏秋芸站在离篮球场有一段距离的地方，拎着棕色的皮质小包，正横眉竖目地朝他们这边看过来。

陶音的心霎时沉入谷底。

魏秋芸并没有走到陶音身边质问她，和往常很多时候一样，只是用眼神沉沉地示意陶音自己走过去。

没有和身后的荆盛解释什么，陶音迈开步平静地朝魏秋芸那边走过去。

在看到陶音走到自己面前不远处时，魏秋芸没有继续等她走

到自己的身边，便转过身迈步直接往教学楼那边走。

荆盛手插在口袋里，悠闲地跟在陶音身后。

上了几层楼后，楼梯口的转角处便是班主任的办公室，魏秋芸推开门踩着高跟鞋走进去，"嗒嗒嗒"的脚步声在办公室里悠悠浮荡着，每一个回音都闷闷地压在陶音的心口上。

班主任的办公桌旁，彭明已经低着头站在那里，见到门口处立着的两人，眼眸中划过一丝诧异的光。

两人走到彭明的旁边站好，荆盛仍然立在陶音身后，姿势和神色都透露着些漫不经心。

"我的两个小祖宗，"彭明压低声音说，声线里有难以掩饰的着急，"你们什么都不说一声就跑了，我忽悠了好长时间，现在是真忽悠不过去了。小桃桃，我帮不了你了。"

陶音闻言，稍微朝他露出安慰的笑容，示意他不用放在心上。

"老师，实在是对不住。"魏秋芸一进门便是道歉的话语，只是仍然紧绷着脸，从表情上看不出歉意。

她坐到班主任桌旁的一把椅子上，眼神直视着班主任的脸，说："我没管教好自己的孩子，给学校添麻烦了。"

班主任的目光从魏秋芸的脸上掠过，最后转到一旁的三个学生身上，压着情绪逐一扫过他们的神色，而后手握成拳抵在嘴边，低低咳嗽了一声。

"说吧，"她抬起头，将手臂搁在桌边，忽略掉最开始被叫到办公室里的彭明，用教师特有的精明眼神凝视着陶音和荆盛，"为什么旷课？"

陶音对此无话可说，只低垂着头，默默地准备听班主任接下来的训话。

见陶音没有开口的迹象，荆盛又是个老师奈何不了的学生，班主任开始循循善诱，试图将逃课的原因从陶音的口中套出来："陶音，老师知道，你不是那种会惹事的学生，也不会用不上课的方式来逃避学习，旷课一定是有原因的，对吗？"

· 235 ·

一旁的彭明听着班主任忽然缓和下来的语气，在内心无声地吐槽成绩好就是不一样，连旷课这种事都能让平时严肃的班主任柔声细语地问原因。

这要是换成他和荆盛，估计早就被训了。

"问你话呢！"见陶音仍然低着头不言不语，魏秋芸毫无征兆地拔高语调厉声叫道。

魏秋芸从椅子上猛然起身，伸手扯住陶音手臂处的袖子，近乎狰狞的表情让旁边的彭明猝不及防惊了一下，随后她抬手便在陶音的肩后狠狠地拍了一掌。

"说啊！胆子是越来越大，都敢逃课了！你还考不考试学不学习了？"

凌厉的嗓子贯穿整个办公室，激烈地回荡在在场每个人的耳边，班主任起身抓住魏秋芸的胳膊想让她坐下，口里说着些劝解的话："哎哎，有话好好说，别动手啊。"

被人拽着胳膊，魏秋芸的双唇紧紧抿着，眼里皆是燃烧的怒气，正欲坐回身后的椅子上，包里却突兀地响起手机铃声。

魏秋芸拉开挎包的拉链，眼睛却还紧紧盯着陶音不放。她拿出手机，按下接通键，平复心情后开口说了个"喂"字。

手机里传来魏展颜班主任的声音，语气很是严肃，先是问了下她是不是魏展颜的妈妈，而后娓娓叙述了整个事情。

一开始魏秋芸还以为是魏展颜又在学校里犯了什么事情，又或许是成绩下滑班主任特意致电警醒她，可是随着电话里班主任的描述，魏秋芸渐渐意识到不对劲。

电话里魏展颜的班主任告诉她，魏展颜和班上的两位同学，被她的另一个女儿陶音溜进学校打了，还带着一个外校的男生。

她说陶音先是穿校服戴校牌从校门口混进来，然后趁着班级上体育课，将包括魏展颜在内的三个同学从教室里叫出去，在一棵香樟树下与三人斗殴，影响十分恶劣。

陶音看着接电话的魏秋芸神色逐渐阴沉下来，看她的眼神也

愈渐愤怒。最后她听到魏秋芸对着手机说了声"谢谢老师"，然后挂断了电话。

正当陶音思索也许是一中的校领导知道了她的行为，所以打电话来告诉魏秋芸情况时，脸侧猝不及防地迎来一个响亮的巴掌。

魏秋芸打得极重，陶音几乎承受不住向旁边倒去，被荆盛从身后扶住。

清脆的响声久久地在办公室里回荡，陶音勉强从荆盛怀里站起身，脸颊火辣辣地痛。

这是自出生以来，陶音挨的第一个巴掌，被在场的所有人围观的一个巴掌。

滚烫的脸颊仿佛着了火，本应从眼眶里掉落的泪珠被胸腔里的温度灼干，枯涸的一片，无论如何都流不出泪来。

彭明被魏秋芸当着众人突如其来的一个巴掌惊得愣在原地，眼睁睁地看着魏秋芸一边嘴里叫骂着无数含混不清的话，一边疯狂地扯着陶音的衣服将其拖出办公室。

他转过眼神怔怔地看着站在一旁的荆盛，此时的荆盛仿佛也敛着隐隐的怒气，抿着薄唇，眼神锐利地紧紧凝视着陶音和她妈妈消失的方向。

彭明确定荆盛是生气了，换成旁人，荆盛估计已经用拳头将对方面部的骨头敲裂，可是，现在对面的人是陶音的长辈，她的亲生母亲。

所以荆盛只能隐忍着燎原的怒气不发，任其在胸腔间烧出一片黝黑的枯原。

最后，他看到荆盛抬步缓缓地走出办公室，一句话也没有讲。

陶音是被魏秋芸一路打着推到一中老师办公室的。

一中老师办公室里面，魏展颜、狄彦和冷菲儿，已经在班主任的办公桌前排成一排站好。

看到上午还不可一世地将自己按倒在地的陶音，此时却红肿着脸颊、发丝凌乱地被打骂着进来，狄彦的面上泛出一丝幸灾乐祸的愉悦笑容。

　　班主任明显是没想到陶音在路上便已经被魏秋芸修理过了，也没想到魏秋芸会把陶音打成这副狼狈模样，原本要严厉批评这对母女的话瞬间在腹腔里沦为废稿。

　　她正欲站起来对魏秋芸说些什么，还未张口，便见魏秋芸将陶音往站着的三人面前狠狠一推，在陶音身后恶狠狠地道："快点！和他们说对不起！"

　　班主任又坐回软皮椅子上。

　　那三个人是背对着她的，所以班主任看不到他们那隐隐带着点得意的表情，而陶音是正对着她的，所以她很容易注意到陶音此时脸上的神情。

　　陶音的双颊和眼尾都泛着淡淡的红色，几根发丝贴在脸上。她脸上没有任何愧疚与后悔的神色，她漠不关心地无视着此间种种，目光缥缈地落在办公室里一个空荡的地方。

　　没听到任何道歉的话语，魏秋芸又气急败坏地在陶音后背上使劲拍了一下，骂道："从学校出来就一副要死不活的表情，你做给谁看呢！"

　　"魏妈妈，你先别着急。"班主任试图平息魏秋芸的怒火，"现在具体情况我们还不了解，还是先问问他们。"

　　她说着，将眼神转到陶音的面庞，问："陶音，你这次为什么跑到一中来打架？老师带过你一段时间，知道你不是这样的孩子。"

　　陶音仍然是闭口不答的淡漠模样。

　　"刚才我听说前几天喻风迟在校外受伤了。"得不到陶音的回答，班主任缓缓道出自己内心的猜测，"听说有人看到是狄彦动手打的。你是不是因为这件事，所以才特意来这里找狄彦的？"

　　陶音对此不做评价，班主任把她的态度当作默认。

　　"这件事肯定是狄彦不对，可是我们还有其他理智的解决办法，你不能这样冲动地闯进来以暴制暴啊。"班主任苦口婆心地

对陶音展开教育，"你说，那天狄彦打了喻风迟，今天你又为喻风迟打了狄彦，那下次是不是又要有人为了狄彦再打你？这样事情能解决吗？

"再说了，打喻风迟是狄彦的事，你又把魏展颜和冷菲儿扯进来干什么？况且魏展颜还是你的亲妹妹吧，亲姐妹怎么能这样呢？你说以后你父母都走了，还不是要你们两姐妹相互扶持吗？

"啊对了。"班主任忽然想到另一件事情，"我刚看监控，你旁边另一个外校男生是谁？也是德永的吗？是不是你的朋友？"

只有在班主任提到荆盛的时候，陶音的眼神才稍稍有了些波动。她抿了抿唇，摇头："只是我的同学，他没动手。"

"什么没动手？"狄彦闻言耸动了下一侧的肩膀，"他差点把我弄脱臼，我的肩膀现在还疼呢。"

班主任刚要张口让他少说两句，门口处传来略带嘲讽之意的桀骜声音。

"那是你太弱，扭一下胳膊就能脱臼。"荆盛逆着光，迈着闲散的步子从门口走进来，晦暗阴影从他面上渐渐滑落，缓慢露出他此时恣肆阴鸷的一双眼，"我当时就应该把你胳膊拧断。"

陶音闻声将目光转向荆盛，没想到能在这里见到他，神色有些愕然。

荆盛缓步走到陶音的身后停下，朝坐在办公桌前的班主任笑道："老师，您这学生身体素质不太行啊，就咱班最柔弱的一枝花都能把人打趴下，居然还好意思来告状，真是不知道'丢人'这两个字怎么写的。"

荆盛感觉下方的衣摆处传来细微的动静，陶音悄悄从后面伸出手拉住他的衣摆轻轻扯了扯，低声朝他道："办公室，收敛点。"

荆盛低着眉，脖颈略微朝她的方向倾斜了下，轻轻地耸了耸肩，一副无所谓的模样。

魏秋芸注意到他们那边细微的动静，转眸见方才进来的不羁男生正微垂着头，低眸看着陶音，不由得霎时怒火中烧，推开前面站着的三人,疾步走到陶音面前,一把将她拉到办公桌前,高举起手掌,又一个耳光将要落到陶音的脸颊上。

荆盛眼神一凛,及时握住魏秋芸悬在半空中的手腕。魏秋芸没有料想到这样的情况,倏地向荆盛投去凛冽的目光。

"阿姨,"荆盛缓慢开口,话语中带着点不容置疑的口吻,"陶音是你的女儿,不是你用来发泄的玩偶。"

魏秋芸被他说得一时哑然,竟找不到什么话来叱骂。

于是她又将燃起的怒意转到陶音身上。

"你一天天都在学校里交些什么朋友?"她的眼睛泛出血丝,"你交的朋友就是这样对长辈说话的吗?天天都在学校里学些什么!我看你就是被教坏的!现在连逃课打架都学会了!来!跟我回家!看我回去不把你皮给打烂!"

她说着,一脚踹在陶音的小腿上,下一瞬用手抓住摇晃不稳的陶音的胳膊,要把陶音拉出门。

就在此时,陶音的胸腔里,似乎有什么东西慢慢地融化了。

一瞬间所有力气仿佛都被从四肢中抽走,陶音垂着头站在那里,她忽然抬起头,无力的姿态仿若枯叶在秋风中默然孤生。

"妈妈,"她终于开口发出声音,喑哑的声线在嗓间微微地发着颤,"你应该知道的。你应该知道我在一中的时候,被人扔作业,被人推下楼,被人随意地造一些莫须有的谣言。

"我和魏展颜一起摔下楼的时候,没有人问我疼不疼。"

一滴眼泪掉了下来。

"你来到学校,便开始责骂我为什么没有保管好手机,我的伤势你一句都没有过问。"

说到这儿的时候,荆盛听到她小小地抽了一下鼻子。

"即使我转到德永,他们也会带人在学校门口堵我。

"你从来不问,我就不说,因为我知道,即使我说了,你也不会信。"

她低着头,声音中的哽咽越来越明显。荆盛知道此时她的眼

睛一定润湿了,悄悄地捏了下她垂在身侧的小拇指以作安慰。

"我从来没有因为你把我丢在外婆家而责怪你,即使你对魏展颜永远宽容,而对我永远严苛,我依旧没什么怨言。"

这样表述委屈的话一旦开了闸,便再也止不住。

"但是为什么你从来就没有关心我一下呢?为什么……"她几乎说不下去了,"为什么你和江鸿朗离婚的时候,从来都没有想要我?"

"你闭嘴!"被人戳到最不堪的痛处,魏秋芸几乎是发起狂来,声嘶力竭地骂着就要朝陶音扑去,"还不是你这个讨债鬼!因为你我们家才会变成这样!你还好意思委屈上了!我现在就掐死你!"

办公室里几乎所有人都被魏秋芸突然的反应吓得一抖,班主任和办公桌前的三人连忙上去拦着魏秋芸,魏展颜和冷菲儿柔声劝着她,说没必要为这样一个不省心的女儿动气。

陶音站在不远处,默默地看着眼前的一切,听着她们肆无忌惮地给予自己的称号,心里却掀不起什么波澜。

直到颈间仿佛有什么柔软温热的东西在慢慢靠近,绒毛般虚浮的气息在自己的耳侧轻拂而过,这让她不由得晃了晃神。

她听见身后的人附在自己耳边轻声问:"和我一起逃吗?"

逃吗?

逃到远处漫山荒野荆棘丛生的地方。

那里无花无叶,日暮斜阳下只有两道残影在不顾一切地往前奔跑着。

陶音的手悄悄地伸到背后,慢慢地拉着荆盛的手腕。

"那就逃吧。"他听见她这样说。

荆盛缓缓地弯起嘴角。

趁着他们的精力还放在魏秋芸身上时,两人牵着手一同跑出了办公室。此时早已放学,他们跑下层层楼梯,跑出教学楼,衣侧袖口掠起一阵张扬的风,他们从放学的人群中飞速穿过,毫不迟疑地跑出一中校门。

之前的那个便利店已经搬迁了,他们像刚见面时那样各自骑了一辆共享单车,一路行驶到原先的那座山野上。

正午时分,艳阳光辉亮得灼目,茂密树林里光与影斑驳陆离地铺在草地上,他们仍然像初次来时那样坐在山头,俯瞰着下方不远处的德永中学。

"下午还去学校吗?"问出口的是陶音。

荆盛的一只胳膊放在屈起的膝盖上,另一只手无意识地拨动腿边的草,表情不以为意:"随你,你去我就去。"

陶音闻言轻轻地"哦"了一声,声音闷闷的:"那我不想去。"

"真不去啊?"荆盛说这话时,偏头看向她,嘴角向上扬起,尾音有一点上飘的轻快感漫出来,"这都高三了,你学习不要紧吗?"

"挺要紧的。"陶音平淡地陈述,"所以,你上课还整天睡觉。"

荆盛朗声笑了两下,继续看向陶音,说:"我又不指望高考,难道你和我一样不指望吗?"

陶音慢慢地屈起双膝,同时用胳膊环住,将自己的下半张脸轻轻地埋在膝盖与胸脯的空隙里,些许发丝从肩膀滑下,从荆盛的角度看过去,只能看到她半低着的眸子。

"当然指望。"可能是隔着衣物的原因,陶音的声音更加沉闷了,仿佛透不过气似的,"只是我现在这个样子,回去很丢人。"

荆盛闻言,慢慢地坐直身子,朝她投去一个轻慢中带着些不大理解的眼神:"为什么丢人?"

来山上之前,荆盛带她去药店买了消肿的药膏,涂的时候已经不太能看出脸上的红肿了,不会因为外貌而令他人注意。

"我们肯定会被通报批评的。"陶音随便找了个借口,埋着下巴低目回答,"那张纸一定会贴在宣传板上,说不定上课的时候,还会在班里的播音喇叭里公开批评。"

荆盛想了下,深以为然:"极有可能。"

盛夏的烈阳高高地悬于空中，烘得人心间发燥。陶音想到很快便是自己来到嘉城的第二个生日，或许这次会有人为自己庆祝。

总之，一定会比她来嘉城的第一个生日要好上一些，那次的生日其实说不上有多坏，当时荆盛在零点之前为自己买的蛋糕很香很甜，买的关东煮也十分鲜香入味。

只是没有点上生日蜡烛，并且确实有些匆忙，陶音想这次，不说别人，至少荆盛会和自己一起过完生日的这天。

其实陶音并不怕在同学面前被批评，她这次是抱着这般目的去的，去之前自然也想好了后果，并不怕承担。

她只是无法忘怀魏秋芸在办公室里，当着众人的面给她的那一巴掌。

那巴掌说轻不轻，说重不重，只是恰好打在陶音的心口上。

"荆盛。"陶音忽然开口念他的名字。

荆盛偏过头来。

"你刚才问我说的话还算不算数，那你呢？"

荆盛目光落在她望着自己的眼眸上，微微偏了下头："嗯？"

"你说过的，"陶音看着他乌亮的瞳仁重复，"我不想，你就永远不会离开。"

陶音注意到他眸间一晃而过的笑意，瞳孔折射着一点天边的亮光："那你想吗？"

陶音低下了头，嗓间钻出的声音很小，几乎微不可闻："没用的，我和你又上不了同一所大学。"

这话很残忍、很没有人情味，但这就是事实，一个他们从初始便能窥见的未来。

高中生的任务就是学习，将所有精力都放在学习上，再没有时间去管其他。

虽然实际上他们班早已有不少同学开始悄悄萌生了一些小心思，不过陶音并不怀有这样的期待。

既然高中时期没有办法，以后又大抵见不了几次面，两人估计在高考结束时就散了，再没有什么联系了。

以后还是得自己撑一辈子。

陶音在无数的夜晚里想了很多遍高考之后的生活，自己的大学志愿一定会报得离嘉城很远很远，要坐长途汽车转好几站的那种。

到那个时候，荆盛应该也不在她身边，她又要独自重新开始一段全新的生活。

毕业了会自己租房子住吗？

可能会租个单人公寓吧。

饮食起居都是自己一个人。

那想想还挺寂寞的。

两个人在山上都说的是下午不去学校了，可还是早早下了山去小饭馆里吃了些东西，表上的指针一到，又很默契地一起走到了德永中学门口。

正好是上学的时间，门口的学生乌泱乌泱地拥进校门。陶音和荆盛混在学生群中，经过告示栏的时候若无其事地朝那边递过去一眼，纸质的通报批评果然已经下来了。

他们回到班级里的时候，人已经来了不少，教室里一片混乱。

两人一坐到座位上，彭明便迅速搬了椅子坐到荆盛的课桌边，满脸热切地问他们："赶紧的，和兄弟说说，怎么就都逃课了？居然都不和我说一声，太不够意思了！"

荆盛逃课不奇怪，可陶音逃课就太稀奇了，通报批评上说两个人逃课是去一中打架，彭明倒是没想到陶音胆子这么大。

看来也不完全是乖乖女的形象。

荆盛也完全没有想和其他人提起这件事的样子，抬脚踹了下彭明的椅子腿："滚吧，几节课，想逃就逃了，还用得着和你汇报。"

下午第一节课的上课铃蓦然打响，走道里的学生们迅速回到自己的座位上。彭明止住自己本欲和荆盛打闹一阵的动作，起身

拿过椅子走去后面了。

纸质通报出来得快,广播批评也及时得很,化学老师刚走到讲台上,让同学们最后再看几分钟书准备听写化学方程式时,教室前门角落的喇叭里发出清亮的开启音,紧接着便是教导主任略带口音的粗沉嗓音。

"现在向同学们播报一件事情。高三(6)班的陶音同学和荆盛同学,今日上午无故旷课,并潜入嘉城一中与外校学生打架斗殴,行为十分严重,情节恶劣,按照校规本应回家反省,但考虑到两人目前都处于高三阶段,学习紧张,只给予通报批评,希望其他同学引以为戒。"

通报批评念完,广播里似乎有要重复几次的趋势,化学老师用书本示意哪位个高的同学将广播的插头拔了。

坐在讲台旁的学生将插头拔了后,回到座位上。讲台上的化学老师只是笑笑,说:"六班的两位同学也是有本事,其中一位文武双全。"

底下响起窸窸窣窣的笑声,里面没有夹杂嘲讽的意思,只是高三繁忙学业中的一点欢愉而已。

陶音低眸看着未翻过页的化学课本,直到后桌的章忆柳拿笔戳了戳陶音的后背,陶音才回过头,问她怎么了。

"喂,你真去一中打架了?"章忆柳的眼神充满着期待的光彩,压低声音问她,"你居然还会打架?我都没看出来。"

陶音也只是笑笑,并未说些什么。

五分钟的复习时间到了,化学老师让他们合上书,撕下一张练习本纸开始听写。

来回折腾了一个上午,中午又没睡午觉,陶音的眼睛有些发涩。

听写完后,听写纸开始从后往前传。

化学老师确认好交上来的纸张数量后,边整理着夹在教科书里,边不经意地和他们说:"月考成绩快出来了,估计晚自习就能批改完,最迟明天上午成绩就能出来,都有没有做好准备呢?"

陶音翻看着化学书的手指一僵,身体从指尖处开始慢慢变凉。

没想到这么快便能出成绩。

底下的学生也是一片哀号,章忆柳没闷哼多长时间,想起别的事情,微微朝陶音俯下脖颈:"陶音,你这次考得怎么样?肯定又是第一吧?"

陶音勉强牵动嘴角,对她轻轻摇了摇头:"这次我考得不好,拿不到第一了。"

章忆柳不以为意地坐回位置上,表情不屑道:"听你在这瞎说,没听别人说吗?学霸说自己考得不好,那就是考得太好了。

"所以说好学生可真好啊。"章忆柳犹自埋怨着,"逃课打架都能不被处分,这次考试要是创个新高,说不定还能在升旗仪式上被表扬呢。"

陶音没有再答话。化学老师注意到她们这边的动静,厉声提醒了她们几句,然后继续上课。

晚自习最后一节课刚开始的时候,月考成绩表被贴到了黑板的旁边。

晚自习的值班老师临时有些事情,让他们班的班长到讲台上维持纪律。

贴成绩表的班主任方一走远,前排几个胆子大的同学立刻就悄悄围到成绩表旁,压着声告诉朋友各自的分数和排名。

后来似乎是发现了什么不对劲的地方,那几个人开始交头接耳讨论起来,语气还十分惊奇的样子。

班长有些看不下去了,扔下笔走到他们旁边,勒令他们回到座位上。人群散开的时候,她也趁机看了眼自己的排名,觉得还不错,又移目往上看去。

目光移到最上方时,她不由得愣了一下,再次定睛去看,确认了一个事实:陶音这次没考好。

非但不是年级第一,连班级第一都不是。

排名表第二行里明确写着：陶音，班级第二，年级第七。

没人敢主动去告诉陶音她这次考试的成绩，不过陶音听他们的讨论也明白了个大概，知道自己这次的成绩绝对是不尽如人意。

下课后，同学们如出巢蜜蜂一般围在小小的一张纸旁，仔细地看着自己的各门科目分数，陶音没有和他们一起挤着去看，而是在座位上默默地收拾着书包。

荆盛似乎是累了，最后一节课刚开始便趴在课桌上睡得安稳。

挂钟的指针慢慢偏转，教室里围着看分数的人群渐渐散去了，陶音收拾好书包，背在背上，走到成绩表前看到了自己的排名。

果真是退步不少，差点就跌出了年级前十名的行列。

想想也不对，德永的高分段比一中的要少一些，如果是在一中，大概在前十名中，已经找不到自己了。

桌上睡着的那个人终于醒了，他揉了揉仍旧惺忪的眼，隐隐约约地见陶音站在教室前，开口问："几点了？怎么还不走？"

陶音稍稍垂下脖颈："这就走。"

荆盛看了眼从陶音肩膀处露出来的成绩表，心中了然，但并不当回事，安慰她："不就一次考试吗，也没下降多少啊，就六名而已。放心，下次肯定就追上来了。"

偶尔一次失误，理论上是比较好追的。

可是陶音没有信心。

她这次考试本就是因为家里零星琐事而没考好，那些矛盾纷纷杂杂，折磨人的心神，陶音觉得自己的这个高三明明才刚开了个头，偏把自己磋磨得几乎要耗尽力气了。至于后面能不能好起来，她并没有把握。

如果家里情况愈演愈烈，自己的心神进一步被摧残得不得安宁，成绩或许会下降得更厉害吧。

"荆盛，"她轻声说，"我应该好不了了。"

背后的人轻哂了一声："乱说什么呢。"

他走过去，揉了揉陶音的头顶，眼神懒懒的，带着些温柔又缱绻的神色，弯唇说了一句不知对谁说的话："你怎样都会好的。"

你怎样都会好的。这句话听起来莫名地让人有些生气。

可能是考差了的缘故，陶音心情不太好，朝他微微蹙了蹙细眉，一副些许哀怨凝于眉间化不开的模样："什么叫我怎样都会好？那我不想好呢？你怎么说得这么容易？"

夹杂了些恼怒的问话刚说完，她转身便要走。

"哎，"荆盛很快拉住她的一只手臂，朝着她转过来的眼眸笑着，"我不是那个意思。"

他嘴角弯起，仍旧是那个弧度，眉毛却有一点落下来，眉目间仿佛有些寂寥，声音轻到几乎无法捕捉："别让我担心啊。"

陶音的头低垂着，嘴唇微微抿起，轻声说："对不起。"

门外的走廊里已经没有声音了，荆盛收回手，笑道："走吧。"

六班的成绩表在晚自习的时候就被班主任拍照发到班级群里了，陶音一进门就对上魏秋芸铁青的一张脸，愕然了一瞬，而后反应过来她原是一早就站在门口等着自己放学。

她抬步迈进房门，手伸到后面带上门，换上拖鞋刚抬起头，放大到她名字那栏的成绩表便倏地撞进她的眼帘。

"告诉我这是怎么回事？"魏秋芸的话语中隐匿着浓浓的戾气，"为什么成绩下降这么多？"

其实陶音从学校到家门口的一路上都挺自责的，也浑浑噩噩地不知身在何处，印象中自从初中开始自己就从没在总分排名上看到"2"这个数字。

但之前累积出所有反思与忧愁都在这一时刻飞入云霄，那点许久不曾探出的犟劲又悄然发出了芽，陶音平视着魏秋芸不太明显的细纹侵蚀下的眼眸："魏展颜的成绩应该也出来了吧？比年级第七高吗？"

魏秋芸表情一滞，很快反应过来陶音话语里的意思，拔高声调道："你这是什么意思？拿小颜和你比较干什么？你的学校和小颜的能比吗？每天就这样得过且过像什么样子！"

"原来你知道一中的成绩比德永好啊。"陶音淡声道,"那你当时还逼我转到德永?"

"我让你转到德永的原因难道你不清楚吗?"

方才的那句话彻底激起了魏秋芸的愤怒,她立起的每一根眉毛都带着火。

"还不是你整天在一中惹是生非!不然我犯得着费那么大劲把你送到德永去!你只会在别人身上挑错,从不会在自己身上找问题!"

陶音不想和她继续争论下去了,抬步绕过她想回卧室。

在手握住门把的时候,她身后传来严厉的呵斥:"站住!"

陶音深吸了一口气,将手放下。

"今天上午的那个男生是怎么回事?"这件事情魏秋芸记得清楚,"他为什么会和你一起逃课?你们俩现在是什么关系?从办公室跑出来后,你们俩去哪儿了?做了什么事情?给我一五一十地交代清楚!"

陶音闭上眼,尽量压住澎湃的心绪,转过身,对魏秋芸道:"他是我的同学,中午我们没去哪儿,就是去餐馆吃了顿午饭,别的什么都没有。"

"什么都没有?"魏秋芸冷笑一声,"你骗鬼呢?你以为谁会信?我也是从你这个年纪过来的,你这个阶段的女生心里想些什么我一清二楚,你俩究竟到哪一步了?说!"

陶音觉得眼前这个面目刻薄的女人根本无法沟通,降下火气告诉她:"我和他只是同桌,仅此而已。"

"只是同桌?"魏秋芸的双眉霎时吊起来。

"我就说你俩肯定有事!被我说中了吧?他的电话号码是多少?我马上打给他!我倒要问问他的家长是怎么教育小孩的!小小年纪就敢带坏小女孩了!"

她说着便伸手去夺陶音背在身后的书包,陶音紧紧护着,两人就这样拉扯起来,不时还混着魏秋芸的怒骂声。

"行！"

见陶音护书包护得紧，自己一时夺不过来，魏秋芸将书包猛地朝陶音身上一推。陶音反应不及，后背瞬间撞上卧室紧闭的门，发出"哐当"一声闷响。

"我现在就给你们班主任打电话！我就不信你们班主任还能没有自己学生的号码！从明天起你们就要换位置！让你们各科老师都好好盯着你们！看你们还有没有时间在学校里乱搞！"

"你是不是——"眼前的女人宛若发疯一样，陶音一时没忍住，差点骂出来。

魏秋芸走到客厅门口的鞋柜旁，从手提包里拿出手机，手指在屏幕上按了几下后，将手机放到自己的耳边，穿着拖鞋朝主卧的方向走去。

明白魏秋芸要做什么，陶音立刻抬步追上去，主卧的门却在自己即将进入房间时"砰"地关上。陶音当即拧动门把手，房门里却传来钥匙旋转的"哗啦"响声。

门从里面被锁上了，陶音徒劳地拧了几下门把手，绝望感弥漫在心间。

她背靠着锁上的主卧门，身体慢慢地下滑，直到坐到地上，夏日穿的衣服薄，瓷砖的冰凉感很快传来，陶音却几乎感受不到了。

里面隐约传来魏秋芸的声音，陶音不忍去听，可独属于魏秋芸的语调还是真切地传进耳朵里。

"对，老师，所以我想让您把他们调开，您也看到陶音现在的成绩下降得有多厉害。"

"这个年龄段的小孩，心思都多着呢，我在家里早就感觉她不对劲了。"

"现在我也不知道他们究竟到哪一步了，陶音不肯说，希望还没有酿成大错吧，尽早止损。"

"还有，老师，我想问一下那个男生家里的电话。"

"嗯，好的，您等一会儿，我记一下。"

陶音失魂落魄地默然听着房间里的话语，半晌神思才有些回转，反应过来自己无论如何要告诉荆盛一声，于是将旁边的书包放到腿上，拉开拉链，从里面拿出那部手机。

她点开荆盛的头像，给他发：我妈妈问班主任要你们家的电话号码了。

陶音：对不起，我拦不住她。

陶音：她说了什么你都不用放在心上，她在家也是这么说我的。

陶音看着自己发出的三条消息，想再解释些什么，点击输入框却又不知该输入些什么，就这么呆滞地看了一会儿。见对方还没有回复，于是她按下手机侧面的电源键，屏幕熄灭了。

她拿着书包站起来，回到了自己的卧室里，关了门坐到书桌前。刚将手机放到书桌的一旁，屏幕亮起，时间下方显示有一条新消息。

以为是荆盛发来的，陶音很快拿过手机，点进消息，方才还"怦怦"跳动的心慢慢变得平缓起来，有些失落。

荆盛没有回复她，消息是喻风迟发来的。

喻风迟：你怎么去学校打架了？

喻风迟：你不知道这样会被处分的吗？

稍微和喻风迟解释了几句，最后还是以喻风迟一句责怪的话语结束对话。陶音知道喻风迟是在担心自己，只是碍于性格，他发过来的每一句话都不太好听，全是冷冰冰的告诫和责问。陶音看着还留在屏幕上的聊天记录，心情愈发低沉。

退出去看了一眼最近的联系人，荆盛还是没有发消息过来。陶音思索着是不是魏秋芸说了些不让他再和自己接触的话，所以导致荆盛不愿再与自己交流。

想到这种可能，陶音关了手机，从书包中抽出习题册开始做题。

晚上入睡时，她还是忍不住看了几眼，微信还是没有新消息。陶音将手机放到枕头下，想着第二天回学校时再和荆盛说明情况。

翌日醒来，陶音收拾好书包去了学校。由于入睡时想着今天要和荆盛解释缘由,所以陶音醒得很早,来到教室的时候里面几乎还没有人。

陶音放下书包坐到椅子上,看了眼旁边空空如也的座位。

荆盛来学校挺敷衍的,带的东西很少,书包背回家,桌洞里便空荡荡的什么都没有留下,仿佛自己身旁本就是这样空无一人。

陶音将书包放进桌洞里,拿出笔盒,没有抽出练习题开始做,眼神不自觉地移到走廊的玻璃窗上。

就这么等了荆盛半晌,直到教室前门开始陆陆续续地有人走进来。每当脚步声响起时,陶音都会移过目光去看一眼,可每一次都不是荆盛,于是再次别过眼神,落到别的地方。

慢慢地,陶音心里渐渐有一丝不安感泛出来,她不知道是为什么,荆盛几乎每次来教室都是踩着点到的,这个时候没到学校,明明是件很正常的事。

她这样缓解着自己的情绪,从笔盒里拿出一支中性笔,翻开习题册开始做题。

时间在笔尖的书写中不知不觉地滑过,自习课上课的铃声打响了,陶音从题海中抽出神来,侧过脸看了下旁边的座位。

荆盛依旧没有来。

自习课时老师来得都比较晚,虽然打了铃但教室里依旧很闹。后桌的章忆柳注意到陶音旁边空空的位置,有些惊奇地发出声音:"咦?荆盛居然又逃课了?"

而后她很快接受了这一情况:"不过他本来就经常逃课嘛,也就是陶音来之后规矩了一点。"

值日的老师从前门走到讲台上,敲了敲黑板:"安静自习。"

教室里很快安静下来,自习课结束的铃声一响,不少同学便趴在课桌上补起了觉。

高三了,大多数同学的睡眠时间都被严重压缩。

课间的五分钟里,后面的彭明来过陶音的座位旁问了一次:

"荆盛今天怎么没来教室啊？"

陶音平静地摇摇头，表示自己不知道。

彭明烦闷地抓了下自己的额发，叹道："昨晚给他发消息他也没回我，也不知道是不是出了什么事。"

能出什么事呢？

陶音想象不到。

好像荆盛给她的第一印象就是什么事也奈何不了他。

仿佛长空浩荡，一面鲜明的旗帜张扬地飘荡在风中。

高高悬于日头之上，耀眼夺目，炽热光华洋洋洒洒地铺了满天，天地万物黯然失了原有的色彩，无人能将其折毁摧断。

陶音笑笑，对彭明稍稍摇了摇头："他不会出什么事的。"

第一节课开始的时候，班主任站在讲台上告诉他们，今天荆盛请假了。

或许是生病，陶音在心里这样想。

第二天荆盛仍旧没有来学校。

他那张桌子还是这样干干净净地摆在自己的旁边。

桌面很整洁，一点污渍也没有。

或许是发烧，毕竟生病也不是一天就能好的。

就这样又过了几天。

其间陶音间断地给荆盛发过几条消息，询问他的情况，可无一不是石沉大海，没有任何一条得到回复。

直到四天后，班主任正背对着他们在黑板上抄写着习题册上的题目，像是突然想到什么似的，收回粉笔转过身告诉他们，荆盛出国了。

正在草稿纸上誊抄重要条件的陶音笔尖一顿，在质量不太好的纸上洇出一点笔墨。

这时她才意识到，荆盛家里是挺有钱的。

这也就意味着，出国对他这样的家庭来说，是一件再正常不过的小事。

· 253 ·

陶音的家庭不上不下，她在小县城里待久了，在此之前，出国这个概念从未在她的脑海中出现过，恍然一提，方如深渊巨岭般突兀地横亘在她和荆盛两人之间。

班主任通知得不是时候，要是能提前一节课告诉他们，她也就不至于在前一节课间时，给荆盛发过去关于自己生日的消息。

今天是8月21日，明天便是自己生日了。

她在学校没什么朋友，在家里，魏秋芸和魏展颜都不像是能给她过生日的人。

所以她在前一节课间时给荆盛发了消息：明天是我的生日，你能陪我一起过吗？

看了一眼发出去的文字，陶音又不免觉得有些厚颜无耻，于是又补救了一条消息：不用在意，没时间的话就算了，我也不是非要人陪着过。

发完她便关了手机屏幕，之后上课铃声打响。

现在时间已经超过期限，消息无法撤回了。

下课的时候是大课间，后桌的几个女生正用不算大的音量议论着荆盛出国这件事。事情发生得有些突然，不少同学都感到惊讶，但想想又觉得挺合理，荆盛家境富裕，成绩又不好，出国是一个不错的选择。

陶音没有参与任何讨论，从桌洞内的书包里抽出一本物理重难点习题，没有看页数，随便翻到一页空白的地方从最上方开始浏览题目。

彭明走过来，没有坐到荆盛空荡的座位上，而是搬了自己的椅子在陶音的桌边坐下："小桃桃。"

陶音从题目中稍微抬起头。

"明天是你的生日吧？"彭明朝她笑笑，只是看上去并不是很开心的样子，"阿盛没时间，要不要我们陪你一起过？你喜欢什么味道的蛋糕？等放学我去蛋糕店给你订。"

陶音在听到"蛋糕"这个词时，有片刻的恍惚。她想到刚来

·254·

嘉城的时候，也是 8 月 20 日，深夜十一点多，荆盛在便利店里给她买了一小块蜜瓜蛋糕。

什么味道来着？她记不清了，便利店已经搬迁，之前也因为学习很长一段时间没有去过。

想到这儿，陶音勉强笑笑，回答彭明道："不用了，高三了，还是学习要紧。"

"这样啊。"彭明的眉梢落下来，有些失望的模样，"那小桃桃好好学习。"

顿了顿，他说："好好学习，考出去，别被家庭困在这里。"

第二天中午放学，陶音在朝校门口的方向走的时候，在街道旁看到了她很熟悉的场面。

仍然是一群看上去便不好惹的少男少女扎堆在那里，那个体型壮硕的青年和当日一样坐在石凳上，单腿撑地，一条腿随意弯曲着，围绕在他身旁的几个人她也似曾相识。

估计是听说荆盛出国了，所以才来找她麻烦。

她没再去辨认狄彦和冷菲儿有没有混在里面，转身按反方向朝教学楼走去。她将书包放到课桌上，从侧边拿出校园卡，下楼去食堂吃午饭。

吃完饭后，她就在教室里将就着睡了个午觉。她不是因为荆盛离开了所以惧怕他们，而是自己真的已经高三了，任何有可能会影响未来的意外她都承担不起。

给魏秋芸打电话说明情况是不会有用的。晚自习放学时，陶音便混在一群拥出校门的学生里，在人群拥挤熙攘中，半垂的眼不时用余光观察着街道旁，没看到中午的那群人。

穿过街道，走到对面，人流逐渐散开，沿着各自的方向走，彭明从后面喊住了陶音，陪着她回了荣景小区。

之后陶音再没在校门口看到过那些人的面孔，以为是被保安训斥走了，或是高考日期渐渐逼近，即使是狄彦和冷菲儿这样从不学习的学生，也有了些紧迫感，但最有可能的还是怕自己惹事最后牵连到魏展颜吧。

陶音的高三过得异常安稳,落下的成绩很快赶上去,名字焊在每一次的统考排名表的最上方,空闲时间压缩得越来越厉害。

旁边的座位仍然空着,没人坐,大扫除的时候同学会顺带着将无人的桌椅也擦拭一遍,手机里"你的大帅哥债主"的联系人名称也被各种系统通知压在了最下方。

彭明坐在教室的后排,看着陶音整日坐在座位上不声不响地做题、听课,从书包中抽出的练习册换了一本又一本。

从大众到各个书店都能找到的练习题和试卷,到冷僻到没见过的题册,陶音做题时脸上看不出什么情绪,仿佛只是按部就班地做好每一件事情。

陶音旁边的位置再没有人坐过,仿佛从一开始那个人便没出现过。

伴随着一场降雪,冬季悄然过完,高三下半学期如期来临,他们在高考不断迫近的紧张感中迎来属于他们的百日誓师大会。

主席台上,站在话筒前的学生不是陶音。

自此,她的生活里只有课本与永远做不完的习题。

教室前门悬挂的高考倒计时木板上,纸张由"10"变为"9",距离高考的天数就此变成了个位数。

当鲜红数字翻到"3"时,全校放了假。那天下午,高三年级将自己的教室布置完毕后悉数回到家,他们开始各自在家备考。

陶音分到的考场正好在德永中学,高考前一天下午,阳光格外醒目,热得人皮肤细痒难耐,几乎让人睁不开眼。魏秋芸带着魏展颜去一中看考场,陶音踏着铺洒街道的日光独自去往德永中学。

高考那两天,陶音过得很从容自若,好像自己笔下书写的不过是德永中学某一次平常月考的试卷,没什么特殊的地方。

他们甚至连一场毕业聚会都没有,英语考试的结束铃声敲响的几天后,他们按照通知去原先的班级里拿报考书,里面有全国

各大学的历年录取分数和名次线,而后携带着它各自回家。

又过了一个月左右的时间,高考分数出来了,陶音考到了德永中学历年来最高的名次和成绩,在两个学校中冠绝当时,喻风迟的分数紧随其后,差了不过三分。

也是直到高考成绩出来后,彭明才发了消息让她出来一起聚个会,当高中两年的一顿散伙饭。

聚会地点是之前去过的一中附近的火锅店,又炒了几盘菜摆满餐桌。

人不是很多,有男有女,七八个人围在长方形的桌子旁,桌上几瓶开了的玻璃瓶和易拉罐的啤酒混杂着。

"真来了?"说话的是之前班上的一个男生,他笑着,"我们都觉得你肯定不会来,都在猜你现在是不是还在家做没做完的习题呢。"

一句开玩笑的话,使得全场的气氛很快活跃起来,旁边的几人都端着啤酒开始喝,无所顾忌地说着最近的生活和高考前的对比。

陶音看了眼放在手边不远处的啤酒罐,拿了过来,勾着手指拉开拉环,也和旁边的女生边笑边喝了几口。冒泡的液体刚一碰到舌头泡沫便尽数破裂开,淡淡的一股苦涩味在口中蔓延开来。

陶音觉得人有时候真奇怪,明明挺难喝的东西,偏有些时候甘之如饴。

大概喝了有半罐,陶音将剩下的啤酒放到桌上,看着它笑了笑:"是我酒量比较好吗?喝半罐了好像也没醉。"

彭明笑道:"啤酒哪有那么容易醉?也别喝太多了,尝个味儿就行了。"

"陶音,你大学准备报哪儿啊?"火锅里的汤"咕噜噜"地冒着泡,彭明问她。

陶音摇摇头,她还没看高考志愿填报指南,只回答了一个大概方向:"应该会报甘棠大学吧。"

彭明闻言没对此做什么评价,笑着将话题淡淡地转移过去:"这也是我们一起吃的最后一顿饭了,以后能不能联系都得另说。陶音,大学开学后就不能跟在你后面了,也就只能陪你到这儿了。"

隔着火锅缭绕的热气,彭明的笑容有点看不清:"我成绩也就够在嘉城念一所排不上号的学校,没上过的好大学你替我好好看看。刚我问过了,就我们这七八个人,要报的志愿都相隔十万八千里,以后啊——"

他低低地笑了几声,仿佛所要提及的并不是一件多么伤感的事情:"就真的各奔东西了。"

"各奔东西!"话音刚落,不知是谁喝醉了,泛着酒意的腔调高声应和一声,喝了半罐的啤酒易拉罐被一只胳膊举着伸到桌子中心。

"各奔东西!"其他人也应景地高喊道,几个啤酒瓶碰撞到一起,每个人都在笑着,可能因为喝了酒吃了火锅,面庞都红彤彤的,笑得那样豁达而洒脱。

后来陶音如愿以偿去到了甘棠大学,它坐落于离嘉城一千多公里的北方城市,那里春秋短促,冬夏漫长,街巷胡同回肠曲折,陶音只身来到异地他乡。

喻风迟原是要和陶音一样报甘棠大学的,但在临行前告诉陶音,他在报考的最后一刻将溪章和甘棠换了位置,他说自己还是决定追寻自己从医的梦想。

他说他母亲的年纪大了,身子骨也不见得好,学医总是方便点。

两人坐上了开往一南一北的列车,就此分隔两地。

离开从小熟悉的学习模式,陶音陷入从未有过的茫然期,她按部就班地将课堂的知识学得透彻,却再也提不起一点劲去参加课外的活动或比赛。

抱着保研目标的同学,从开学的那一日起,便一刻不停地为各类赛事奔波,为综测的一点分数使出浑身解数,将自己的时间

不断用各种课外活动填满，结交科研人脉，总忙得不可开交。

陶音也是在这时才意识到自己在逃离高中后面对的是全然陌生的情景，她并未懈怠学习，书本的课程对她来说不过是家常便饭，可是她懒怠于结交朋友，对于舍友也只是有事时告知一声的疏离关系，没什么特殊的交情。

魏展颜也去了一个离家挺远的大学，三个人分隔的时间久了，原来的一些矛盾与隔阂渐渐地消磨下去。

一个人在嘉城的空房里，魏秋芸时常感到寂寞。陶音不常回家，寒暑假都是挑着日子象征性地回去一趟。她会给陶音发微信，问她在学校过得怎么样，饭菜合不合胃口，说上次回来看她都瘦了。

陶音总是回答都还好，发出的文字无波无澜，再没多余的字句。

还是在前两年的除夕夜，魏秋芸照常往陶音的碗里夹菜，由于多年的疏忽，夹的菜没多少是陶音喜欢吃的。

或许是忽然悲上心头，她头一回拉着陶音哭着说，自己对不起陶音，说自己从小因为陶音外婆的忽视怨恨陶音外婆，结果到头来却成了和陶音外婆一样的人。

她抬起一双婆娑泪眼问陶音，愿不愿意原谅她。

陶音看着她，未作回答。

因为陶音知道，原谅与否，没有意义。

从前的日子一去不复返，发生过的事情不会改变，而对于未来如何，也并不算重要。

也是那年的寒假，魏展颜告诉陶音，在魏秋芸和江鸿朗真要离婚的那天，当陶音站在蹲坐在墙边哭泣的自己身旁时，她是真的想要与陶音这个亲姐姐和好的。

可是后来她在魏秋芸的床头柜里看到了一张怀孕两个月的检查报告单，还有一张人工流产的证明。

之后她从魏秋芸口中渐渐得知，这个孩子本是意外，江鸿朗想留，可魏秋芸考虑到魏展颜和陶音以后正是花钱的时候，况且即将高三，学习紧，这个孩子的出生会给她们造成影响，坚决不要。

两人就为这事争吵许久，直到魏秋芸瞒着江鸿朗私自去了医院，离婚的事件才彻底爆发。

所以魏展颜将她所遭遇的家庭不幸统统归咎于陶音身上。

如果不是陶音擅自加入他们这个家庭，一个孩子而已，他们负担得起的。

即使目前她们的关系还谈不上多好，陶音对魏展颜的态度仍旧不冷不热，一如既往，但魏展颜经常主动找些话题想和陶音聊聊，仿佛真的有千帆过尽万木春之感。

陶音知道魏展颜其实现在依然没有多少修复关系的渴望，只是时间久了，长年累月见不到面，很多东西便这样算了。

后来大四时，陶音的绩点一直排在全系第一名，学习于她依旧没什么难度，她顺利通过了甘棠大学的研究生考试。

又过了一年多，魏展颜的空间动态发了一张她在婚礼酒席上的照片，穿着婚纱的冷菲儿和她一起对着镜头开心地笑，一派幸福安好的景象。

其间魏展颜向她透露过一件事情，高三时，荆盛出国的前一段时间，他来找过自己。

当时他靠在一中校门口的墙边，戴着黑色鸭舌帽，低垂着头，帽檐处缀了点盛夏正浓的细芒。

见魏展颜过来，他略略直起身，眉目间一副疏离的模样："告诉你的朋友，以后少找陶音麻烦。"

"这次的事就算了，到此为止。"他看向她的眼神毫无温度，"她要是出事，我就是飞回来也要把所有账算完。

"她出了事，你们所有人，都疯不过我。"

叙述完毕后，魏展颜自嘲地笑笑，告诉陶音："高中时我挺喜欢他的，当时的篮球赛也是为了看他才去看的。

"在那一刻，怎么说呢，就对他什么感觉都没有了。

"既然他喜欢我讨厌的你，那我也讨厌他好了。"

陶音恍然一怔。

她原来一直以为自己的青春都是一个人的兵荒马乱。她在肆无忌惮的青春里没能成为谁的主角，想想其实还挺遗憾的。

　　有时候陶音也会羡慕魏展颜，就算她再怎么骄纵、自私、令人讨厌，也有狄彦坚定地站在她身边。

　　可原来……原来她也是有的。

　　那段荒芜贫瘠的青春期，那些阴暗沉闷的日子里，也曾有人选择站在孤立无援的她身边。

　　也是这个时候，陶音才明白自己究竟有多想荆盛。不悲不喜的日子一望无际，仿佛自己的这一辈子就这样看到头了。

　　研究生毕业后，她回了趟嘉城，路上遇到了多年未见的狄彦。眼前的他面容已然褪去了年少时的青涩，成熟感在他脸上渐渐显露出来。

　　并肩行走的贤淑妻子正推着婴儿车，狄彦偏着头垂眼看着她哄婴孩的面庞，眸光里皆是宠溺与爱意。

　　好像全世界过得都很好，只有她一个人沉溺在流沙般的过往中，不上不下。

　　他别过目光的时候注意到了她，面上有一丝微不可察的愣怔，而后得体地与她打了个招呼，笑着说："你好，好久不见了。"

　　陶音稍稍弯起嘴角，也礼貌地回他："好久不见。"

　　他示意旁边的妻子先走，然后将目光落到陶音的脸上，成熟的面孔上添了几分歉疚的神色："以前还不成熟的时候，很多事是我做得不对，对你造成了很大的伤害。一直以来，我都挺愧疚的，以前太幼稚了，行事也很冲动。后来听魏展颜说你考上了甘棠的研究生，幸好没对你的未来造成影响。"

　　听到这儿的时候，陶音恍惚了一下。

　　加害者总是比受害者更容易走出来，什么叫作"没对你的未来造成影响"呢？难道她考上研究生，就代表她没有因过去那些事情受到伤害吗？就算如今的她学业有成，那也是她自己努力的成果,并不意味着狄彦没有做错事情。他如今肯为过去的事向她道歉,不是真的悔悟了,而只是想寻求良心上的安慰。

可凭什么呢?凭什么他"轻舟已过万重山"了,自己也要跟着释怀呢?狄彦有道歉的权利,但自己也有选择不接受的权利。

"有一句话我一直都想和你说。"

狄彦眼中愧疚的神色愈浓,嘴唇稍微张了张,方要将那句埋在心里多年的话说出口,陶音却抬起手打断他:"停,停。"

她脸上浅淡的笑容显得有些疲惫。

"不用说下去了。"

她既做不到开口原谅,也不再有力气去讥讽奚落。曾经带给她的一切伤害,最终都落成"算了"。

陶音之后还是在甘棠租了间单人公寓,在一家大企业里做一些翻译类的实习工作。

转正这年,多年没联系的章忆柳很突然地给她发了一条消息。

此时正是清晨七八点的时候,难得休息一天,陶音被放在枕头旁的手机消息提示音吵醒。

微微凌乱的发丝贴在白润的面颊上,陶音半睁着迷蒙的眼睛,拿起手机点开消息,散落的几缕乌发隐约掩住颈下精致的锁骨。

章忆柳:陶音,你现在住在甘棠吧?

章忆柳:我和几个朋友打算去甘棠玩一圈,旅行社不靠谱,还是你这个老同学让我放心。

章忆柳:你有没有时间呀?有时间的话带带我们吧。

窗外的鸟儿啼出几声脆鸣,陶音穿着白色宽松睡裙走到窗台前,拉开窗帘开了窗。一时之间,清脆雀响带着即将入夏的晨风一同吹进屋内。

陶音低头在输入框输入了一个字:好。

第二天,陶音去车站接章忆柳。很多年没见了,不知道她的模样是不是还和从前一样。

客车到站的广播声响起,陶音起身看向那辆缓缓停下的客车。

乘客从开启的后门里渐渐拥出，不多时，她便看到了一个身形熟悉的女孩拎着一只绿色行李箱出现在车门口。那女孩低头提着箱子拉杆，一步一步地走下车梯。

陶音走上前去，想帮章忆柳拿下行李箱，章忆柳很爽快地摆摆手说不用，自己就带了一个箱子，也不重。

章忆柳脸上化了妆，眼部的妆容有些浓了，不大能看出年少时的眉眼。

她整个人的形象都比高中时精致不少，变化挺大的。

中午两个人去小餐馆吃了顿饭，在宾馆休息了一会儿，下午在陶音住处附近转了转，打算明天再乘车去甘棠有名的景区。

可能是第一次来甘棠，章忆柳明显很兴奋，次日没到六点便给陶音拨过去一个语音通话，听筒里声音清醒，不掺杂任何困意，问现在能不能出发。

原本定的时间是七点，陶音应付了几句便从床上起来，洗漱穿衣后前往章忆柳住的宾馆。

她按照昨晚章忆柳给她的房号找到房间，屈指轻轻敲了敲门。

门内没有动静。

陶音的眉毛稍微动了动，有些奇怪，即使章忆柳还没洗漱好，应该也会在门内应一声的。

于是她加重了些力道又敲了敲，敲最后一下时，指节还未落到木板上，房门便从内被人缓缓打开。

半开的门内，露出了一张久违的熟悉脸庞。

时隔久远，那张脸仿佛穿过九年的匆匆光阴，从高中郁郁葱葱的岁月中走过来，带了点岁月蹉跎的痕迹，就这样出现在她面前。

他的眼瞳依然漆黑，映着点天边漫出的曦光，笑容很淡，似乎一早便知能遇到她的样子，与陶音此时的愣怔形成对比。

"你好。"他说。

这声音隔得太久没听到，沾了些旷野的白霜。陶音听着他话语的尾音在耳中悠悠地飘，仿佛不太真切。

她在门口静静地站了很久,半晌才浅笑开口,回了四个字:"好久不见。"

她原以为自己的内心在时光的疗愈下,已经平静到再泛不起涟漪了,可话音方落,喉咙仿佛有什么东西哽着,喉结不断地微微颤动,眼泪不由自主地就漫上来。

原来久别重逢就是这个样子。

隔壁房间的门被打开,章忆柳边挎包边喊:"迟了迟了,陶音怎么也不叫我?"

一偏头,就看见陶音站在隔壁房间的门口,身形怔怔的,仰着头看门内的人。

章忆柳这才回过神来,双手合十,有些抱歉地对陶音说道:"对不起,我忘了告诉你我和荆盛换房了。"

似乎神志这才清醒,陶音朝她移过眼神。

"昨晚回房的时候看到荆盛住我隔壁,睡觉的时候看到有虫子飞进来,我就找了他。本来想让他帮我赶跑的,但他说换房间。

"反正房间都一样,我就和他换了。"

借着漫进走廊的晨光,她瞥见陶音眼中转瞬即逝的泪光,有些错愕:"你怎么哭了?"

陶音这才反应过来,抬起手背擦了擦眼睛,刚想说没事,章忆柳便扯开嗓子朝门内的人数落:"你看看你,多少年了,一见面就把人家弄哭,高中时不是还挺宠人家吗?果然,男人都是薄情的生物。"

两人这么多年都是单身,章忆柳说话也不需要顾忌,虽然说荆盛高中对陶音挺好的,但她也没真觉得两人之间有什么其他关系。

别说他们两人本就天差地别,更何况都过去多少年了,就算高中时真有什么心思,现在也早就烟消云散了。

玩笑归玩笑,章忆柳数落完后又问荆盛要不要和她们一起去玩,多年没见了,就当老同学聚一场,还转过头问陶音对不对。

陶音点点头，说既然来了，就一起去吧。

荆盛笑了笑，答应了。

甘棠海边，微风带来波浪"汩汩"的悠静声音。陶音和荆盛站在临海的桥上，章忆柳在后面举着手机不停地拍照。

一部旧手机出现在陶音的眼前，模样熟悉，是她高中时摔碎的那只。

当时荆盛说帮她修，很久都没有消息，之后他出国，也就不了了之。

"我找人修了很多次，前几年才修好，一直没时间还给你。"荆盛说，"里面的照片都还在，存的号码也保留着。"

陶音没记错的话，里面的照片只有一张，是小时候她和陶经国的合照。

过了这么多年，照片里的样子早已模糊。

存的手机号也只有一个，陶经国的，以前打了很多次都没有接通，现在那串数字她已经完全忘了，遗落在记忆里不知名的角落。

陶音愣愣地从他手里接过手机，长按住侧面的电源键，屏幕内亮起一行品牌名。

手指点开联系簿，联系人只有一个，备注的名称是爸爸。

"要打一下试试吗？"

头顶传来荆盛温和的声音。

陶音静了须臾，点了呼叫键，而后将手机放在耳边。

手机里响起拨号的声音，有人接起来，陶音的身体在一瞬间颤了下。

隔着屏幕，电话那边的人说："喂？"

不是印象中陶经国的声音。

"你好。"陶音似乎能听到自己声音微微抖动，她极轻声地问道，"请问是陶经国吗？"

对面的回答很干脆，轻易击碎她的幻想："不是，你打错了。"

接着便是电话挂断的"嘟嘟"声。

陶音平静地将手机移到自己面前，低眸看着屏幕。

"前些年德永拆迁了，搬到了别的地方。"旁边的人胳膊搭在桥边的栏杆上，望着远处日光下的粼粼波光。

"这些年嘉城变化挺大的，但一中好像没怎么变，旁边的林荫路还和以前差不多。"

"嗯。"陶音收起手机，眼睫微微垂着，"是变了挺多的。你怎么会忽然回嘉城？"

荆盛闻言笑了一下，纠正她："不是忽然。"

陶音的面上露出淡淡的笑，没有继续这个话题，只感慨般地告诉他："你走得太突然了。"

当时她如往常般走进教室，也以为不过是像之前那样平常的一天，没想到会是他们离别的开始。

荆盛转正了身子，目光沉沉地移向她，极认真地道："对不起。"

那晚他和父亲发生了有史以来最激烈的一次争吵。

外面传言父亲的白月光离了婚，带着个和他差不多大的儿子，大有要和他父亲重燃情火的征兆。

她那个儿子荆盛见过几次面，野心很大，是个难缠的主。

在听到父亲要将他送至国外时，荆盛当即冷笑，讥讽道："对，不耽误你们一家三口团团圆圆，我妈在九泉之下也一定会高兴地出席两位的婚礼的。"

话音落下的一瞬间，他脸侧便挨了一个狠狠的巴掌。

力道大得几乎让他牙齿松动。

他侧着脸，磨着牙哂笑："行，不在这儿碍您的眼，您老就带着自己的朱砂痣，日日去庙宇求福求法超度我母亲亡魂，让她早日超生，免得来打扰你们的恩爱生活。"

那夜凌晨，山里星点降落，林间漆黑无影，他就在那儿呆坐着，看着脚下寥落的几点灯火。

之后他去了埋有他母亲亡骨的坟墓，他靠在母亲的墓碑前，自言自语般地告诉她，父亲要重新娶妻了，还带着别人的儿子，这下怕是要彻底忘记她了。

"他还要把自己儿子送出国，一辈子都见不到您。"他自嘲地笑笑，看了眼碑上母亲的照片，眼睛亮得似乎有潭水盈在里面，"他想得美，我就是要一辈子记得您，您是我妈，这是事实，谁都别想改变。

"您不知道，您走了之后，就剩您儿子一个人活在世上，天天被他父亲打，没个人保护着……您儿子也倔，就和他对着干，打断骨头也不服输，就不让他好过。

"后来您儿子遇到了一个女孩。

"她吧，特别奇怪，一开始我还挺不喜欢她。

"后来不知道着了什么魔，每天就想着她。看到她哭，比自己被打还要疼；看到她和别的男生走在一起，心就像被揉成一团，皱巴巴的……

"她家里也不好，再婚的，父母好像都不太喜欢她，妹妹还天天找她麻烦。

"她说她喜欢温柔的、有耐心的、善良、努力上进、成绩好……说到这儿，他提起嘴角笑了下，那是个苦涩的笑容。

"哪样都和您儿子不沾边。"

夜风料峭，他一回到家，手机便被父亲没收了，父亲断了他所有的社交方式，把他关在房间里三四天。

他知道，自己这次是非走不可了。

其间他想办法和彭明取得了一次联系，他嘱咐彭明，高三一年，帮他照顾好陶音，他们兄弟俩估计很久都见不了面了。

还有陶音的生日，8月22日，帮她好好过。

他本都放弃了，直到要出国前，他经过一中的梧桐路，自行车铃声清脆，将他拉到了第一次见到陶音时的那日。

女孩仰着面问自己，声音能不能小一点。

他几乎当即做出决定，回家和父亲又一次爆发了争吵，最终两人都妥协一步，荆盛去临市读书，其间阻断他和所有人的联系，全身心投入学习，放假时司机会接他回家。

荆盛答应了。

转学过去的每一日，他满脑子只有一个想法——他要和陶音在一起。

第一年，他超过了二本线几十分，没够上一本线。

他报的第一个志愿便是甘棠的一个二本学校，离甘棠大学最近，彼此相邻。

可是在截止日期的前一天，他父亲改了他的志愿，填了另一个城市的学校。

等录取通知书的那几日里，他抱着满心的欢喜和期待，希望能与陶音重逢，却在学校的小房间里，领到了和甘棠相隔近千里的大学的录取通知书。

这感觉就像什么呢？你原本以为希望近在咫尺，伸出手便能够到，却被人迎面泼了盆冷水。

他居高临下地站在那儿，告诉你，没可能，你想见到她，做梦。

他没回家，收拾了行李便在兰泽的酒店住下，直到暑假结束，大学开学。

那时父亲注销了他的手机号和一切社交账号，班级群也早已解散。

但他并不是联系不到陶音，大学的四年，他很多次买了飞往甘棠的机票，想着能在校园旁看到她，就像以前在一中附近的梧桐道上一样。

后来他见到了，陶音穿着卡其色的大衣，披散着头发，和另一个男生谈笑着。

其实荆盛知道，他们并非一定是情侣，或许只是普通的同学关系，可是就在那一瞬间，荆盛意识到了一件事。

陶音曾经的愿望已经实现了。

她来到了离嘉城很远的大学，交到了知心朋友，所接触的人都和他不是一个层级的。

他们的距离，早已不是用两地的距离来丈量的了。

所以自己为什么要拖着她呢？

拨一通电话，告诉她，我是你的高中同学，又有什么意义呢？

没有的。

所以他什么都没有做，买了机票又飞回去，在宿舍和舍友们喝了很多瓶酒。

舍友说看他这样子是为情所困，告诉他醉一场就好。

可是没用。

再一睁眼，宿舍的天花板还是那样，四周的景物无一不在告诉他，这是大学宿舍，不是高中的课堂，他回不到从前，也无法再和她站在一起。

看完海上的风景后，他们回到酒店，三人都很久没有见面，章忆柳闹着要去酒吧一醉方休。

酒吧人声嘈杂，霓虹交错，陶音不习惯这样的氛围，只喝了几口酒，也没说什么话，任凭章忆柳闹。

章忆柳玩得有些疯，喝醉了，陶音和荆盛打车送她回了宾馆。安置好她后，陶音准备回自己的公寓。

此时已经很晚，荆盛担心她的安全，出来送她。两人在路边很久都没有打到车，考虑到公寓离得也不远，于是便决定步行回去。

像高中时那样，两人并排走着，夏夜的凉风吹到陶音微热的脸庞，方才冷却的酒意微微地泛上来。

最终她在一盏路灯下停步，荆盛随着她止住步伐。

"你没什么要和我说的吗？"陶音朝他转过身，抬眸问他，"连告别都没有，你就这样走了，连我给你发的消息都没有回过。"

荆盛垂下睫毛，重复道："对不起，当时我没有看到。"

陶音对此不予置评，只是轻轻摇头，低声对他说："你食言了。"

仿佛拉住了时光飞快向前的步伐，回忆浩浩荡荡地袭来，他们被拉回高中时代的教室里。窗外似乎有青葱树木掩映，黑板前的银幕发着白亮的光芒，座位旁的少年看着她的眼睛，认真地告诉她："你不想，我就永远不会离开。"

眼泪似乎又要不受控制地落下来，陶音很快忍住了，理智稍稍回笼，尽量平复心情对他说："没事，都过去很久了，我也早就……"

早就什么了呢？

早就不在意了吗？

陶音最终还是没能将末尾的话说出口，两人就这样无言静默着。良久后，陶音移转脚步，欲结束话题低头继续向前走，刚向前一步，两只手臂忽然圈住了她的腰，她反应不及往后跌去，倒入了一个温暖的怀抱。

她等了身后的人半晌，可是他还是什么都没有说。

"荆盛，"她在他怀里微微低着头，声音轻得几乎融在夜风里，"给你一个机会，要追我吗？"

她能感受到圈住她的手臂明显一僵，而后是那人轻轻扑洒在她耳郭的声音。

"追。

"追一辈子。"

过了几天，看遍甘棠的风景名胜后，陶音和荆盛随着章忆柳一起坐着长途火车回了嘉城。

快到的时候荆盛给彭明打了电话，告诉彭明他们马上就到嘉城，让他来火车站接他们三个。

电话那头的彭明还挺惊奇的，问荆盛怎么这就回来了，难道追上了？

荆盛就笑："没，正在追。"

彭明听荆盛的声音就知道两人又有情况了，大学的时候荆盛

的状态令人担忧，后来还是他不远万里驱车前往，在宿舍里将独自醉酒的荆盛痛骂一顿后，荆盛才渐渐恢复了些精神。

彭明说："你这样子，别说陶音看不上，兄弟我也看不上了。"

他说："现在科技这么发达，隔海异国都能相见，你和陶音离得还没有一千公里呢，怎么就没机会了？"

荆盛那会儿就苦笑，说已经不是一个世界的人了，拖累她干什么呢。

彭明就看着他的眼睛，问他："所以你就甘心了吗？

"从年少便喜欢的女生，就这样放弃了吗？

"别只一厢情愿将自己的想法强加在陶音身上，你怎么不问问她那些是她想要的吗？

"或许人家就只想和你在一起呢？"

后来荆盛才听说，他们这个大学一到春天，校门口就有老大爷用筐子装了樱桃在卖。

那樱桃表面看着鲜润小巧，果肉却奇酸无比，学生们纷纷猜测这是老大爷在街旁的树上摘的，不然不至于酸成这样。

荆盛却甘之如饴，每次经过时都会买一大袋回来，没味觉似的一颗一颗地吃。舍友很难以置信，疑惑地问他："不酸吗？"

酸。荆盛眸色有一瞬的暗淡，轻扯嘴角，但是，小的时候遥遥望了一眼，就再也戒不掉了。

到了嘉城时，他们四个聚了一次，结束后章忆柳和彭明各自回家，荆盛却跟在陶音的身后陪着她。陶音对此未置一言，当作默认。

她在想席间饭桌上的事情。

彭明在饭桌上笑着告诉她，荆盛毕业后没回嘉城，而是去了甘棠。

他在甘棠定居，不靠父母，凭着自己一个人的韧劲发展，最后居然还混得有模有样，算是他们这届毕业生中可以拿来宣传的励志示例,就是过程挺惨的。

陶音想她一个甘棠大学毕业的研究生,远离家庭,在甘棠这样经济飞涨的地区独自租房生存尚且不易,荆盛二本毕业的本科生,能过成现在这样,也真是不容易了。

彭明告诉她,荆盛原先是从没想过要离开嘉城的,他母亲的墓在哪儿,他就会死守在哪里,不离开半寸。

可是因为别处还有另一个重要的人,所以他将对母亲的所有思念装入行囊,孤身闯进无尽的陌生长途里。

他说8月22日,是他母亲的忌日。

以前一到这个日子,荆盛整个人就像是被抽尽力气似的颓丧下来,直到在高二那个蝉鸣响彻的暑假,他遇到了从天穹洒下来的一缕光。

高三时他一声不响地离开,留下陶音一个人面对身旁空空的座位,从此杳无音信。

他托彭明在这一年照顾好她,别让其他人扰乱她学习,他说他虽然不懂,但是他知道,读书这件事对陶音很重要,他只能尽力不让外界事物干扰她。

所以在荆盛走后,彭明一次又一次赶走来校门口堵她的人群,让陶音得以保持平静的状态度过高三的紧张学习氛围。

从这回家要经过一中旁的梧桐路,穿着校服的学生骑着自行车从他们身旁带着风掠过,叶影婆婆地在柏油路上摇晃交错。风过,两侧梧桐发出"沙沙"声响,仿佛时光在此凝滞下来,盛夏的烈阳在此常驻。

似乎真的就此回到了高中时代。

她停下来,回过头,对身后的人笑:"荆盛。"

微不可察的轻风,拂过他的耳畔,在一阵由远及近的清脆铃铛声响中,他仿佛听到了一句轻软的话语,隔绝经年的流转,清晰地印在他的心弦。

她浅笑着,岁月似乎没在她身上留下痕迹,眉眼间还是高中

时那个模样。

"别跟在我身后了。"她说,"站在我身边吧。"

高中的时候,很少有人真的会把这两个人联想到一起,那时候的荆盛,也会在陶音回家的时候,隔着几步距离跟在她身后。

这样若即若离的间隔,终于在九年后,被他用所有力气追上来。

他来到陶音的身边,便仿佛为她驱逐了一切寒冬的冷冽。

自此,她只要转眸,目之所及的,便皆是满满的盛夏。

番外
山花烂漫

1.

未食五月粽，寒衣不敢送。

料峭微风穿过窗户打旋，垂坠的窗帘随风而动。陶音坐在地板上的烟粉色薄毯上，眼神专注地扫着置于简易矮桌上的笔记本电脑打着字。

旁边的手机突然发出"嘀嘀"两声脆响，陶音的神思从工作中慢慢回转，伸手拿过手机，点进消息，是荆盛发给她的。

只结樱桃：过几天就是端午节，想好怎么过了吗？

荆盛由于工作的关系要出差一段时间，其实在以往大多数时间里，两人也都是用手机联系的。

虽然从那天起，两人就似乎确定了"情侣"关系，但事实上他们并没有做过什么十分亲近的事来，除彼此互通了心意，好像真的和高中时没什么差别。

哦，不是。

高中时两人还是同桌，还可以日日见面，做的一些事情也——挺幼稚孩子气的。

陶音这个人就是不会谈恋爱的那种类型，在感情方面很难被调动起什么暧昧情绪。曾经在甘棠大学时也见过舍友和男朋友腻在一起的甜蜜样子，每晚语音聊天时的口吻都不自觉要比平时轻

275

柔几分，看得其他几人忍不住在她挂断电话后纷纷打趣。

本来以为自己和荆盛在一起的话，大概也是这个样子，但就目前的状况看来，似乎他们的年龄都已经过了所谓的"热恋期"？

还是自己其实是个喜新厌旧的难缠性子，得不到的最想要，只要一得到手，立刻就对其失去了兴趣？

"啧啧"，渣女啊，陶音。

陶音摇摇头，摆脱了自己漫无边际的遐想。

她点进输入框，在屏幕上面打字。

我在穷困潦岛：或许在加班，或许在工作，或许在睡觉？

只结樱桃：还有？

陶音又茫然地仔细思索了一下：……吃？喝？玩？乐？

荆盛差点被她的脑回路弄笑了，发：不加"和你"两个字？

和你吃喝玩乐。陶音不由得轻轻弯唇笑了一下，屏幕上的消息逐渐增多起来。

我在穷困潦岛：你又没说回来，我以为端午节我要一个人过。

只结樱桃：我哪儿舍得让你在节日里瞎溜达，这不等着人给我撬墙脚呢。

陶音的脸颊"唰"地浮上一层薄红。

我在穷困潦岛：谁撬墙脚？你怎么越来越不正经？

只结樱桃：啧……这说来话可就长了，让我算算啊，前段时间你公司就有个给你送水送饭套近乎的。

陶音觉得他孩子气：所以你就一连三个星期亲自来公司里给我送花送礼物，让我丢了好几天的人？

只结樱桃：哎！你这是什么话？这么有面的男朋友怎么能说给你丢人？还有，幸好我去了你们公司，不然我还不知道，原来你在你们同事眼里是个单身形象啊。怎么，得到手了就开始嫌弃了呗？

得到手、就开始、嫌弃、了、呗。

陶音莫名感到些许心虚。

我在穷困潦岛：他们又没问，我总不能主动说吧……

她在公司不常与人打交道，很多关于她的言论都来自同事们私底下的猜测。

只结樱桃：还有大学的时候，接你上车的那个男生是谁？

这陶音真是不记得了，任凭思绪翻飞许久也寻不到任何痕迹。

我在穷困潦岛：有吗？我怎么一点印象都没有。

荆盛悬在屏幕键盘上的手指慢慢缩回。

他从没有告诉过陶音，自己曾在大学时去看过她的事情。

所以她还什么都不知道，那就让她什么都不知道吧。

像她这种什么事情都习惯往自己身上揽的人，要是知道了这些事情，肯定又要生出那些莫名其妙的负罪情绪了。

于是他将话题不动声色地转移过去：不记得也没事，高中时不就有个天天用手机和你聊题目的，叫什么名字来着？喻风迟是吧？

乍然看到这个许久都没有提及的名字，陶音的眼眸稍微动了动，心间不禁浮上万千缥缈的思绪。

只结樱桃：哦……对了，我记得那时还有你和他的CP贴吧是吧？哎，我去看看，看看那贴吧还在不在。

陶音急忙阻止他：你看那个做什么？好久以前的事情了，你怎么这么小气啊！

荆盛轻轻哂然一笑，发：有关你的事，我都很小气。

2.

端午节前的超市，人要比往常多些。

陶音在一处冰柜前挑选着速冻粽子，她以前住的灯绛镇要比嘉城再偏南一些，虽说这两个地区甜咸粽子都吃，但就她和外婆郑桂华两个人来说，都是更爱吃肉粽子一些。

她一边在冰柜的散装粽堆里划拉，一边用手机给荆盛发消息。

我在穷困潦岛：我现在在买粽子，你吃甜粽子还是肉粽子？

只结樱桃：甜的吧，从小吃惯了。

这倒是有些出乎陶音的预料，平常荆盛似乎更爱吃肉一些，却是喜欢甜粽子。

我在穷困潦岛：那要什么馅的？

陶音边敲着字边扫了眼翻出来的粽子种类：有红豆的、紫薯的、蜜枣的。

只结樱桃：那就蜜枣吧，我在这儿看到有卖白米肉馅的粽子，等会给你带过去。

陶音翻找的手臂顿了顿。

荆盛指的是那种，没有添加酱油作料的白糯米包上肉馅的粽子，是外婆以前经常做的，大概是她独创的方法，这件事她从没有和人提起过，不知道荆盛是怎么知晓的。

"陶音。"

不远处的一声熟悉嗓音将她拉回所处的超市环境，魏展颜推着购物车朝她不疾不徐地走过来。

"你怎么突然回嘉城了？也没告诉我们一声。"

陶音也不摆出客套的笑容，将挑好的肉粽和蜜枣粽放进购物车里，淡淡地应了声："嗯，没什么事，所以没告诉你们。"

魏展颜闻言咬了咬唇，神色不太高兴的样子，目光偏移时不经意间瞥见陶音购物车里的东西，一包薯片、一瓶可乐、几个粽子。

稍显寒酸。

魏展颜不由自主地皱了皱眉："你在外就吃这些？"

"大多时间也做饭，偶尔点外卖，你知道的，我不怎么吃零食。"

陶音勉强牵了牵嘴角："没事的话我就走了。"

"你等等，话还没说几句怎么就要走。"魏展颜从背后叫住了她，神色有些纠结，"妈最近挺想你的，端午节要不你就回来过吧。你就是工作再忙也不能这么长时间不回家吧？妈现在年龄大了，你还整天这样在外面晃……"

她说得苦口婆心,继而又叹了一口气:"我知道你从小不在妈身边,所以对她的感情没那么深,但她后来——反正这么多年都过去了,我现在看到江鸿朗都觉得放下了,你总不至于还记挂着吧?"

陶音开始觉得有些烦。

她回过身看向魏展颜,眼神出奇的平淡。

"你说得没错,已经过了很久了。"她说,"所以我现在更不想被人打扰,也不想再和过去有什么牵扯,你明白吗?"

魏展颜愕然地张了张嘴,最终也没能说些什么。

3.

端午节那天,荆盛那边的天气似乎出了些状况,飞机航班有所改动。

等降落嘉城,大概要等到大半夜了。陶音默默地在心里叹息一声,又安慰自己不过是个端午节,见不到就见不到了,也没什么大不了。

陶音在手机上发:算了。等你到都凌晨了,还是明天再过来吧。

只结樱桃:别算了啊。

只结樱桃:还记得我们高中时玩的真心话大冒险吗?要不我们现在再玩几局?

陶音看了眼窗外的夜幕,继续敲打键盘。

我在穷困潦岛:好,那别石头剪刀布了,你问一次我问一次吧。

只结樱桃:行。

只结樱桃:你在高中时有喜欢的人吗?

陶音:这不是句废话吗?

陶音合理怀疑荆盛是特意在端午节给她放水。

我在穷困潦岛:有。

只结樱桃:……

只结樱桃:……!!

只结樱桃：！！？？

只结樱桃：你还真有啊？是谁？快点和我说！是不是那个喻风迟？我就说你俩天天手机联系肯定不是讨论学习，这哪符合正常的高中生行为啊？还用的我的手机。老实交代，那个帖子是不是也是那小子发的？

陶音感到无语。

我在穷困潦岛：不是，他怎么可能做那种无聊的事。

只结樱桃：你！还！帮！他！说！话！

我在穷困潦岛：……你还玩不玩了？

只结樱桃：……玩。

我在穷困潦岛：一开始你扰民的时候我报警让警察来，你是不是挺讨厌我的？

对面沉默了须臾。

只结樱桃：说不上讨厌，但第一次见你，确实感觉我们两人不像是能和谐相处的，就是气场不合，互相看不顺眼，你懂这意思吗？

我在穷困潦岛：大概能懂，我当时也是想着离你远些才好。

只结樱桃：反正一开始吧，我就觉得搞不懂你这女生，后来觉得这女生心思怎么这么难猜，后来……慢慢地，就忍不住去思考你会怎么想，忍不住去关注你，最后就这样了。

陶音不禁失笑：哪样？

只结樱桃：栽你手里了呗。

只结樱桃：该我了，这次我要大冒险，刚给你订了一大束花，马上就送到了。

果然，门外传来了"咚咚"的两声轻响。

只结樱桃：到了，去开门。

端午节送鲜花，陶音觉得荆盛的脑回路的确和她不太一样，却还是有些开心。

放下手机，陶音起身走到房门前，旋开门锁，一大束鲜花映

入眼帘。

"谢谢。"她接过鲜花,抬眸朝那快递员道了声谢,却倏地跌进了那双熟悉的含笑眼眸。

"不用谢。"熟悉的嗓音传来,"男朋友和鲜花,都订给你了。"

4.
夜有些深了,两个人都后知后觉地有些饿。

家里还剩了一些青菜和挂面,鸡蛋也还有几个。

于是便在厨房里煮了两碗面条,两个人其实厨艺都不算太好,放面条的时候觉得似乎不太够,煮出来却觉得有些多了。

鸡蛋两个人都懒得煎,直接敲进青菜面条汤里煮。荆盛知道陶音不爱吃水煮的荷包蛋,还是另外用锅给她重煎了一个。

"啊……"陶音手里拿着搅动面条的筷子,声音有些发倦,"等会儿又要多洗一个锅了。"

荆盛关了火:"没让你洗,吃完放这儿,我洗就行。"

"这样不太合适吧?"陶音隐隐觉得不太妥当,"怎么能让客人洗碗。"

荆盛眉头稍微挑了下:"怎么能叫客人?明明是这个房间的男主人。"

陶音爱吃夹生的面条,先盛出一碗端到了餐桌上。

等荆盛盛好他的那份的时候,陶音已经在桌上睡着了,就像是高中时趁着课间补觉的模样。

他忽而想起了那时候在德永和一中风靡一时的帖子。

荆盛点开德永的贴吧,一页一页地去寻找那个帖子。

时间隔得有点久了,翻了好几十页,才终于看到了那张熟悉的照片。

再看看最新的回复时间,似乎真的已经沉寂很久了。

他从手机屏幕中慢慢抬起视线来,落在趴在碗边睡着了的女孩身上。

他慢慢地朝她移动身体，脸颊轻而又轻地挨在女孩垂在肩上的发丝上，他按了静音键，举起手机，将女孩的半边睡颜与自己的正脸合拍下来。

　　慢慢直起肩背，开始在手机上编写着东西，接着点击发送。

　　翌日醒来的时候，陶音睡在床上，只脱了外衣，贴身的衣物没有动过。

　　厨房整洁如旧，陶音打着哈欠继续倒在床上。

　　一切似乎都没什么不同。

　　直到她拿起手机，发现安静的班级群又有了新消息。

　　她没有去看，自然也不知道贴吧的事情。

　　沉降许久的昔日旧帖又被重新顶了上来，只是掺杂在许多祝福和爆赞回复中的，有不少是他们这一届的老同学。

　　好像是一个时空的契机，将他们重新聚集于此，短暂地重逢了片刻，带着爽朗开怀的欢声笑语。

　　时隔多年的第一条回复是一张照片，是昨晚在她不知情的情况下与荆盛的合照。

　　下面写着：我宣布，谣言到此终止，德永中学××届毕业生荆盛和他现在的女朋友，旧帖重游。